张　　锐　　锋　　作　　品

古灵魂

张锐锋 著

GUANGXI NORMAL UNIVERSITY PRESS
广西师范大学出版社
·桂林·

古灵魂
GU LINGHUN

图书在版编目（CIP）数据

古灵魂：全 8 册 / 张锐锋著. -- 2 版. -- 桂林：
广西师范大学出版社，2024. 10. -- ISBN 978-7-5598
-7063-6

Ⅰ. I267

中国国家版本馆 CIP 数据核字第 20247NU725 号

广西师范大学出版社出版发行

广西桂林市五里店路 9 号　　邮政编码：541004

网址：http://www.bbtpress.com

出版人：黄轩庄

全国新华书店经销

广西广大印务有限责任公司印刷

桂林市临桂区秧塘工业园西城大道北侧广西师范大学出版社
集团有限公司创意产业园内　　邮政编码：541199

开本：880 mm × 1 230 mm　　1/32

印张：97.5　　字数：2 060 千

2024 年 10 月第 2 版　　2024 年 10 月第 1 次印刷

印数：0 001~1 000 册　　定价：598.00 元（全 8 册）

第

二

册

卿云烂兮

糺缦缦兮

日月光华

旦复旦兮

——《卿云歌》

明明上天

烂然星陈

日月光华

弘于一人

——《八伯歌》

目 录

卷一百零八—卷二百零四

卷一百零八

大臣

多么残忍和暴虐，一个又一个国君被杀掉，他们的血流满了宫廷。周王室的祖制已经乱了，人们为了满足自己的私欲，夺取自己所要的东西，已经不择手段了。我在一个个国君的身边，眼看着他们倒在了污秽的血中。刀光剑影消散之后，人们又洗去了地上留下的杀戮的痕迹，一切又重新开始了。可是真的重新开始了么？

蝌蚪和细小的鱼在小小的水洼里嬉戏，看起来它们既快乐又自由。可是它们怎知道这水洼乃是野兽踏出的脚印，又被雨水灌满？它们的生活寄居在野兽出没的路上，也许有一天，另一只野兽重新踏在了前面的脚迹上，水面映照的天顷刻就破碎了。事情的发生可能是突然的，可这变成了常有的事情。

现在国君已经不是一个人，他不是真实的人，他仅仅是一个国家的记号。每一个人的头上都有一个记号，但国君的记号是独特的，他必须用血画上这个标记——它意味着高贵、惊险、恐惧。他随时可能死掉，但他的头上的记号要安放到另一个人的头上。

这个记号是荣耀的、高贵的，就像闪电一样雪亮。它照亮一个国家。它包含了一个个先祖，一个国的过去和现在，却并不包含有着这个记号的人的生命——也许这个生命并不重要。一个个国君的被杀，就是证明。人和人的差别并不大，他们都有着相同的眼睛和鼻子、嘴巴以及手和脚，甚至有些人的脸孔都十分相似，可是他们头上的记号却不相同，这使他们变得不一样。他们被生来就带着的记号拉开了距离，他们都怀抱着各自的记号开始生活。

这样的记号既限制又扩充，好像一个个魔咒，既摆不脱又洗不掉，它牢牢地控制了一个人，让每一个人被囚禁在这个无形的秘密中。可是人又有着无限的欲望，他要想尽办法突破限制，试图找到自由，并把原有的记号替换为另一个更大的记号，血腥的争夺就开始了——另一个记号就会支配人的所行，你的每一个动作、每一个想法里，已经住进了这个记号，两个记号之间的搏斗撕裂了这个人，命运在一个个时刻、一个个早晨或者一个个黄昏被一点点改变，然后在某一个最终的时刻被突然改变。

我在这个秋天来到了郊外，我试图躲开自己内心深处的秋天——这是苦闷的、令人绝望的秋天。一阵阵西风从不知之处袭来，我的内心里卷起了满天黄叶。这与郊外的景色似乎一致，可是它们又有所不同。我感到了越来越近的寒冷，它们通过这些飘落在地上的叶片一点点向我逼近。

这些叶子为什么从枝头掉落？为什么从前又是那么牢固地连接在树枝上？一定是它的内心已经失去了力量。秋风不是从外面开始的，乃是从它的内心开始的。那是多么强烈的秋风，从看不见的地方开始，一直到我们一起感受到的寒冷的秋风，从我们的身上、从大树日

古灵魂

渐舒朗的树冠，也从旷野的灌木的头顶，神采飞扬地穿过。它有着无所不能的穿透力，以至于我的每一个毛孔都张开了，它穿透了我的身体，穿透了我的灵魂。

秋天收获一切。农夫已经收割了庄稼，留下了遍地禾茬。秸秆被拦腰斩断，它的根已经没有意义，因为它所要支撑的东西已经失去了。秋风收割了野草和树叶。空空的树枝变得十分可怜，每一根树枝都没有了从前的衣装，它们什么都没有了。事实上，我们每一个人都被秋风所收割，包括一国之君，包括大臣和叛乱者，包括一切，天神装扮成农夫的样子，站在秋风里，告诉我们将要面对一个怎样的未来。他手里拿着石镰，一个无关紧要的手势，已经说明了一切。

卷一百零九

流浪者

　　我是怎样来到这里的？不记得了，好像所有的事情已经被潮水淹没。我的头脑里装满了波浪，一个浪头刚刚落下，另一个浪头就涌起来了。它们不让我记住任何东西，它们掩盖了水底的每一块石头，每一片污泥，总是给我一片空廓。

　　如果还有一点记忆的影子，那就是在一个寒冷的冬天，我踏着河上光滑的冰，走过了平时波涛汹涌的河。曾经那么喧嚣的、暴躁不安的河流，那么开阔、奔流不息的河流，竟然在严冬里宁静了，就像沉睡了一般。已经没有什么能够阻挡我的脚步了。我穿越光滑的冰面，几次差点儿滑倒。这没什么让人恐惧的，这世界上没有什么会让我感到恐惧。因为我有着无限的自由。我的身上裹着厚厚的兽皮，我拥有野兽的美丽斑纹，我有着无限的自由。

　　地上有我的路，密林里有我的路，甚至河流在冬天也停止了咆哮，为我预备了足够开阔的路。我有无数道路，人世间畅通无阻。我没有名字，也许已经忘记了自己的名字。名字不过是为了让别人记住，它不是为了让自己知道自己是谁。我不需要这多余的东西。谁也

古灵魂

不知道我是谁，甚至我自己也不知道。我不知道自己究竟来自哪里，我是天生的流浪者，没有家，没有一切，却只有我自己。难道这还不够吗？

也许我就像野鸟一样是从一个蛋壳里出来的，可那个蛋壳的残片也不见了。我已经完全不需要从前的记忆，我只有现在。难道从前、从前的从前，全都包含在了现在？我的记忆已经全在我的形象里了，甚至我都不需要知道自己的形象。我抛弃了一切，只有我自己。

这个世界上，没有什么东西是属于我的，但是它们全归我所有。我走到哪里就坐在哪里，一旦夜晚来临，我就睡在我觉得不错的地方。我甚至没有梦。即使有些时候做一些荒唐的梦，都是一些碎片，没有一个梦是完整的。这些碎片汇聚了全部，全部不同的和全部相同的。有一次，我在一个山崖下睡着了，似乎在半夜睁开了眼，看见一头野兽发绿的双眼盯着我。我和它对视，我不知道自己的双眼是否也射出了绿光。后来，它后退了，我的目光最后逼退了它。我估计，野兽一定认为我不是比它更加凶狠，而是比它更加自由。一个拥有完全自由的人，又有什么可惧怕的？我没有尖利的牙齿，也没有锋利的爪，却有着不惧怕的力量。于是，试图对我有所盘算的野兽，在惧怕中远离了。

也许这是一个完整的梦？在醒与睡之间本就没有界线。我不需要界线，我就在这醒和睡之间徘徊，但这徘徊不是迷惘，而是我的生活本来的样子。就在那个冬天，我从另一个国家来到了晋国。这个国家的名字是从别人的谈话里获知的，本来我不需要知道它是哪里。但我不能拒绝自己双耳所听，也不能拒绝自己头脑里闪电般的一亮，我知道了，就是这样。

街肆上的人们络绎不绝，他们在做什么？我不理解他们为什么忙个不停。这个世界上本没有必须做的事情，那么，我不能理解别人，别人又怎样理解我？野兽有着自己的皮毛，它不需做更多的准备就可以越过严冬。鸟儿在树上筑巢，那么简单，就可以过快乐的日子了。野草需要做什么呢？它只要从地里长出来就足够了。可是人们放弃了原本拥有的，却做那些烦琐的、不需要的事情，又被这些不需要的事情捆绑了自己，失去了本该享有的自由，于是只有接受天神的惩罚了。他们的日子是在一个个惩罚中度过的。他们活着就是为了惩罚自己。

他们愿意这么做，就让他们做去吧。我可不愿意做一个傻瓜。我不需要设定生活的目标，我只是在生活里漫游，就像天上的云，它并不是为了到什么地方，而是这随意的游荡，已经是生活的全部了。天下如此辽阔，为什么要把自己的双脚放在一个狭小的地方？

我听说这个国家的国君又被杀掉了，他的儿子继续坐在了他的位置上。我不知道他为什么被杀掉，也不知道谁杀了他。为了一个宫殿里没有自由的座位，一个死了，另一个又坐上去，这有什么意义？他们的每一天都活在恐惧中，恐惧占据了这个被不断争夺的血腥的座位。我不明白，是他们需要这个座位，还是这个座位需要一个人？我想，是这个座位需要一个人，究竟谁坐在那里，并不是很重要。

我不曾被死去的国君看见过，我也不曾看见过他。我不需要看见他，也不曾想过他的样子。不过无论是活着的国君还是死去的国君，他们的样子一定是愚蠢的。他们不论拥有多大的国，事实上他们从未

古灵魂

拥有过。他们只拥有一个危险的座位，一个放在了悬崖边上的座位。可是他们对身边的悬崖视而不见，他们不过是一个个瞎子。或者，他们的双眼被别人捂住了。

我从不认为自己拥有什么，可是这个国不就是我所拥有的么？我想到哪里就到哪里，我想睡在什么地方就睡在什么地方。今天夜晚，我就睡在国君的宫殿旁，那里有一棵大树，树上有一个鸟巢。我看见在黄昏的时候，上面的鸟儿已经归巢。我就靠在大树上，听听鸟儿们会说些什么。它们一定比路上的行人说得更好。它们有着比国君更好的故事，我将在梦中倾听，并将天上的星光收集到所有的故事里。

卷一百一十

晋鄂侯

　　我成为晋侯，完全出乎预料。我的头脑里一片混沌，几乎陷入了迷雾之中。原本前路是清晰的，我知道自己该怎样走，可是现在我已经看不见道路了。我有自己的名字——郤，但现在已经不需要了。名字是为了将每一个人区分开来，让别人知道那个人是谁。现在我已经是一国之君，没有人会把我和别人混淆。在这个国家，我是唯一的，没有第二个。我已经不需要一个属于我自己的名字了，而是一个国家属于我了。我被笼罩在了一个国家的影子里。我失去了自己。

　　这是一个多么凶险的位置，我坐在了一片看似宽大的荷叶上，我的重量足以使它沉没到水底，连同我自己。现在我已经坐在了上面。我的父王在这里沉没，我的兄长在这里倾覆，我将面对怎样的未来？在我坐在这里之前，已经看清了貌似干净的座位上擦掉了的血斑。它将沾染到我的长袍上，我随时都可以嗅到它的气息。它将灌满我的呼吸，我的呼吸在整个晋国的呼吸里。

　　也许我也不会持久。可是既然我登上了晋侯的宝座，就要和这宝座一起面对来自四方的威胁，就像林中的野兔，不能永远躲在洞穴

古灵魂

里，而是在草地上觅食的时候要竖起警觉的长耳。事实上我已经听到了曲沃磨刀的声响，粗粝的、日夜不停的霍霍声。一切都不会停下来。窗外的风声不会停，天上的云朵不会停，野地里的草尖不会停。一切都不会停下来。

即使在睡梦中，我也怀抱着我的佩剑，它的每一个棱面都注入了我的体温，它是温暖的，我却把它的冷酷吸收到我的血液里。我抱着它入眠，它就不会在我的梦中挣扎，就不会把血带到我的梦中。

曲沃庄伯已经越来越强大了。你看，多少年前的一次分封，竟然带来一连串巨大的灾祸。现在我拥有的仅仅是晋侯的名分，我只能用我的名分压住曲沃……然而，这样的力量是轻的，地上的虚土已经难以压住来自地下的喷泉了，我已经看见了激情四射的水花了。那么，我还能做些什么？在漫漫长夜的鱼油灯下，我一遍遍擦拭自己的剑，看着它从尖锋溢出的光。

卷一百一十一

仆人

青铜底座压在了宫殿里的几案上,一个恐怖的造型来自远古传说中的巨兽,它展现了一个令人畏惧的面孔,它的牙齿是弯曲的,露出了厚实的嘴唇,空洞的双眼含有无比深邃的微光,它来自另一个世界,却要照亮现在的长夜。我一次次点燃它,一次次窥视这暴虐的、令人惊恐的人间。

我是这个宫殿的见证者,我是晋国一个个君侯的见证者……我点燃的灯,曾照亮了他们的脸孔,看见了他们脸上的每一道皱纹、每一根清晰的线条,以及他们眼睛中露出的狂喜、悲哀和绝望,也看见了他们的死。

这些不幸的人,他们为什么要这样活着,又这样死去?他们仅仅是为了一个高高的座位,为了被我的灯光照彻,为了住在这个空阔的房间?一次次的夜宴,我照着他们痛饮时的酒爵,暗淡的酒又返照他们的狂笑,他们却看不见自己。美女们在舞蹈里显示妖艳的身形,把一个个虚幻的影子投射到墙上,也投射到观赏者的脸上。他们所看见的,都是一个个影子,而影子在不停地变化。它不停留在任何一个地

古灵魂

方。若要我将灯熄灭，它就会消失不见。

我是他们生活的源泉，我的灯光的尽头就是他们生命的尽头。我不过是一个仆人，但我却是别人的怜悯者。我总是为别人点燃灯盏，这灯光属于我。这灯光先要照亮我，然后才照亮别人。什么君王，什么美女和大臣，不过是一群围绕我旋转的飞蛾。他们的翅膀是相似的，只有在我的灯光里有着耀眼的白，又在灯光照不见的地方拥有夜的黑。他们追逐我的灯，就是为了获得一个看得见的形象。他们需要被这灯火看见，又使得他们彼此看见。可是我看见的，乃是一双双拥挤的翅膀，一只接一只的翅膀，一个个飞翔的影子，它们只在灯光里是耀眼的。

君侯喜欢在灯光里入睡，他害怕漫漫长夜中的黑暗，他希望我的光进入他的梦中，把每一个地方照彻。他之所以这样做，是因为一切可怕的事情都来自黑暗，黑夜深处藏着所有的阴谋和凶险。如果我的灯光照亮所有的地方，他似乎就可以看见一切，这样他就不会感到恐惧了。事实上，他所面对的所有恐惧，都发生于他的视线中，他看见了一切威胁，甚至在最后一刻，他看见了自己的死，看见了和人间的最后诀别。他的拥有就是他的恐惧，拥有得越多，恐惧就越大。我和他不一样，我什么都没有，我只有我自己，所以我没有任何恐惧。我就是沉入黑暗，也没有恐惧，因为我什么都不会失去。

从飞蛾的方向看去，一切就是为了死去。它们的生是为了光，死则是为了摆脱我的光，进入永不复返的黑暗。它们最大限度地接近光焰，常常烧掉了自己的翅膀。君侯们为了争夺一个宝座，也是为了接近这炽热的灯、明亮的灯，实际上是为了自己的生活更为短暂，使生与死的距离快速缩短。

为了这个理由，我将在灯盏里倾注更大的光，发出最激烈的火，使他们的脸更加明亮。这样，他们退居到漆黑之中就更加漆黑。我不愿意让这光焰熄灭，因为这光焰已经浸透了我的肌肤骨肉。在我看来，这是长夜唯一的光。它不仅来自灯本身，也来自无所不在的神灵。我经常含情脉脉地盯着它，它蓄积着对人间的爱，也蓄积着对人间的恨。它用微小的光充满了黑夜，也让我的心充盈。

我经常守候在君王的身边，看着他进入睡眠。我的灯光照着他在睡眠中变形的脸，看见他的嘴角流出噙不住的涎水。他经常在噩梦中惊醒，我帮助他擦去头上冒出的冷汗。这说明他一直在恐惧之中，即使是在酣睡之中也充满了恐惧。他有着无数士卒和无数刀剑，也有着无数侍奉者，可他为什么还是感到恐惧？是的，他害怕手里的东西被别人夺走。若是一个人空着手，他就已经走在了光芒里。

就拿我来说吧，我乃是一个掌灯人，君侯的一个仆人，一个等待和接受召唤的人。我似乎失去了自己，可我仍然属于我。我失去的那是我的身形，但我的灵魂总是在我的怀抱里跳跃。我喜欢这灯，喜欢将自己沐浴于灯的光芒里。没有什么事物比光更清澈，也没有什么事物比光更自由。我可以从这光芒里看见别人的翅膀，也可以看见自己的翅膀。我的翅膀不和别的翅膀交织在一起，我只是在光的边缘悄悄地飞。我看见自己顺着一条光线飞向了夜空，我不论在哪里，那条光线都跟随着我。我的身上披满了它给我的光晕，就像天上的满月。是啊，我比镜子里的自己更迷人，每一天从睡梦里醒来，都感到这世间焕然一新。

古灵魂

我没有往事，也没有未来。我只有现在。因为我过去所做的和我现在所做的一样，我将来所做的和我现在所做的一样。我的一切没有差别，但我服侍的君侯却不一样。他们有着不同的面孔，但他们所想的和所做的却是一样的。那么，我没有的，他们又怎么会有呢？他们或许有往事，但仍然没有未来。因为他们现在所做的事情和将来所做的事情也是一样的。

我的光明来自水中的大鱼。它们曾畅游波澜之中，它们的鳍划破水面，触须感知着面前的石头。它们跳跃，从波浪起伏的地方高高跃起，接受阳光的照耀，把身上闪闪发光的鳞片包裹的身形悬停在空中，展现高超绝伦的技艺……它们的样子要被谁观赏？它们也不曾看得见自己。最后，它们身上的油被点燃，宫殿的暗夜拥有了小小火光，以照亮君侯们充满了恐惧的表情。可是，这些君侯，他们将被放在哪一个灯盏里，又会照耀什么？或者，他们将落在哪一片暗影里？又将看见什么？

卷一百一十二

曲沃庄伯

我在平静的水面上看自己，我的面容铺平在水面。我的面貌被水面映照，我看见了自己。我的眼睛里有着父辈的愤怒，我的面孔里有着深深的悲伤。我经常在梦中看见先父，他的枯瘦的手从一丛野草里伸出，指着远处的晋都。而他的眼睛布满了血丝，是血红的。这眼睛不是和他的身体连在一起的，而是从澄明的空气里出现的，既惊恐又绝望，好像两团突出的火球。那眼光也是炽烈的，却有着逼人的冰冷的寒气。我在哪里？好像并不在自己的土地上，而是在另一个陌生的地方，看着这双眼睛慢慢隐去，烟雾一样升高、放大、扩散……变得越来越淡、越来越远，最后消失于本来的澄明。这是一种复归，从无中出现，又在无中复归于无。

我相信，这不完全是梦，而是来自天神的启示。或者来自先父的嘱咐——他要对我说什么？我想，他所想说的，全在他的眼睛里。我不能一直等待，一个人的机会是有限的，而所有的机会并不是你可以看到的。我必须按照先父的指引，踏上通往晋都的路。我要将先父内心所想的，还未完成的，全都放在我的心里，去夺取我们这一宗族所

古灵魂

应有的。先祖的礼法从来不是一成不变的，我们同属一条血脉，为什么我们的一切归于他们？先父有着无与伦比的智慧和治国之才，却未能获得晋侯之位，这难道是合理的么？

我已经走向一条不能回头的窄路了。我不可能转过身来，重新选择另一条路。我不是一个人，不仅仅是我自己。我继承了先父的分封之地，就意味着继承了他的一切，他的志向、他的理由、他的事业，以及他所承担的宗族的使命。我的身体里垒起了笨重的石头，我将带着这些沉重的东西走路。我要带着先父的死，带着他所获得的全部黑暗，走向通往光亮的路。可是，现在我的面前仍然是漆黑的。

我已经派遣了使臣，到郑国和邢国去。我知道，仅凭我的力量，还没有一举击垮晋侯的胜算。所以要联络郑国和邢国，一起去征伐虚弱的晋侯，他的都城、他的土地以及他的一切，才会归于我。我将获得一个完整的晋国。这一天不会很远了。我已经烧掉了杂草，开辟了荒地，我将撒下种子，等待着开花。这种子已经在我的袋子里，播种的节令已经来了。

今天，我心上一直徘徊的阴霾，开始被驱散了。多少个日子，我从来没有过一点快乐。我想，也许我还不配享有快乐，所以天神不断从我的灵魂里把快乐的种子取走。我的心里就一团漆黑了。今天好像有一点不一样，天气变得晴朗，世界明净起来。我呼唤身边的人，一起出去观赏河边的鸟儿。据说，一群白色的鸿鹄在河面上翩翩起舞，我要看看它们的舞姿，它们的惊人之美。我太需要获得愉悦了，我的内心已经压抑得太久了，这样下去，我该疯狂了。是啊，哪怕一点点愉悦也好。

多少个日子，我多么渴望获得一点点愉悦啊。可是这愉悦是稀缺的，它几乎无处寻找。外面有点儿寒冷。野地里的树枝仍然是发黑的，还没有发出蒙蒙的绿。但它们已经在积蓄力量，并暗中筹划明天的事情了。我能够感到那种看不见的变化。河水是清澈的，它流动得极其缓慢，细碎的波纹爬满了河面。

我从远处看到了那些洁白的鸿鹄，很多很多，一个完整的家族，呈现着一致的表情。它们都拥有长长的脖子，可以不断弯曲到水里，好像从水中捞取什么。它们是在捞取什么？还是把自己的嘴巴扎在水里，以便用眼睛仔细打量自己的形象？还是在想着水面上不断变化的影子究竟是不是自己的？

它们是这样白，白得让人感觉更加寒冷。我想象它们飞来的样子，看上去是一团又一团白云从天上落下来。现在日头已经向西面倾斜了，把湛蓝的远山压得越来越低。这些鸟儿也把自己的脖子弯得更低了。它们有的浮在水面上，有的立起一只脚高高站着，也有的张开了翅膀，扇动几下又停了下来。它们将飞未飞的样子非常感人，我知道，它也许在犹豫，是飞到另一个地方还是继续停留？最终它没有做出决定，但一直有一个念头在将飞未飞之间。

我也低下头来，在这充满了褶皱的水面看见了自己。我几乎已经变得苍老了。我的长发掩盖了我的面庞，以至于我难以看清我的双眼里藏着什么。这意味着，我仍然是愤怒的，仍然沉浸在悲伤里。一阵阵风把水面上的一层波澜推开，也把我的脸推开，但很快又将它还给了我。这样，我不是真实的，我存在于将在未在之间，我不在河岸上，我存在于寒风吹起的波澜里，以及在这将在未在之间。

古灵魂

卷一百一十三

观 鸟 者

它们不知从哪里来到这里，也不知这里是什么地方。但我所在的地方就是它们所找寻的地方。它们既不喜欢酷寒，也不喜欢炎热——因为它们有着宽阔的翅翼，拥有了迁徙的权利。它们从遥远的北方，或者说比北方还要远的地方，一路飞到了这里。它和它的伙伴，以及所爱的伴侣，展开了白云一样的双翼，在蓝天下飞行。它们被从高高的拱顶射来的阳光照耀，无边无际的蓝，反衬着自身的洁白。它们和白云一起飘，寒风有时把它们托得更高，有时它们又像树叶一样向下滑行。

地上的每一条河流、每一座山，它都认识。它们是老朋友了。每一年的这个时候鸿雁都会从它们身边经过。它熟悉它们的面容，河流会在忧伤的时候蒙上白发，也会在春天换上喜庆的衣裳。它们有着巨大的身躯和从容不迫的智慧，只是地上生活着的生命无法看见它脸上展现的一切。它有自己的心事，也有青春的容颜和苍老的皱纹，它们比一切地上的生命包含更多，已经越出了它的理解。

每一座山是不同的，每一条河也是不同的，它们都有自己独特的个性，从不彼此重复，但却彼此映照——就像它们飞翔时的样子，无论是哪一座山或者哪一条河，都属于同一个家族。在它们面前，所有的事情都是渺小的。大树落下的叶片，在它们的怀抱里，从天而降的大雪，也都在它们的怀抱里。它们有着无限的包容力。

它们喜欢最干净的东西，这与我所喜欢的一样。地上的一切也本该是干净的。它们在起飞前要在湖水里沐浴，洗净身上的尘土。也在飞翔的路上寻找水上的驿站，洗去长途跋涉的疲惫。对于它们来说，每一片水都是最好的落脚之处。在它们看来，没有水的世界是不可思议的。任何地方的水都使它们陶醉。因为水干净、光滑、柔软，也充满了温情——它收集天上的光芒，并将这光芒赋予万物。它同样也包含万物。你看，秋天的树叶落在了水面，它们在细微的涟漪上缓慢漂动，岸边的树木映到了水中，成为水的奇异幻想。游鱼在水里奔忙，它们是自由的，可以到达水中的任何地方——而从水面之上看去，仅仅是一些绝妙的影子。

天上的云在水里，天上所有的光和所有的蓝，也在水里。水里什么没有呢？它拥有一切。所有的事情都是如此畅快，如此自由。它不会勉强它的孩子们做任何不愿做的，它只是庇佑它们，并为它们祈福。这也许就是它们从那么远、那么远的地方开始，寻找干净水面的原因。

但是，地上的人们并不珍惜干净的生活，我们是污浊的。我们把阔野上的草木烧掉，留下了乱糟糟的土地，然后种上粮食，然后再将土地弄得更糟。我们也不珍惜水，也不会看见水的美好。我们甚至不知道自己的头脑里在想着什么。在地上围起了一些厚厚的墙，把自己关闭到其中。我们宁肯做自己的囚徒。当然，还有更为可怕的事情……我们互相厮杀，地上流满了血。这些不洁净的东西玷污了一切美好的事物。

一旦开始了彼此杀戮，就不会停下来。它不理解我们，为什么不能安心过好自己的生活？这也是我所不能理解的事情。每当它从我们筑造的城邑飞过，就会看见这城邑里闪烁的一片红光——那是血的颜色，我们自己的血的颜色。我们互相将对方的血倾于地上，并一次次用更多的血来洗涤干净。可是，这只能使得地上的血污更浓。也许我们觉得那干净的反倒血污，而血污的，倒是干净的。人们所有的想法都是颠倒的——在鸿雁的眼里，我们是一些奇怪的倒影，既可怕又可恨。

它经常飞过我的头顶，看到我可笑的样子。我被它的视线压扁了，一片黑发盖住了真实的面孔。一个个人伸开了两条腿，走起路来显得十分笨拙、缓慢、迟钝。它必定想不通，人们为什么要在地上围起那么多墙壁，还要不停地互相杀戮？多么奇怪的动物，多么愚蠢的动物。

我有时也试图接近它们，但它们却对我的所有行为怀有足够的警惕。它要尽可能远离这种我。有一次，有一个人远远地射出了一支箭，差点儿射中了美丽的鸿雁。它在起飞的瞬间，躲过了人的暗算。它也许看见了那个人瞄准的姿势，就急忙展开翅膀飞向空中。空中是最好的庇护地，它飞得越高，距离人越远，就越能获得安宁。也许这是它为什么喜欢飞翔的原因。它也许会牢牢记住那支箭从翅翼下掠过，发出了尖利的咝的一声，就像一种强大的力量把什么东西撕裂一样。那支箭太让它惊恐了，几乎擦住了它的羽毛。多么卑劣的人，为什么会对一切充满了仇恨？

今天我来到了湖边，看见一群鸿雁在湖水里畅游，它们体验着发自内心的喜悦。它们必定多么同情自以为是的人们。是啊，我们从来不知道自己是谁，也不知道为什么生活。我们的心已经被仇恨放满了，就失去了给自己所留的空间。我怎会拥有它们的快乐呢？因为人们的内心充满了污浊的想法，又怎会拥有一片明净的湖水呢？它们在湖水里畅游的时候，有一群人来到了岸上。河水不断注入湖泊里，使得这湖面更加开阔，它们所拥有的世界变得越来越大了。可是岸上人们的脸是晦暗的，蒙上了擦不去的灰尘。眉头紧锁，把人世间的烦恼和苦闷锁在了其中。以至于人们的眼睛里已经没有了美好的东西，瞳孔里映照的实物都已变形，失去了原本的样子。

他们是谁？好像这个问题已经不重要了。因为鸿雁已经吸收了我的目光，我并不在意湖边的人们，因为他们和我的生活无关，他们的忧愁不会削弱我的快乐，也不会削弱鸿雁的快乐。

他们的忧虑、烦恼和痛苦，只属于他们，而我的快乐则归于我自己，也归于湖中的鸿雁。我只是远远地看着它们，就像它们远远看着我一样。也许它们对我长时间看着它们感到好奇——他来这里做什么？为什么这么长时间待在这儿？它们或许想过来问我，可我同样想和它们说话。可是这又有什么必要呢？让它们在自己的心里沉静一会儿吧，也让我在这清澈的湖水里看看自己的面孔，然后抬起头来继续观看这些水中的精灵。

它们在湖心的一处小岛上驻留，踩到了一片片残破的叶片。这些树叶从远处漂来，它们不知道树叶来自何处，也许出自很远的河岸？它们想知道的，我也想知道，它们的疑惑也是我的疑惑。不过它们低头所见的，是这些残叶上仍然留着一棵棵树的笑容。这些残叶也是在快乐中度过一生的。它们比我更懂得生活的意义。岸上的人们啊，从来不留心身边的一切，世界上的每一个提醒，都不会触动人们。有一只鸿雁伸长了脖子，朝着我的方向，用最大的气力呼喊，我好像听到了什么，可是它的长鸣要说出什么？它把头转向我的方向，然后很快又回到原本的样子了。也许这是对我目光的抛弃，也许在它们眼里，因为我有很多固执的想法，就已背叛了万物的本性。

卷一百一十四

曲沃庄伯

我将要完成这最后的一击了。人的一生岂能在无限的等待中度过？一切准备就绪。周天子似乎也倾向于我了，他甚至答应出兵相助。这是十分关键的，有了周桓王的支持，就意味着获得了推翻晋侯的正义。郑国和邢国也将派兵发起联合攻击。这是在王命之下的讨伐，看来晋侯已经立在了悬崖边上，现在只需要我伸出手来，对准他的后背轻轻一推。

晋国的都城翼就在面前了。云头压低了城头。我已经看见了无数箭矢飞向了城墙，晋都的守军已经抵挡不住了。他们的战车已经缩回了城邑，郊野上一片战死者的尸体，血在我的车轮之下形成了长长的两道红线，指向了晋侯的宝座。

我浑身燃烧着火，煮沸了我的血。我不是一个人，我的身体里还住着先父的亡灵，他仍然从无形之中伸出了有力的手，牢牢地抓住了我的手，使我的手更加有力。他的目光加在了我的目光里，使我的目光更为明亮。他的灵魂和我的灵魂合在了一起，这是携带着希望和绝望、光与暗、生与死的灵魂，它随着我的心跳，就要冲出我的肉体了。

古灵魂

或者，它已经从我的肉体飞向了仇敌，盖过了所有的呼喊和喧嚣。

这一天终于来了，这是我梦中的一天。我沉入这梦中，从不想醒来。

卷一百一十五

晋鄂侯

曲沃庄伯又开始进攻了，这一天来得这么快。他已经完全疯了，就像从弓弦上发出的箭，失去了控制，却总是朝着靶心不停地飞，飞。即使逆风也挡不住它。我知道，我就是那个靶心。因为我是晋侯，我的头上立着发亮的记号。

让我感到伤心的是，不仅郑国和邢国派出了军队，连周王也抛弃了我。我想不通，先祖的礼法已被废弃了么？我的君位不是我自己的，而是属于我的父王，以及父王的父王……它可以一直追溯到剪桐封弟的故事。也就是说，我的国起源于一片落在地上的叶子。可这是我的先祖周成王剪裁成圭状的一片桐叶，它意味着先祖的礼法，意味着天下的根本、立国的基础。那么，这根本和基础又岂能动摇？

我的城邑是坚固的，但我的军队怎能抵得住四面合围？晋国的先君一个个被杀掉了，我的性命也危在旦夕。我已经看到了一个个晋侯的死，我不愿意和他们一样被一个虚幻的记号掐灭自己的呼吸。于是，我放弃了我的都城，从一条小路逃向远方。起初我不知道这条路究竟通往何处，我只是和我的几个大臣一起奔逃，来不及仔细看这道

古灵魂

路的方向。可是，这小路竟然越来越宽阔了，它连着另一条路，另一条路又连着又一条路……无数的岔路给了我无数的希望。

在路上，我见到了一个农夫，他正在路边放下石锄，悠闲地坐着，一棵大树的影子遮住了他的身子。他的脸上几乎没有表情，却有着石头一样的从容。头顶的树叶之间落下了无数光斑，他的漆黑的背上沾满了这些不断闪烁的亮点，我好像看见了一个披着彩衣的神。我问他，前面是什么地方？如果我想到一个安宁的地方，那么应该怎样选择？他没有多说什么，只是用一根指头指着一条岔路。那里野草丛生，看起来并没有多少人走过，或者，已经很久没人走过了。

在耀眼的阳光下，农夫的手指变得十分明亮，好像那指尖上镶嵌着金子。他所指的一定是一个好地方，是我冥冥之中应该投奔的地方。好吧，那就朝着他所指向的路继续走吧。我听见了远处有一只鸟儿在叫，分明是喜悦的声音，急促、兴奋、欢快，这是什么鸟儿？

卷一百一十六

大臣

我跟随着晋侯一路狂奔，天气很热，已经是一身汗水。曲沃庄伯联合了几个小国对晋国的都城发起进攻，周桓王也派遣他的大夫率军赶来，晋国的翼都已经朝不保夕了。我们不会想到，周王竟然偏向了曲沃。难道周王不知道晋鄂侯是合法的正宗国君么？是什么样的狂风把他吹向了曲沃一边？也许，晋鄂侯在做什么事情的时候，让周王不高兴了，周王就用这样的方式来赶走晋侯。

总之，局势似乎已经明朗了，一切不利于国君。我是晋国的大臣，应该跟随国君到任何地方。翼都周围已经布满了重兵，我们逃离的时候，听到四周的呼喊。我们匆忙出逃，甚至不能辨认道路了。我们不知道命运将会把我们带到哪里，我们已经沦为野草尖顶飘落的蒲公英，只能在一阵阵风中飘零了。

我不知道这是什么季节。是夏季？还是春夏之交？天气太热了，浑身热汗必须被热风吹掉，我的双眉挡住了头顶流下的汗水，眼睛是湿润的，远处的一切都是朦胧的，一片片绿，和天空的蓝相互映照，在辽阔的背景里，我们既孤单无助，也显得十分渺小。我看着国君的侧影，他

古灵魂

的轮廓是发黑的，就像他的影子一样。他脸上的表情都被阴影盖住了。

我没有别的选择，我的眼前只有一条路，我的国君就是我的路。我就看着前面的这个影子一直向前走。我不是自己，我只是别人的影子，并在这影子里放弃了自己。也许我从出生的那一刻，已经注定是这个样子了。我跟着国君向一个我所不知的地方一路奔逃。这样的奔逃不是从现在才开始的，而是可以追溯到很早很早以前，甚至是我出生之前。也就是说，从我的先辈、我的先辈的先辈，已经开始了。这一切，我又怎能知道？因为这一切决定，并不是出于我自己。

我们蹚过了一条小河，河边开满了鲜花。我弯下身子，从众多的野花中摘取了一朵——它是那么好看，五个花瓣围拢在一起，中间是金黄的花蕊。这些花瓣在风中颤抖，放出了红色的光芒。这样的花瓣上有着细细的脉络，就像蝴蝶的翅膀，就要在我的手上飞起来了。天下的万物都是美丽的，但它们似乎有着共同的法则。美的秘密在于它们都为了守护某种更深的秘密。就像花瓣那样，它所展现的一切美，是为了它所围绕的中间的东西：它们因其所围绕的事物而存活。

我又岂不是这样？我和其他大臣们，都是为了我们的国君。如果国君不存在了，我们又岂有存在的理由？我们就是那花瓣，我们的人生之美就在这花瓣之中。我们的全部光芒都是因我们所围绕的晋侯。可是晋侯的光芒又在哪里？现在，他的光芒在逃亡的路上，在尚未可知的地方。刚才一个农夫已经指给了我们未来的路，那条道路藏在了野草丛中，远远的几棵大树遮挡了我们的视线——更远的地方，现出了淡蓝的远山，那么渺茫，那么不确切，那么虚幻，它好像并不属于前方的事物，它更像一片模糊的往事，一点点不那么清晰的记忆。

卷一百一十七

使臣

我们就要到随城了。我接受了国君的命令，前往随城先行联络。这里是晋国先祖唐叔虞的旧臣封地。唐叔虞分封到唐国时，天子赐授了怀姓九宗、职官五正来辅佐治国，现在，他们的后裔都居住在随地。国君知道，这是一个可以暂避危险的好地方。这些旧臣的后裔一直忠于晋侯，一代又一代，他们从没有忘记自己的来历。

最有意义的不是有形的东西。尽管距离晋国开国已经过去了很长的时间，但它的某些无形的东西仍然发挥巨大作用。在国君遇到危难的时候，正是这些无形的东西能够让他保有平安。即使国家被异力耕锄，它的无形的根脉依然能够长久保持。实际上，我的国君逃出都城之后已经一无所有，但他所凭藉的无形的东西却是别人没有的。现在，我正是带着这无形的东西前往随城，该是这无形的东西显现它形象的时候了。

曲沃庄伯只是重视物质的预备，不得不承认，他已经十分强大了。而其它一些小国也追逐着，围绕强大的曲沃，试图附着在有形的力量上，使自己也变得强大。尽管周王也已经倾向于曲沃，将晋国正宗的君侯赶往逃亡的路上……但是一切还没有结束，因为无形的东西将显现它的形象，这可能才是事情的本来形象。

所以，我不仅带着国君之命，还带着遥远的过去，带着事物的根本原因，也带着可能的结果，到随城去……我已经看见了远处的随城，它意味着国君将带着一个无形的晋国，来到这里栖身。晋国将以一个人——晋侯的肉身的形式，寄放在另一个地方。

是的，我已经看见了随城，高高的城墙，掩盖了里面的生活。我不知道它里面的样子，不知道它有怎样的街道，也不知道……我不知道它的一切，但是我知道自己的使命，知道我的国君正在远处焦急地等待，不，是一个暂时失去了的晋国在远处等待，等待着我进入随城，并从其中带出希望。

卷一百一十八

晋鄂侯

我来到随城的时候，整个随城的人们都出来迎接。他们用最高的礼仪欢迎我。我的眼里充满了泪水，长途行路的疲劳顿时消散了，头顶的乌云消散了，我一下子感到了轻松。这是多少个日子没有过的。自从我成为晋国的国君以来，几乎每一个夜晚都辗转反侧，久久难以入睡。即使睡着了，也是一个个噩梦缠绕着，好像我的身上捆绑了绳索，使我的肢体失去了自由。不，是我的心失去了自由。

还有什么比这样的光景更折磨人的呢？我是从父君的血里登上了这个座位，实际上，这并不是我所愿意的选择。可是，先父被曲沃杀死了，我被许多人从鲜血淋漓的地方推到了现在。我的每一个日子都被这鲜血浸透，我的日子是红的，只是这红的颜色越来越深了，它已经把我的灵魂也染红了。我还有什么选择呢？

我知道自己是谁。在别人的眼中，我是一国之君，是晋侯，头顶有着一圈圈光环，可我知道那不过是别人赋予的，我自己仍然是一具肉身。我和别人一样，有着欲望和疼痛，有着享受快乐的意愿，有着别人都有的人生内容。我是凡人，同样应该拥有一个凡人所该追求个

古灵魂

人生活的权利。可是，因为我是一国之君，我的头上多了别人所没有的光，就会比别人多几分悲伤和痛楚。

我的内心是矛盾的，甚至面对都城的失落，我想到了太多太多。我是留下来继续抵抗？还是选择逃走？抵抗实际上是无望的，是不可能的，这样的选择可能成就了一个君主的体面和自尊，但必须付出死的代价。事实上，选择变得十分简单，那就是选择生还是选择死？像我的父君以及父君的父君一样，死在别人的剑下？是保留一个活着的生命更加体面，还是横尸街头更为体面？是血染的自尊更为自尊，还是以一个具体的活着的肉体面对世界更为自尊？面对一个个纷至沓来的设想，面对一个个洪波涌起的可能结局，我几乎要疯狂了。

最后，我还是选择了逃亡。也许作为一个国君，逃亡并不是光彩的。可是逃亡为什么不是光彩的？保留了自己的性命为什么不是光彩的？天神创造了生命，我的父母赋予我生命，就是为了让我活着，而不是死去。他们应该希望我活得更久，以便把他们一代代承继下来的血，在我的身体里流动得更加欢畅、更加永久。他们从来不会希望一条河流在中途夭折，不愿看见田地里的禾苗枯萎，也不愿意自己的骨头折断。是的，我应该像凡人一样思考，而不是像君侯一样思考。一个君侯也应该在关键的时刻，做出凡人的选择。

我就是这样。我的内心已经不是一个人，而是很多人在争吵、搏斗。我仿佛被一种无形的力量所肢解，每一个部分既是一体的，也各自有着自己的灵魂。它们既是联系在一起的，又是各自独立的。它们彼此冲突，也互相怜悯、同情——它们的喧嚣让我夜不能寐，使得每一个日子都在煎熬中度过。

最后的决定来自天神。我好像听到了天神的告诫，听到了出自灵魂的呼唤。内心深处不同的声息最后获得了平静。好的，一切都和解了，我又重新变为一个整体，当一切变得安静下来之后，我发现自己实际上已经被放弃了。

在生与死的面前，我选择了生。在君侯与凡人之间，我选择了凡人。可是，我仍然是一个君侯，就必须降低自己的身子，感受一个君侯的屈辱。如果这屈辱能够换取凡人的幸福，我想是值得的。但实际情况是，一个君侯的痛苦和凡人的痛苦，都加在了我的身上，我的痛苦也就是双重的了。这也让我理解了先君的选择，他们可能认为，死去可能是更好的，于是他们就相继死去了。

回想从前的日子，那是怎样让人焦虑的日子。面对来自曲沃的一次次试探和攻击，我的心都要碎了。曲沃和晋国属于同一血脉，为什么一直互相厮杀呢？我知道彼此充满了仇恨，却难以理解仇恨的根源。难道仅仅是因为我的先祖对他的先祖所释放的善意和爱？仅仅因为当年把桓叔封到了曲沃？善和恶的转换是令人迷惘的，就像一场好雨却让蒺藜快速生长，并占据了庄稼所应有的土壤。可是，我的先祖的本意却是让同一个源泉生发的两条河流，各自流向自己的归宿，它们都会有自己的波澜，有自己的四季和昼夜，它们不会因自己的泛滥而冲决对方的堤岸。

一个好的设想并不会带来好的结果。现在，我只好从自己的土地上离开，到一个陌生的地方去。这是我所不情愿的，却不得不做出这样的选择。我不想像父辈以及父辈的父辈那样悲惨死去。我想活下去。既然我已经难以守住先祖留给我的晋国，那么我为什么还要再用血去洗刷仇敌的剑？难道他们的剑还不够血腥么？

我来到了随地，来到了开国先祖旧臣的土地上，让我重新体验晋国曾经有过的温暖。时光把已经消失了的令人欢欣的感情又一次带给了我，这是已经长眠的先祖对我的恩宠和赐予。我的内心激起了一阵阵喷泉般的感动。可是，我又给他们带来了什么呢？是晋国即将沦陷的沮丧，是一个流亡天涯的国君的悲伤。我把自己的眼泪分给了随地迎候我的人们，让他们的眼泪和我的眼泪混合在一起，流在了不属于自己的土地上，并让这陌生的我从未到过的土地受到感染，让脚下的苦草变得更加苦涩，让苦涩充满野草的叶脉吧，让它们在苦涩养料的滋养中继续蔓延吧。

我就要在这里住下来了，不知道会住多久。我想，终有一天我将回去，回到自己的地方。一切是暂时的。既然先祖给我如此丰厚的恩赐，也会给我更大的恩赐。他们的灵魂将和我在一起，我已经感到他们的存在，他们不仅在我的身体里，也在我的身边环绕——先祖一刻不曾离去，以他们不朽的仁善沐浴着我，他们将调取天上的河水洗净我的忧伤，并用暗中的手给我指引归途。

卷一百一十九

曲沃庄伯

晋侯已经逃走了，晋都也落入了我的手中。一切都是顺利的，晋国大臣们的抵抗很快就土崩瓦解。关键是，我是带着王命来到了晋都的，他们的抵抗已经失去了理由。我对晋国都城的占据是合法的、合理的，因为周王命我来收拾残局，我成为天命的施行者。

从前的一切历历在目，先父为了结束晋国分裂的状况，耗尽了心力。他以深远的谋略布设了大势，又以足够的耐心积蓄了力量，结果却功亏一篑，以致他郁郁而终，死不瞑目。我从先父手中接过了他未完成的使命，现在终于可以告慰他的灵魂了。我将要登上晋国的侯位了，我结束了这个国家的分裂，成就了先祖的愿望，就要统治这个国家了。

翼都已经平静下来，夜晚是这样安静。该逃走的已经逃走，不然他们将被杀掉，成为遗落在晋国都城的亡灵。我将让巫师驱攘它们，让它们飘浮到空中，永远不能落到地面上。可是他们都逃走了，并带走了他们的灵魂。先让他们活着吧，让他们在时间里行走一段日子吧，在我的眼里，他们不论逃到哪里，已经是行尸走肉了。也就是

古灵魂

说，他们已经死去了，活着的仅仅是死的幻影。

晋鄂侯再也回不来了，他失去了晋国，就已经失去了生命。他所存活的肉体，只是一具尸体了，实际上住在他肉体里的灵魂已经不存在了。他的死去是可以预知的，他的呼吸已经沦为一团团死气。他所有的将为我所有，我将取代他，成为名副其实的一国之君。我将带着我的先辈曾经受的屈辱，登上晋侯的宝座，让一个个噩梦在我的光芒里消逝。这是先父赋予我的光芒，是周王赐予我的光芒，我将这一切汇拢在我的身上，照亮晋国的暗夜，也让我的先祖们的灵魂在天上能够看见我。他们在云头之上，在星空里，他们不会消散。这是我经常要仰望夜空的原因。

……这是过了多久？我的梦还在路上，一条宽阔的路突然陷入了黑暗。它被一只来自空中的大手折断。这是周王的手。这只手突然翻过，巨大的力量压住了我的呼吸。周王的军队突然折回，带来了周王的命令，竟然让晋鄂侯的儿子姬光成为晋侯。这是怎么回事？几乎一夜之间，事情就反转了。周王不是支持我推翻晋鄂侯么？我不相信这是真的，是的，不可能是真的。周王怎会这样出尔反尔，将天下大事视同儿戏？我不相信，我不相信。这比一个荒诞不经的梦还要怪异，让我百思不解。我的头顶被暴雷轰击，眼前一片眩晕……好像我的头已经离开了身体，掉到了另一个地方。

卷一百二十

姬光

　　我的父君逃走了，在慌乱中远走随地，投奔了先祖旧臣的后裔。他如果知道晋国的结局，也许就不会远走他乡了。他的选择也许是最好的，不然他又怎能在乱局中保留自己的性命？现在，他所处的危境该我来承继了。我接受了一个国，也接受了这个国的所有现实。

　　世间的一切事情原本是没有理由的，也不需要理由。周王的举动令人疑惑不解，他一会儿做出这样的决定，一会儿又反悔了。他的手掌不停翻转，以至于我们看不到他变化的方向，也不知道他究竟是怎么想的。一个人不会知道另一个人的心事，因为我们不是一个人。难道我们真的知道自己是怎么想的么？对于自己尚且不知，又怎会了解别人？何况，周王作为天子，不同于世间任何一个凡人，他所想的只有天神知道，或者他的想法就来自天神的启示。所以我们不要对他的每一个命令有所怀疑，而是要相信。更重要的是要相信结局，相信你所看见的事情。

　　曲沃庄伯已经取得了晋国，都城也被击破，可是周王却突然让他退出，返回自己的地方。要知道，击败晋侯并取而代之，是曲沃埋伏了很久的梦，当这个梦就要抵达圆满的时候，遭到来自天子的致命一击。他以为周王派遣王师和他共同讨伐晋侯，就是对他未来的许诺，他以为事情已定，他以为自己就要登上王侯的宝座，他以为几代人的谋划已经大功告成，他以为晋国的一切已经归于自己，但是，在最后一刻，事情发生了翻转。

他是多么绝望啊，我可以想见他的忧愤、他的悲伤、他的痛苦，以及他的深渊般的绝望。人最大的痛苦来自残酷的事实：昼思夜想的果子掉落在他人的牙齿间。我已经看见了他的泪水充满眼眶，并从这泪水里看见了他的死。是的，他已经死了，即使他仍然活着，也已经死了。他的肉躯里埋藏的干枯的骨架、他的眼睛后面掩盖的骷颅，已经在事实里显露。

这是曲沃庄伯该有的命运，也是曲沃该有的命运。他们用各种手段试图夺取晋国，暗云已经放到他们的头上了。他们杀掉了晋国的君侯，就应该同样被杀掉。尽管他们一次次逃脱，但不会逃脱最后的结果。他们自己下的蛋，将用自己的脚掌踩碎。

只是晋国都城因战乱而残破。许多人逃离了翼，街道变得空阔。许多房屋被损坏，只有树上的乌鸦在黄昏集聚。它们有着可以飞向天空的翅膀，它们不受地上生活的干扰。它们散去，又集聚，它们喧哗，又在巢穴做梦，然而，它们的生活不属于人间。人们也有乌鸦们的聚散，却归于生活之外的原由。现在，似乎安静下来了，波澜平息了，原来在城邑居住的人们陆续归家，重新开始生活。

熟悉的宫殿、熟悉的都城、熟悉的土地，我熟悉其间的每一棵树、每一棵草、每一个花圃，也熟悉池中的游鱼以及它们游动的姿势。这一切都归我了，它们都属于我。在过去的日子里，尽管我熟悉它们，每天都可以看见它们，但仅仅是看见而已——它们与我仍然保持着距离，我觉得它们是别人的，我仅仅是观赏者。现在，这一切归我所有，我看到的事物不再是从前的，而是现在的。

我在我的宫殿四周徘徊。脚步是轻的，发出了树叶被风吹动的沙沙声。我听见我的脚步，就像云飘动在水上，它在波澜里行走，被波光映照。水中一切都和它重叠在一起，这样的脚步中，既有着我的影子，也有着水草的影子，也有着深处游动的鱼的影子，它们都是分不开的。它们互相属于，互相交织，也互相追逐，世界是如此生动，也值得我们深深感动。

这时，我既感到周王是英明的，也感到晋国是美好的。可是，我的父君却回不来了……此时此刻，他在做什么呢？他是感到快乐呢，还是感到寂寞与失落？我开始想念他了。我的眼前涌现出他的一个个面影，他的每一个动作、每一种表情，以及他对着我微笑的样子。可是，他不可能出现在我的身边了，他已经在遥远的地方开始另一种生活。也许他是在思念我呢，还是在思念曾经属于他的晋国？我抬起头来，向着随地的方向遥望，在淡淡的远山之上，有一朵白云在飘荡……它与西斜的日头相对，接受一个下午的照耀。

卷一百二十一

晋鄂侯

寄居的日子是漫长的，它比从晋国到随城的路还要漫长。还记得我怎样来到了随，漫长的逃命历程，在惊恐中度过。我的车辙是弯曲的，我曾留意背后的车辙，它可以追溯到我的宫殿，我的都城，以及我所拥有的权力和尊荣。可是，现在这车辙已经被人践踏，被雨水洗刷，也被大风侵蚀。它越来越淡了。它渐渐向后通往了虚无。

我已经获悉，我的儿子光继承了君位，晋国又重归我的宗族。这个消息对我来说，仍是莫大的安慰，曲沃的大梦就像陶器一样被高高举起，又扔在了石头上。但我的内心是复杂的，并不感到十分快乐。如果是曲沃抢夺了我的君侯之位，我尚且可以有重新夺回的希望，可是我的儿子成为晋侯，实际上我就被废黜了。要是我可以重归故国，我还有一切熟悉的、令我感到温馨的生活，但是这也不可能了。我要是回到晋国，我的儿子——新的君侯又该怎样行事？身边的大臣又该听谁的号令？

一个国家不能有两个君主。一条蛇也不能有两个头，否则它将行向哪里？所以，我再也回不去了，只有在这异国他乡一点点老去。实际上，这是在等待最后的光景。这等待是孤独的、苦痛的，是烈火里的熬炼。我每天都在想，这一天该怎样度过。越是这样地想，就越是被这念头所缠绕，就像身上缠满了毒蛇，受着时光的啃啮撕咬。我经常默默地坐在小河边，看着青草长高。可是，它们的生长比时间还要缓慢，我又看不见它们是怎样长高的。

有一次，一只青蛙跳到我的身边。它的身体是绿色的，看起来就像地上冒出的泡沫。它停住了，用它突起的双眼看着我。我同样看着它。我们彼此打量、对视良久，我似乎从它的形象里，看见了晋国都城边青蛙的形象。是啊，它们太像了，以至于你难以分清它来自哪里。或者说，它们是同一个青蛙的分身，它们原本是一个，现在它们以无数的幻象，分别活跃在无数的地方。

我又何尝不是如此？我的身体在随地，我的灵魂却留在了晋国。或者说，我的身体只是一个幻影，它并不真实。不然，为什么远风吹来的时候，我会感到这风穿过了我的身体，就像穿过了一个不存在的东西？我会感到，我被穿透了，我的整个身体都觉得苍凉。要是这样，我应该像青蛙一样，有着不止一个幻象，其余的幻象又在哪里呢？唉，我不知道。如果这幻象有那么多，它们之间就会彼此呼唤，就会喧哗，就会在我的虚无的时光里填充，就会让我感到饱满、充实。可是，我知道，我只有这一个，于是我感到无限的孤独和寂寞。即使是这一个，也已失去了灵魂，于是我又感到了无限的苍凉。

过了很久，也许是一个时辰，那只青蛙终于掉转头，弃我而去。它不慌不忙的，以一种无奈而悲叹的姿势，一点点跳向草丛。它从我的视线里消失了。我听到河水流动的声息中夹杂了一声微响，那只青

古灵魂

蛙跳入了河流？

　　太阳以一轮深红的圆，渐渐压到了远山的山脊，它的圆好像被压扁了，最后它陷入了弯弯曲曲的山脊线里，留下了一片红晕。我感到了饥饿，腹中一片空洞。我已经被等待、无望的等待所抽空。暮色从高处盖了下来，河边立即响起了一片蛙声。是无数的青蛙鼓起了脖子下的气泡，叫喊着，叫喊着……无数的青蛙的幻象，从四面八方聚集到了我的身边，包括来自晋国的青蛙，一起叫喊着，叫喊着……我试图听清它们的叫喊，它们用这么大的声音、这么大的激情，究竟说些什么？

卷一百二十二

曲沃庄伯

我就这样死了？还是仍然活着？我躺在一边，众多的人把我抬到了几块木头的狭小的房间。我心里清楚，这是为我预备的棺椁，在我活着的时候就曾见过。长方形的一片天空，蓝得让我感到眩晕。我仰面躺着，我的眼前不停出现一些陌生的和熟悉的脸，但我都记不起他们是谁。我看得那么仔细，能够看得清一个个脸上的每一条皱纹，也看得清他们瞳孔里映照出来的我自己——我是闭着眼睛的，我的脸上有着平静的表情，既不愤怒，也不快乐，它是这样的平静，这平静中显露的是虚幻、无奈。可是，我曾是那样悲愤，我的悲愤哪里去了？

我坐了起来，爬出了棺椁，浑身带着木料的馨香。我不想躺在这么小的房间，我住惯了宫殿里的大房间，我喜欢大口大口地呼吸。可是当我爬出了棺椁的时候回头看了一眼，发现那里仍然躺着一个人。那个人好像睡着了，他的双眼紧闭，戴着王侯的冠冕，穿着王侯的服饰，他是谁？难道我的身下一直有另一个人，我却一点儿也不知道？

我俯下身来仔细辨认，发现那个人乃是我的形貌，是的，他就是我。为什么我的身体仍然平坦地躺在其中？我看棺椁四周有那么多

古灵魂

人，其中有我的儿子们。他们看起来十分伤心，眼泪还停留在眼眶里。尤其是我的长子称，一直在哭泣。我伸出手，拍拍他的肩膀，想安慰一下。可是我的手落下去的时候，却穿过了称的身体，从他的肩部到他的腰部画了一条弧线，又落回到我的身上。我的儿子称竟然是空的，我什么也没有触摸到。我又试了一遍，结果仍然是这样。我不相信这样的事实，我又摸了摸我自己，我也是空的……

我又大声说话，问他们为什么这么伤心？可是他们似乎什么也没有听见。这时，我才意识到，我真的死去了。我开始回忆临终的一刻。从晋都归来之后，我的内心充满了忧愤，我感到浑身的血液涌上了头顶，我的双眼发红，头脑里好像住满了虫子，我被它们撕咬，疼痛覆盖了一切。这种尖锐的、难以忍受的疼痛，把我击倒了……我的心里的所有念头、所有悲愤，都被这疼痛驱散了，只剩下了疼痛本身。

我不知道自己是怎样回到寝宫的。双腿已经抬不起来了，只听到自己的呻吟在头顶盘旋，它沉闷、粗重、绵延不绝，如战马被刺中之后的绝望哀鸣。我不能接受自己失败的事实，也不能理解周王的决定。他曾那样支持我讨伐晋侯，我费尽心机，用了多少年蓄积的力量，取得了晋都，赶走了晋侯，就要取而代之的时刻，他竟然反悔了，用他的强有力的手把属于我的君侯之位挪开，又把我推到了曲沃。这是多么令人痛苦、令人愤怒，就像吃到嘴里、就要咽下的肉，被一只手突然掰开嘴巴，敲掉牙齿，又把喉咙里的东西抠出来一样。

进入晋都的时候，我的心情是多么欢畅。可是悲痛和欢欣之间，仅仅是一墙之隔。它们的对比加剧了我的悲愤之情。也许，周王仅仅是不喜欢、也不愿意承认晋鄂侯，才利用我攻伐晋都。但当我真的获胜，他便露出了真实想法——仍然不愿抛弃腐朽的祖制礼法，仍然要保持晋国大宗的特权和侯位。我的被出卖是因为一开始就是被利用，出卖仅仅是利用的结果。我仅仅是周王手上的一块石头，他把我扔出去，是为了击打他所不喜欢的人。在他看来，我被扔出去之后，就失去了意义，天子不屑于再把我从地上捡回去。

我是多么可悲，我一直把自己的眼睛盯住晋都的敌人，却从没有留意天子脸上阴险的神情。现在我已经不再仇恨我的敌人，我所仇恨的是远在王都的周王，他在暗中使坏，让我的晋侯之梦化为泡影。我曾做过许多噩梦，这些梦一次次把我惊醒。然而没有一个噩梦比现实中的噩梦更加可怕，因为，现实中的噩梦即使惊醒了你，你仍然沉浸在噩梦中。

晋鄂侯已经远逃随地，他是否活着已经不重要了。现在想来，他也是同样可怜、可悲，因为我的存在，他没有一天不是生活在恐惧里。他深知我的力量，也深知我的决心和意志，也料定我不会善罢甘休。他想缩回到自己的惊恐之中，躲过我的利剑，可是惊恐本身从没有饶恕他。现在他终于摆脱了身上缠绕的恐惧，在夜晚能够沉入深睡，安稳地打鼾。

他的儿子光已经践位了，那本该是我的座位，却让他坐在了上面。光成为新的晋侯。我拼死的相争并没有得到该得到的，一切回到了从前。现在，我已经死了，我将怎样去面见先父的亡灵？也许，他不会责备我，因为他也是怀着悲愤而死的。我好像仅仅是他的复制，复制了他的生活、他的结局。如果生活只是一代又一代的复制，何时

古灵魂

才有一个真正的结局？生活本身还有什么意义？与其如此，一个人就不应该出生，他就该待在泥土里，既没有开始，也不会有结局。

天这样阴沉，一连好多日子都是阴沉的。天空厚厚的云层遮住了阳光，地上的人脸都是晦暗的。我从他们的脸上看见了我自己的脸，也从他们的悲伤里看见了自己的悲伤。过不了多少时日，我的身体将被棺椁厚重的盖子压住，这曾活着的肉身不再能够行走，它会在地下朽烂，剩下一具简单的白骨。我却不再受肉体的束缚，获得了完全的自由。我变得很轻很轻，因为我是空的，我四周的一切也是空的，我的儿女们，我的曲沃，以及我一直争夺的晋都，晋都的君侯之位，都是空的……

我的儿子称将要继承我的伯位，也将继承我的一切，我的仇恨、我的悲痛、我曾所想的一切。可是，我试图安慰他的时候，却吃惊地发现，他是空的，他的一切也将是空的，因为他所继承的一切，原本就是空的。

卷一百二十三

曲沃武公

拭去了泪水，身上充满了寒冷。我感到自己的父亲并没有死，他好像一直在我的身边。我一直不相信他就这样死去，他的胳膊是有力的，他的手是有力的，他的目光是有力的。这么有力的生命怎么会死去呢？可是我也不能不相信眼前的事实，他的身体被装入了棺椁，这棺椁将带着他沉入深深的土地里。

我是他的儿子，我叫称。以后我的名位将代替我的名字，我的名字将弃之不用。我就要成为曲沃武公了。父辈的事业未竟，他们都是望着晋都死去的。每一次冲击都失败而归，但他们每一次都非常接近晋侯的宝座。我们不能永久盘踞曲沃，而是要成为晋国的真正主人。难道先祖的宗法那么不可动摇？天子不支持我们了，我们仍然不能接受命运的安排。父亲已经死了，他带着无限的悲愤、无限的忧伤而去。是暗中的宿命夺去了他的生命，现在我要向着这宿命复仇了。

周桓王已经彻底改变了想法，他不仅把晋鄂侯的儿子推上了君侯之位，还不断地命令王师对不顺从的诸侯进行讨伐。迫于天子的重压，一些小国也背离了曲沃，包括曾与我们一起攻伐晋都翼城的邢、

古灵魂

郑诸国。他们纷纷附隶王师，一切好像发生了逆转，自称正宗的晋侯乘机连续向我出击。过了几年，晋侯挟天子之威侵入曲沃的近邻陉庭，这一次，时机就要来了。

我派遣了使臣前往陉庭，与陉庭之王开始一起筹划讨伐晋都。我的隐忍是有限度的，是为了积蓄更大的力量，然而晋哀侯却认为曲沃已经衰弱。现在，我已经感到父亲以及父亲的父亲，那么多强大的亡灵附着在我的身上。我感到浑身充满了热血，我有着使不完的力量。我的灵魂在躁动，几乎每一天都在这躁动中。

我要亲自到陉庭去，做最后一次谋划。为了不被晋哀侯发觉，我放弃了乘车，徒步而行。时令就要到秋天了。盛夏已经开始衰落，地上的庄稼开始变黄，即使是大树上的叶片也在它的边缘开始干枯。这些迹象不经过仔细审视是不易发现的。尽管热风依然吹拂，可在暮色到来的时候，已经夹杂了一点点凉意。我带着几个近臣悄悄离开曲沃，沿着一条近路走向陉庭。

沿途有着绝美的景色，但我无心观赏。丛林里的野花换上了另一种颜色，在暮色里，它们似乎呈现出蓝光。这是什么花儿，竟然在暮光里发亮，好像沾染了即使在暗夜也能看见的夜光。它们细小、细碎，有着小小的花瓣，尽情地展现自己。可是这小路上很少有人走动，它们这样鲜艳究竟要给谁观赏？林中的野兽都藏身于不知之处，它们要到夜晚才会出动。我的箭囊里的箭好像在跳动，它们也变得骚动不安了。也许它们也感到了，一个不平凡的前夜就要降临了。

还没有等到夜晚到来，蟋蟀们已经开始稀稀拉拉地叫了。这些天生的乐师，有着惊人的本领。陉庭派来接应我们的人来了，我们在一条河边相见。暮色向下降落，我看到河水中波动的微光，也听见了流水的声响。此时，蟋蟀们开始它们盛大的演奏，整个土地笼罩在一片乐声之中。在来人的指引下，我踏到了河流上布置的踏脚石……流水在我的脚下轻轻喧响，它们和我一样，有着自己的来历，有着自己的激情和设想，走向自己要到的地方。

卷一百二十四

晋哀侯

我要像猎人一样充满警觉，既不能在林间迷路，也不能把自己送到猛兽的牙齿间。周桓王并没有遗忘先祖的礼制，转而将他的力量放到了我的力量里。晋国已经开始由弱转强，四周的邻国也从曲沃的迷途上返归，开始向晋国靠拢。

我不能像我的父君那样无所作为，不然也会像他那样逃亡他乡。作为一国之君，必须寻找失落的尊荣。现在，我在自己的一个个梦中出现，在那梦中我扮演各种不同的角色，但很少以君侯的身份展现自己。我似乎总不是自己，而是别人。我的每一个形象都是失败者。我曾为此烦躁不安。屈辱的影子总是伴随着我。如果我是别人，那我是谁？梦中失去的，我要在现实中寻回。

我不能再次成为我的先辈，他们不是被杀掉，就是选择了逃亡。我也不能成为另外的人，不论他是谁。每一次醒来，我都会找到我的大臣，让他们解释我的睡梦的含义。他们想了又想，几乎都回答我——你正在返回自己的路上。或者说，我们攻伐曲沃的日子还没有来到，一切仍需等待。

他们知道我的心事，知道晋国所面对的威胁不在别处，就在对面的曲沃。曲沃成了我心头的一条毒蛇，它缠绕我，它伸出了长长的发红的蛇信，它的舌头是分叉的，它的毒液几乎不断地沾到了我的手背上。曲沃庄伯死了，他用死说出了自己的罪，并在底下的冥暗之处接受惩罚。他的儿子称继承了他的爵位，被称为曲沃武公。他看起来似乎缩回了头，却仍然在石头底下酿制毒液——他从没有甘心于屈服，他的衣襟里一直藏着待发的暗刃。

我的军队已经进入陉庭一带，曲沃已经近在咫尺。我已经让陉庭之王让开道路，以便一举击破曲沃，擒获曲沃武公。等待意味着无限的等待，也意味着不断接受别人的攻击，就意味着失败。我的先辈们的事实已经说明了这一点。他们以自己的血传给我获胜的秘诀。我的血来自他们，但我的血不能和他们留在地上的血混在一起。那样，只能让曲沃的敌人一边擦拭自己的剑，一边看着我的血，露出得意而轻蔑的微笑。不，我要把敌人的微笑撕下来，丢弃在粪土里。

古灵魂·

卷一百二十五

韩万

都准备好了，只等武公一声令下，就向着晋侯的大军发起攻击。天还没亮，我就从睡梦中起来，来到了我的战车前。借着火炬的光亮，检点每一个细节。我已经把战马备好，它们的身体和战车连接在一起。战车将借助骏马的活力所向披靡，让敌人望而生寒。战车上的每一个零件关节，都是重要的。我一遍遍检查可能出现的问题，每一个地方都不能出现松动。战场上，每一个人都命悬一线，一个小小的纰漏就意味着失去生命。

我坚信，我的战车是坚固的，一切预备已万无一失。我手里紧攥着火把，它的火光烘烤着我的脸，让我感到了暗夜里的热。它也将光芒投射到更远的地方，我的战车在这光芒的照射下，变得清晰而生动。它有着乌黑的轮廓，粗壮的辕木伸向战马的鬃毛，又被两匹骏马藏到了中间，车轭压住了马的项背，但这压力使战马更显得精神抖擞。巨大的车轮，从车毂到轮辐形成的有力的圆，以及轴头铜害的闪烁，其令人振奋的力道无处不在。

我对这一切都是熟悉的。我是武公的御戎，我能够驾驭战车在悬崖上的窄路行走，也能够观察星象，不会在暗夜的阔野上迷失方向。我知道我的每一匹马的性格，知道它们什么时候烦躁，什么时候饥饿，甚至能够听懂它们每一声长鸣的意义。我给它们在河水里洗澡，带它们在草地上撒欢，我的每一道指令，它们都心领神会。我经常看着它们的眼睛，清澈的瞳孔里映照出我的面容，也映照出四周的一切，它们的映照是宽广的，不会局限于它们眼前的东西。无边的蓝天、无边的草地和森林，以及很远很远的山峦，都在它们的视野里。

在它们的眼中，我只是远近景物中的一部分，只是在巨大的天地之间的背景中的一个人，我是渺小的。也许它们的眼睛里，我并不是真的渺小，甚至是它们眼睛里最重要的、最明亮的、最清晰的。我不知道它们究竟从我的眼中看见了什么，也许它们看到了我从它们眼中看见的同样的东西，只是我的眼中所映照的，是它们的形象。在这样的时候，我们已经通过彼此的映照，联系在了一起，我们找到了彼此到达的通途。

是啊，我们通过对视获得了彼此的形象，我们从各自的眼中找到了自己。或者说，我们是互相包含的，我们的灵魂也互相包含。因而在我驾驭战车的时候，我、马和战车就成为一个整体。我们就不会被分割，我所想的，就是马和战车所想，战车也因此被注入了灵魂。

大战就要来临了。我所要预备的，都已经预备完毕。我等待着我曲沃的主人到来。我摩挲这战马的脖子，它的鬃毛被风扬起，在火把的照耀中，它的鬃毛就像飞舞的银线，双眼异常明亮。它的四蹄踢踏着，刨起了地上的尘土。我将自己的脸颊贴在了它的脸上，我身上的暖流和它的暖流汇合在了一处……我们的血汹涌澎湃。

古灵魂

战马与战车的轮廓上面，一片星空贴着飞翔。那是几百年前的星空、几千年前的星空，甚至更久远的星空，它一直在那儿，照着地上的万物。我们所做的一切，都在它投来的微光里。我想，是不是天上也住着无数的人？也像我一样，举起火把，查看着他们的戎车？我是人间的御戎，而天上无数的火把，意味着天神的御戎在每一个夜晚，都在车旁守候。他们身边的战车，隐藏在了光亮的背后。他们的战车是什么样子？我在广袤的地上，对于更大的天空，我看不见更多的细节。

卷一百二十六

梁弘

我是武公的戎右，我已经穿好了铠甲，将长戟握在手上。我每天在天将明未明之际持戟起舞，将面前巨大的空寂，作为驰行千里的战场。我的眼前看起来是空无的，但我所看见的却是不断围拢过来的敌人。我甚至能看见他们狰狞的面孔，都因恐惧、愤怒而变形。我看见他潮水一样涌了过来，又在我的长戟的挥舞之中退了下去。不，是被我飞舞的长戟压了下去。

我的浑身充满了力量，我的臂膀粗壮，一种野蛮之力从肌肉里源源不断地爆发出来，我的击鼓一样的心跳，提供了丰沛的驱动。每天每天，我都揣摩舞戟的秘密，这么沉重的长戟，在我的手里如同握着一片羽毛，不断地挥舞，让我觉得自己将借助着翅膀得以飞翔。我的身体也是轻的，尽管我有着高大的身躯，可是，我经常觉得，不是我挥舞着长戟，而是长戟带着我的身体，飘动在云端。

我在林中静静观察猛兽攻击的姿态，它们都在貌似宁静的姿势里隐含着进攻的速度和力，当它们捕捉到转瞬即逝的时机，便以闪电之速、千钧之力出击，它们的利齿紧紧咬住猎物，利爪刺穿猎物的肉，

古灵魂

将其制服，将其猎杀。这是多么漂亮的姿势，我一次次琢磨它们每一个动作的含义。

我也在水边观察水鸟的舞姿。它们有着漂亮的羽翼，有着各不相同的性格。有的凶猛，有的优雅，各自展现着自己的高超技艺。鱼鹰立在水边的树上，在枝丫上静静等待。它的眼睛却紧盯着湖水，它的视力能够穿透水面，看见水下游动的鱼。它的目光就是利箭。水中的游鱼摆动着尾巴，若无其事地、悠闲地尽享快乐，却不知在高高的树上，已经有利箭射向了它。

其实，这个时候在鱼鹰的眼里，这活着的身躯，已经死去了，它已经成为自己的午餐。鱼鹰以不可思议的速度，突然起飞，一头扎入水中……结局可想而知。我们不知道这是怎么发生的，它太快了，最后我们所见的，是它的翅翼带着水滴掠过了水面，一个黑影迅速在水上的云影里穿越，回到了原来栖息的树枝上。那一瞬间太漂亮了。关键的一瞬，击破了天地之间的宁静，轻轻地，几乎不惊扰水中的另一条鱼，就完成了一次精确的斩杀。

还有的水鸟有着高高的个子，长长的腿，立在了沙岸上。它安静得就像死去一样。可是就在不经意之间，它已经发现了水里的猎物。它等待着、等待着，一点儿也不慌张。它有着十分的把握拿到想要拿到的东西。突然它的脖子弯了下来，就像武士拉开了弓。它的翅膀瞬间展开，只是那么扇动了一下，头已经高高昂起，长喙上已经叼着一条鱼。它简直是一个绝妙的钓翁，披着白色的蓑衣，拥有优雅的身材，却藏着阴险的心。是啊，它们都是自然中绝佳的武士，只是有着各自的外貌和不同的容颜。它们都身怀绝技，出有所获。

我是它们的模仿者。我的力量需要配上足够精巧的技艺。它们已经为我树立了杀戮者的典范。只是它们技巧更为娴熟，已入化境。它们不需要铠甲，因为它们足够自信，足够强大，也有着万无一失的能力。它们只要穿上美丽的衣裳就足够了，根本不需要另外加上笨重的装束。我没有这样绝好的技能。我的对手也十分强大，我所面对的不是极力逃避的野兔，也不是水中愚钝的鱼。在血腥的战场，我的敌手和我有着同样强壮的体魄，也有着十足的力量。

我每天所习练的，乃是为了在战场上施展身手。如果我手中的长戟是笨拙的，我将成为敌手的猎物。我实际上是以这样的方式，面对生与死的抉择。若我不能将对方制服和杀掉，我将丢弃生命。我需要以非凡的勤奋来珍惜自己，这是对自己的一种仁爱。这种仁爱充满了残酷，因为这仁爱乃是以对手的死为交换。这样，我必须对敌人使出最大的残暴，才能换取我对自己的仁爱。这是多么令人心痛的选择，残暴和仁爱之间，竟然没有隔墙，它们竟然是同一件事。

天就要亮了，我看到御戎韩万已经在等待。他坐在驷马之旁，熄灭了手中的火把，仰头看着深灰的天穹。星光已经消散，它们的充满了奥秘的图形，已经褪去了颜料。一个血气缭绕的日子就要开始了。它注定是灰暗的。血气中没有光明。一会儿，我的主公将坐在中间，他将司掌战鼓以发出号令。

韩万在主公的左侧，拉动每一根缰绳，调动着战马，给它们传递奔跑的信号。它们知道御戎的语言，御戎所想的，都将体现在战马的每一个动作里。我将以百倍的勇力，护卫我的主人，在他的右侧伸出长戟，压倒围拢上来的强敌……让他们的血，从我的长戟尖刃上滴下

古灵魂

来，我的兵刃将因这血的浸染而闪耀。因为，这闪耀中已经加上了一个武士的荣光。

现在，我反复擦拭着我的长戟，它的尖刃已经磨得锃亮，它的锋利，可以刺穿敌人的铠甲。可是，我仍在这深灰的天底下，不停地擦拭。我不断用双眼看它的锋刃，即使在昏暗之中，它仍是这样耀眼，拥有令人胆寒的光芒。天就要亮了……

卷一百二十七

曲沃武公

经过几年的谋划，终于捕捉到了伐翼的时机。我亲率大军从陉庭出击，和晋哀侯进行了殊死搏斗。我以韩万为御戎，以梁弘为戎右，身先士卒疆场驰驱。晋侯越来越狂妄了，他竟然忘记了从前的失败，认为有了周桓王的支持，就可以为所欲为了。几年来，他们一次次攻击挑衅，我一直隐忍不发，是为了积蓄力量，一举击垮他。他们看不见我眼中轻蔑，也看不见我暗中早已握紧了拳头。

猛兽卧在林中栖息，假装闭住了眼睛。那些不自量力的挑衅者以为它沉入了深睡，他们试图在它没有防备的时候袭击它，将它置于死地。但他们忘记了，猛兽的牙齿一直在那里，它只是暂时藏了起来。它的利爪也收在了自己的腹下。它的睡眠也是轻的。挑衅者也不知道，睡梦中的人，可能随时会猛醒，而欺辱一个强大的入睡者，一定是一个愚蠢的懦夫。可他不曾想到，我从来就没有入睡，又怎能被这愚蠢者所愚弄？我只是眯缝了眼，看着对手一点点接近。直到他到了我的利爪可以够着的距离……现在，他们终于到了我的牙齿边。

战斗是酷烈的，中午的日头被地上鏖战的尘土所遮蔽，整个旷

古灵魂

野变得昏暗。天上的乌云慢慢地飘到了天空的中央，远处的山林仍然有着亮光荡漾，但我的眼前是敌人一个个倒下来的尸体。我的战车在敌阵中驰骋，我身边的武士的长戟已经失去了光亮，它沾满了敌人的血。我的车轮从敌尸上轧过，我感到了一阵阵剧烈颠簸。我敲着战鼓，双臂不停挥舞，我听到了这些激烈的鼓点传到了四面八方，我的兵士愈战愈勇，他们杀敌的脚步和我的鼓点匹配，稳健、有力、向前、气冲云霄。

先是他们的阵形被冲决，一张张惊恐的脸，从我的面前退潮。我从溃散的敌阵中捕捉到了晋哀侯的戎车。我看见了他的奔逃的战马——我熟悉他的车上的服马和骖马，那是四匹色泽不同的名马。尤其是一匹骖马头额上的玉斑，明亮、耀眼。他的车是华丽的，马体上布满了各种铜饰，马镳、当卢、月题……马背上的金饰以及闪光的马冠……云雾散开了，晋侯的戎车显得无比光辉灿烂。

我指了一下，我的御戎立即心领神会。我的战车向着晋侯的战车疾驰而去。我忘掉了继续擂动战鼓，双眼紧盯着晋哀侯。我的戎右梁弘勇力无与伦比，他的长戟挥舞着，令人眼花缭乱。一个个敌人被这挥舞中的长戟所刺中，或者被钩翻倒地。我的御戎韩万精于御术，他不断绕开战场上堆积的死尸，骏马疾奔的四蹄带起了地上的尘烟，盖住了凌乱的车辙和激战中的呼喊。

晋侯的戎车越来越近了，越来越近了……我已经看见了他惊慌的样子，他不停地回头张望，脸上有着模糊的、晦暗的表情。日头已经西斜了，我向着落日的方向追逐，马身上的热汗滴到了地上，它们的皮毛沾着晶莹的汗，被落日照得发出了七彩之光，就像携带着彩虹奔驰。它们的身上蒸腾着热气，在这热气飞扬中，我看见前面的晋侯模糊而眩晕。

　　显然，晋侯的马匹无愧于名马，它们似乎更快。战场已经被甩在了身后，杀声越来越远了，只剩下了一点点沙沙声，就像我的车后刮起了强风，这强风在马蹄的节奏中，就像乐师的弹奏，我就像一个远处的倾听者。为了让这演奏更加恢弘，我又一次擂响了战鼓。我的双臂充满了力量，战鼓的声音已经不是为了发出号令，也不是为了鼓舞士气，而是为了击垮前面逃敌的最后希望。

卷一百二十八

晋哀侯

我的马匹还在奔跑中。太阳已经西沉到了山脊的背后，只要坚持到黑夜，我就可以逃脱了。我将生的希望寄寓于夜幕之后。我不断地向后望去，发现曲沃武公的戎车紧追不放，他就像一只疯狂的毒蜂，从我的背后飞来。他的尾部充满了毒汁，随时都要刺向我。有那么一会儿，我几乎绝望了。他距离我是那么近，我看见了他的脸孔——仇恨和兴奋交织在一起，那是一种令人刻骨铭心的、丑陋的表情。

但是我的战马有着更快的速度，我们的距离又越来越远了。我只能看见后面追兵扬起的灰尘，这一团灰尘蒙住了他的戎车，看起来就像是一团莫名其妙的烟雾。我唯一的愿望就是摆脱这烟雾。我深知这烟雾中藏着什么——它的兵刃不时从中露出寒光。我在车上感受着速度带来的颠簸，车轮的快速旋转，使得土地发出了震颤。我的御戎已经竭尽全力。他驾驭着戎车，手中的马缰不停抖动，嘴里发出急促的呼喊。

我不相信我会落入敌手。我的身上负载着天命，天神不会把我抛弃。是的，我必须从猛兽的嘴里逃脱，并回过头来，拔下它的牙齿。

可是，曲沃是强大的，曲沃武公早想除掉我，以便吞没整个晋国。今天，他找到了一直追寻的机会，他以为自己已经得逞了。不，我借助我的快马，以及我的牢固戎车，一定让他的希望落空。

惊慌的逃命途中，我们迷路了。这是哪里？我从来没有来过这里。四周的一切都是陌生的。似乎晋都越来越远了……曲沃武公仍然穷追不舍。落日的余晖也散尽了，黑暗开始笼罩，西面最亮的星已经升起，月亮在天边徘徊，它的光辉倾泻在地上，照着我的前程。路边的树木沦为一个个暗影，就像一个个武士埋伏在那里。但它们一动不动，等待着、观看着、默想着。一阵风从它们中间穿过，黑暗的树冠一时间全都摇动起来了，发出了宏大的声响。

月光下的路似乎消失了。那条白色的衣带一样的路，渐渐变窄，最后剩下了一片迷茫。快啊，快啊……好像已经将敌人抛到了更远的地方。背后的那团烟雾已经被夜幕盖住了，以致我不清楚它还是否仍然在我的身后。也许，他们也迷路了。对于同样陌生的路，他们怎会比我们更清楚？天上的星宿啊，你要指引我回到我的都城，回到安逸的睡梦里。我的先祖，你们在我的身边么？如果你们就在这里，就在我的车上，或者住在我的身躯里，你们就应该告诉我怎样逃脱敌人的追捕。

卷一百二十九

栾成

没想到我们的军队被曲沃击溃。残酷的战斗，士卒们四散而去。鲜血涂红了土地，又被夜色掩盖。好像什么都没有发生。但是就在这须臾之间，晋国将被颠覆。我和我的国君在逃命途中失散，我不知道他现在到了哪里。我正在寻找他。晋国只要国君还在，就有未来的希望。一个国家不在于有着多少山水，而在于有没有一个国君，它是国的灵魂。只要有这灵魂，这个国仍然可以起死回生。

我是晋侯的大夫，我的意义在于辅佐晋侯，治理这个国。如果国君不在了，我活着还能做什么？天已经黑了，夜晚就这样来了，就像往常一样。天上神奇的星图被月光盖住了，它们退到了更远的地方。一朵乌云从月头飘过，地上变得一片漆黑。我的双耳倾听着四野的声息，刚才还有的战车驱驰的轧轧声，好像愈来愈远了。草虫们的合奏响彻了天地之间，我分辨着每一个声音的细微差别。我要从这万千的声音中寻找到国君的车声。

我停下车来，将耳朵贴在地上，听到了远处隐隐的车轮声。于是我继续追踪逃散的国君。好像他离我并不遥远。我顺着一条小路行进，在无数的虫鸣中寻找。天上的乌云离了月亮，它重新将自己的光辉指出了前路。突然，微风把一阵阵战鼓声吹到我的耳边，我想，那一定是曲沃武公在追逐中发出的。这战鼓把我的战车引向另一条岔路，我知道，我的国君就在不远的地方，我就要找到他了。

找寻一个被追逐的人，就要先找到那后面的追逐者。只有通过弓箭手的位置才能获得他所要猎取的鹄靶。我的御手拉动着马缰，调动着马匹藏在身躯里的巨力，它们的四蹄在坚硬的路面上疾奔。我双手紧紧抓住舆栏，身体一会儿被反弹到空中，一会儿又重重地落回了原处。四匹战马差不多成为一个整体，它们的步伐是一致的，几乎每一步都是一起迈出，又一起落下。它们不断地飞跃，就像大河波澜里不断跃出水面的大鱼，它们的长鬃波浪一样，向远处狂奔。

我已经看见他们了！月光之下，一乘战车停在了一棵树旁。它的战马焦急地踢踏。我看见战马身上的铜饰，以及战车上的各种铜件在闪光。它是那么耀眼，就像战车上镶嵌了无数宝石。毫无疑问，它一定是国君的戎车。我和我的武士们向那乘战车奔跑……原来，主君戎车的骖马被挂在了树上。它的身上的各种绳索缠绕着，已经难以解开了。时间被固定在一个个死结上。

我提醒国君弃车逃跑，可一切都来不及了。曲沃武公和他的众多武士已经追了上来。他们挥着手中的各种兵刃，并举起了熊熊燃烧的火把，一个用火焰形成的圈套，已经套住了我们。一个火焰组成的绳索，已经勒住了我们的脖子。一个巨大的火焰的深渊，我们在其中下沉……月亮依然洒着它的白光，地上的一切都是苍白的。

整个大地就是一张苍白的脸，它既没有愤怒，也没有绝望，只有

古灵魂

从我们的眼前向无限远的地方铺开的平静。这样的平静，几乎是令人窒息的平静，既属于暗夜，也属于永恒的时光，既属于地上的景物，也属于天空的虚无。当然，它之所以平静，乃是因为它归于我们的无奈和绝望，也归于浩瀚的月光。对于大地来说，这一切都微不足道，不过是几片树叶飘落的平静，微风穿过野草的平静。野草间的虫鸣，愈加猛烈了，然而地上的一切，却愈加平静。

卷一百三十

曲沃武公

天上的事情、人间的事情，我都看见了。我是在一个暗夜看见的。我从被捕捉的晋哀侯脸上看见了，也在被捉拿了的晋国大夫栾成脸上看见了。我还在晋哀侯华丽的战车、战车的宝马，以及那宝马的迷茫的眼睛里看见了。

我俘获了他们，俘获了整个晋国，以及多少个夜晚梦见的景象。是啊，多少美好的事情发生在夜晚。就是在这个夜晚，我在一个失去方向的地方擒获了晋侯。我知道，我失去方向，是因为晋侯慌不择路，仓皇逃跑中迷失了方向。我不需要方向，我只是紧盯着晋侯的戎车，他就是我的方向。不需要星宿的指引，也不需要暗夜的掩护，我只要擦亮自己的眼睛，不要让我的猎物藏到暗夜之中。

那是多么好的月光，它的清辉是那么明亮，几乎是上天赐予我一个明亮的夜晚，使我一直能够看见他。我的箭就在我的箭囊里，它不断跳跃，就像我的心跳。几次我都想取出它，搭在我的强弓上。我想，以我的精妙的箭法，只要拉开弓弦，就可以将他射死在车上。可是我压住了我的箭囊，压住了箭的羽翼，生怕它飞出去。它生来就有

古灵魂

的飞的冲动，终于停息了。我要将晋侯生擒。我需要面对他，将他置于我的脚下，让他仰望着我，然后将他杀死。

否则，我怎能消解我的世仇？怎样表达我的骄傲？又怎样让他在临死前明白——曲沃不接受屈辱，从前已经接受的，现在将还给这屈辱的施与者。事实上，我并不是与晋侯有仇，而是与他所代表的根系有仇，这根一直连接着现在。他只是这根上的枝干，枝干上的一片叶子。我杀掉他，就是摘掉了这片叶子，以表达我对这根的敌视和怀疑。可是这根也原本是我的根，只是在根上又有分权，就是这分权造就了今天的现实。这分权使得上面成长的树木成为两棵对立的树，虽然根须交织在一起，却有了彼此不同的面容，也有了不同的命运。

我仇恨，是因为这不同的命运，我想追溯我们的从前，为什么会演化为这样？他们一直占据了晋侯的高位，我们却一直处于一片洼地里？我摘掉了它的树叶，就是为了反叛我们的从前。所以，我所仇视的，原是一切事实得以存在的过去。我所要杀掉的，是从过去一直到现在的时间标志。让时间流血，让过去流血，却由今天的一个具体的人来代替，用他的血来说明我的无辜，也说明他自己的无辜。

卷一百三十一

栾成

来不及了，一切都来不及了。逃走已经无望。我的国君已经被武公擒获，我也放弃了独自逃生的希望。我不愿意独自逃走，并成为晋侯被捉拿的见证者。我不愿将这屈辱的一幕放在心上，然后向别人讲述。我愿意和我的国君一起受辱，以便成就一个忠诚者的形象。只有在这样的形象里，我的心才能被安放。

我决定和国君在一起，我不会离弃自己辅佐的君侯。我的内心没有恐惧。月光下，看见武公众多兵卒围拢过来的时候，我曾有过一丝微微的惧怕，但那只是一瞬间。我为这一瞬间的惧怕感到羞耻。那是多么苍白的月光，四面围过来的是一些密密麻麻的黑影，他们在呼喊中移动，我们就像被林间的一群野兽围住。他们的眼睛闪着绿光，可怕的绿光。我能够听见兵器碰触的声音，兵刃的寒光牙齿一样伸了过来——我很快就镇定下来，我想，我已经不准备逃走了，剩下的一切，就是命运给我安排好了的。既然都安排好了，还有什么可恐慌的？

我站在野地上，一动不动。这不是等待的姿势，而是完成了等待

古灵魂

的姿势。等待已经结束，我和主君在这一刻，保持了晋国的尊严。我的双眼和那么多的眼睛对视，我将最亮的光投向他们，我反而感受到了众多兵卒的惊恐。他们手中的兵器顿时垂了下来，我的目光让他们失去了双臂的力量。天上的乌云掠过，好像巨鸟飞过，天地间的黑暗从我的身上飘过，我看见国君从黑暗中露了出来，平静的表情上升到晦暗的脸上。这时，武公以一个获胜者的形象出现了，他举起手中的火把，照着我们的面孔，同时，我也看见了这个人。

我推测他究竟在想什么。也许内心的狂妄已经占据了他的身体，他的灵魂比这个夜晚更黑暗。他没有任何光亮，火光只能照到他的脸上，却不能射到他所拥有的任何角落。他是漆黑的。我所面对的仅仅是暗夜的暗夜，是一团突然来到了眼前的漆黑。这漆黑已经把他推到了远处，在我的视野里，他已经不存在。或者说，我也不存在。我的存在只有双眼射出的光，它洞穿了黑暗。

我的一生简直是一个梦，一个短暂的、意味深长的梦，它曲折、急遽、变化，好像每一个转折都猝不及防。我也在这个梦中看见了世事的变化，万物的难以预料。美好的、紧张的事情都是一闪而过。这不是我所做的梦，而是我在这一连串深邃的梦中穿行。更多的时候，我不知道自己究竟到了哪里，我只是随着自己的脚步一点点挪动。看起来这脚步是轻的，然而我的身体和灵魂却十分沉重。因为晋国是沉重的。我的沉重在晋国的沉重里。我的脚步是这样轻，以至于我几乎没有听见自己的脚步声。

我的父亲是栾宾。晋昭侯把他的叔叔成师封于曲沃的时候，他曾尽心竭力地辅佐成师，也就是曲沃桓叔。是啊，我们是多么不同，我们父子两代人，分属不同的阵营。尽管我的父亲已经不在人世，可我却站在了他的对立面。他的灵魂和我的灵魂，在黑暗里对峙，我们归属了不同的主人。他死去了，我还活着。可是这有什么区别呢？死去和活着，仅仅是在不同的世界上，这中间隔着一条汹涌的河，我们就在两岸相望。我所看见的他的面孔，依然是栩栩如生的，是的，他就在对岸，等待着我从这里渡过去，我将凌波而去。

古灵魂

卷一百三十二

晋哀侯

我被囚禁在一间黑屋子里。我从黑夜来到了这个地方。我知道这是在曲沃，可是这又不是曲沃，而是一个不可知的地方。我看不见什么东西，我也不需要看见什么东西了。我想要看见的都已经看见了，现在黑暗是最好的归宿了。

从黑夜到黑夜？这就是我的宿命？我继承侯位以来，几乎每天都面对来自曲沃的威吓和挑衅。他们已经想尽了办法，用尽了手段——曲沃武公绞尽脑汁要取走我的命，还要拿走我的城，夺走我的国。这已经不是什么秘密了，几代人一直所做的，只有这一件事。其实，我早已料到会有这一天。我从一开始就是为了等待这一天的到来，它终于来了，用全部黑暗盖住了这一天。

仁爱太多就会划出伤痕。我的先辈用仁爱所划开的伤，现在才感到剧痛。让他们的一切疼痛都加给我吧，我接受了，都接受了。我为我的先人承受这一切。我不能返回到他们的时光里，却将他们的时光压到了我的黑暗里。我从没有和他们割断联系，即使他们早已归于泥土，我仍然站在他们的泥土上。当然这泥土也粘住了我的脚，并把这泥土里的芬芳留在我的脚踝上。我似乎是理解我的先人的，即使他们为当初做出的决定后悔，我也不会后悔，因为我接受了他们留给我的君侯之位，也就接受了他们从时间深处给我的所有。

我的一切会被史官记录下来，无论是我的荣耀还是屈辱，无论是我的生，还是我的死。我相信，他们是公正的，他们的笔是公正的。我只是被篡权者和阴谋者杀死，他们在接受胜利的时候，也必须接受不义的诅咒。我的一切由恩惠而起。恩惠换取的则是野心和仇恨。先人们给予的恩惠从我的身上以血流了出来，染红了曾接受恩惠的人的衣袍。是的，这一切不会是无端的，有起因就有结果。

我将自己无辜的形象，刻进史册。史官会用他们的笔，画出一个无辜者对世界的绝望。不过，我已经用自己的死，说出了该说出的。事情如果不被说出，就等于没有发生。因为事情只发生一次，不可重复，也不能验证，任何事情都是独一无二的。它只有被说出，才可以在文字里不断发生，它就再也不是一次，而是无数次。它将成为传说，成为真实，成为永远活着的事情。那么，我将永远驻扎在文字里，驻扎在传说里，在以后的所有日子，都有我的事情。我将在这文字里呼喊，我的声音将很大，盖过天上的惊雷。

也许，我生来就只是为了说出晋国是怎样被窃取的，我又是怎样被杀死的。如果是这样，好像所发生的一切就可以被理解了。那么，即使杀我的人占据了我的晋国，也不过是占据了晋国的躯壳，我却拥有晋国的灵魂。是啊，我就要被杀死了，现在已经没有一点儿求生的愿望，我都准备好了。我已经看见了死。

让他们占据那个属于我的晋国吧，可是晋国永远不会属于它的占

古灵魂

据者，它的主人即使被葬于地下，晋国仍然归于那地下的主人。死掉的主人仍然是主人，活着的占据者也还是占据者，而占据者不仅没有真正占据了他所占据的，还因占据而获得了无耻和诅咒。我的身躯在地下，我的灵魂在天上的云中，他们将不得安宁。现在，我在黑暗里和外面的光亮说话，让那个人，那个躲在黑暗外面的人，躲在光亮里的黑暗面孔，让他来到我的面前，把我杀掉吧！

卷一百三十三

曲沃武公

　　好吧，那就让我杀掉他吧。我推开了囚房的门，一个方形的光铺在了地面上，里面是漆黑的，只有一块方形的光，上面嵌着我的影子。囚房里没有一丝声息，只有黑暗。我的脚步踏破了宁静。我大声说，你，现在还是晋侯，死去就什么都不是了。我听到了来自黑暗里的回应：我死后也还是晋侯。这声音是微弱的，却被黑暗放大了，好像十分宏大。这声音从地底下发出，我感到了脚下的震动。

　　继而，我听见了同一个方向发出的笑声。这笑声也是很小的，就像放大了的呼吸，轻轻地，却同样响亮。因为一切是清晰的，非常清晰，只有眼前的黑暗是模糊的，因为你的视线抵达不了。这笑声听起来既不是快乐的，也不是悲伤的。这是一种什么样的笑？也许这古怪的笑里含有更多的意义——人们感到痛苦的，不是他用笑声代替了他所要说的话，而是他不知道这笑的含义，以及为什么这样的笑里捕捉不到确切的东西。我试图理解这样的笑，却感到这笑的背后，浮现出一张轻蔑的脸。我不是真的看见了这张脸，而是感到了这样一张脸，感到了从黑暗里射出的目光。

古灵魂

我的影子凝固了。我的影子是灰暗的，就像身前放了一块大石头，沉重、不规则，却搬不动。然而，这块石头却压不住那从黑暗中发出的笑声。我想看清发出笑声的那张脸，它究竟是什么模样？尽管我熟悉那张脸，可仍然看不见。这是一种不同寻常的对峙，奇妙的对峙。它不对等。一个是在光亮里，另一个却隐藏在暗中。我感到了他的视线已经射在了我的脸上，可我的视线却游移不定，不知道我将把目光投向哪里。就像旷野里的狩猎，我张开了弓，也搭上了箭，却看不见那藏身的野兽。我的内心紧张、焦虑、烦躁不安。我听到的仅仅是自己的心跳。

我的手紧紧按住腰间的剑。这铜质的兵刃里同样藏着血的冲动。这是它的秉性，这秉性是一开始就被铁匠的大锤打进去的，已经包含在它的形象中。它也有自己的心跳，并和我的心跳是一致的。我的手感到了热，从剑柄上散发出来的热，灼烫的热。这是从剑刃开始一直传递到剑柄上的。我想，它和我一样，向黑暗里搜寻。

我的眼前甚至出现了幻觉，看见这黑暗里的脸越来越大，充满了整个黑暗。突然，我觉得一切是这样恐惧，我不敢靠近那张脸，因为那张脸太大了，它不太像一张真的人脸，而是从地下升起来的脸。这张脸上画满了伤痕，刚才的笑，就是从这些伤痕里发出来的？一张这样的脸，又怎会惧怕我的剑？

卷一百三十四

栾成

一个人，又一个人，来到了我的面前。他们要说服我，告诉我怎样可以活下去。这是因为先父栾宾曾辅佐过武公的祖父。看来，他们还有这残剩的一点点感情，这残荷一样的感情，仅仅是为死亡预备的，只是为了证明他们自己曾存在过。我不需要这样的同情和怜悯，也不需要虚假的情义。这情义仅仅是他们冷酷无情的脸上的遮盖物，他们害怕我看见他们真实的脸孔。但是，我的目光可以穿透面具，早已经看见了我想看见的。一切精心准备的装饰，都没有用。

最后，曲沃武公来了，他准备了丰盛的酒筵，脸上堆满了笑容。他想要说的，已经说过了。他要试探的，也已经试探过了。他已经知道了我心里所想。不需要更多的理由，不需要更多的言语。不需要了。他的高高的冠冕压住了他的双眉，眼睛似乎被这挡在了阴影里。我知道这是最后的酒筵了。瞽者吹响了笙箫，美女翩翩起舞，巨大的编钟在敲击中发出低沉、悠远的回音。我已经随着这回音远去。

他亲自为我斟酒，却又怀着足够的警觉。我看见他的手始终按在剑柄上。这时，我看着他的眼睛，对视了一会儿，我放声大笑。我不

—078—
古灵魂

知自己为什么笑，却听到了这笑声盖过了酒筵的音乐，使得武公的身子向后仰去，他满脸惊愕。我举起酒爵一饮而尽。真是美酒啊，我立即感到浑身舒畅，这美酒流遍了我的全身。

武公谈起了我的父亲，说到了先父生前的故事，那都是一些令人感动的故事，我看见他擦拭眼泪。我的父亲好像就在我的眼前，他从我的心里走出来，向我微笑。他不再是我印象中的严厉的模样，而是那么和善，充满了慈爱。是的，他给了我所有，连不曾给我的，现在也给了我。我已经没有遗憾了。这是多么好的告别，却是以重逢的方式进行的。我再一次举起酒爵的时候，真切地看见了他。

晋昭侯将成师，也就是曲沃桓叔分封到曲沃的时候，是我的父亲辅佐他，让曲沃渐渐变得强大，也让曲沃桓叔滋生了夺位之心。我的父亲没有想到，他所做的一切，就是为了击败他的儿子，击败他的儿子所辅佐的晋国。他已经死了，可是他为我树立了强大的敌手，并最终将我置于死地。在某种意义上说，是他用武公的手，将他的儿子杀掉。这样，我从我的父亲身体里分身而出，我的身上流动着他的血液，我是他的另一个，但这一个却杀死了另一个。这是多么精彩的宿命，他用自己的手掐住了自己的脖子，死去的却是我。这是同一个人的搏斗，一个影子分成了两个，最后被黑夜淹没，影子的存在是为了消失。

我要追随国君去另一个地方。不论武公用怎样的言辞来劝说，我都不能背叛自己。我的人生不过是一场大梦，它由一个个不同的场景组成，这些场景已经不用追溯了——它像云朵一样已经从天上飘过去了，剩下了一片空无，蓝的空无。它拒绝一切仰望者。

我已经十分明白，生活本身不过是残渣，是死亡和沉睡留下的。无论我怎样细心捡拾，它们都会掉在地上，即使是偶然抓住了什么，也将因最后的松手而失去。所以，我没有为自己的选择辩解，我只是面对美酒长久沉默。让他的言辞用尽吧。美女们的舞蹈完全失去了色彩，她们不过是画在殿堂上的一些影子，她们存在，是因为我将不存在。我已经死了，现在的饮酒者，不是真实的我。可是，我要真的见到死去的父亲，我将和他说些什么？我们互相看着，都露出微笑，这不是很好么？

卷一百三十五

木匠

我从哪里说起呢？我是擅长做活儿的人，一谈起什么来，我的嘴巴就张不开，就像上下嘴唇被严寒冻住了一样。可是我可以对自己说话，和我所做的活儿说话，和我的斧头、我的锛、我的木头说话。它们能够听懂我说些什么。

先说我的师傅吧。他是一个充满了传奇的人，以至于我一直不知道他来自哪里。他也不喜欢说话。他教我木匠手艺，只是用手来教我，他一边做，让我在一边看。如果我还没有看见什么，或者说我没有从他的动作里领悟到什么，他就狠狠瞪我一眼。这已经是最严厉的语言了。可是，他的手是那样巧妙，一样活儿，需要多长的木料，怎样把它们榫卯在一起，他一眼扫过去就知道了。他不需要尺子，他的眼睛里就有一把精确无比的尺子。

他鞣制的车轮是最圆的，也是最结实的。他给晋侯打造了战车，身经百战从无损坏。他还有着一手绝活儿，可以用斧子劈去落在木头平面上的泥污，而木头却不会有丝毫损伤。他的每一个动作利落、准确、快速，你会觉得他的手里就掌握着风，他的五指一会儿并拢，一会儿张开，你根本看不清他怎样做完一样漂亮活儿。我的眼睛紧紧盯着他的手，却经常错过最关键的步骤。还说什么呢？总之，我的师傅是最好的木匠，他的手艺是别人偷不走的。

他也给死去的晋侯打制棺椁。他从山林里砍伐最好的柏树，从中取出最适合做棺椁的材料，把棺椁做得光滑、光亮、结实、精美，还涂上一道道漂亮的漆皮。这几层漆皮也很有讲究，刷一层，要在上面裹上一层薄薄的麻织，然后再刷下一层。这样漆皮就不会掉落。即使埋在地下，也经得起泥土侵蚀。关键是每一块木板的对接，要做好每一个榫卯，不能有一丝误差。木板合在一起，看不出有任何缝隙，就像是从一整块巨大的木头上雕凿出来一样。我想，死者住在这样的棺椁里，一定十分舒适满意。它既温暖，又不会潮湿。世间到哪里找这样好的房子呢？

唉，这些君侯，一个个死去了。我们为他们造起了宫殿，为他们制造了戎车，也为他们做好了棺椁。他们的一生都在我们做的木头里。他们离不开木头。而这些木头是我们为他们从山林里砍伐，又用精美的手艺做好他们所需的。他们的一切来自我们的手艺。我们所做的所有活儿，都是为了把他们送到另一个世界里。可是，他们对这些事情视而不见，他们根本不知道我们在做什么。

我真同情这些君王，他们生来就是吃饭、睡觉，要么四处征伐，从来不做有用的事情。我们所做的，就是为了他们更加无用——让他们成为世界的过客，成为毫无用处的废弃物。他们所争夺的，也是无用的东西。为了一个君侯的名号，不惜搭上自己的性命，世间又有什么值得用性命换取的东西？你的性命没有了，你还能剩下什么？又怎能看见自己以后的日子？

人活着就是要看见——看见每一个日子，看见自己所做的一切。比如我吧，我每天早晨起来，就开始看见我的开始，看见我手中的每一样活儿，看见我把一件事情一点点做成了，我的内心充满了喜悦。我每成就一样事情，就会觉得自己又积累了一个饱满的果实。就像一个种树的人，他将自己的愿望植满了整个山坡，他会每日望着这山坡上的树林，觉得过去的那些日子转化成可以看见的事物。是的，我的树林在我的心里，我每日都可以看见它。现在想起来，我所做过的，我都记得。我所做的每一乘战车，我所做的每一具棺椁，我搭建的每一座房子，以及我所雕凿的每一个榫卯……我都如数家珍。它们不仅仅是供别人使用的，也是为了在我的心中存放的。它们意味着我的生命，我的日子。

为了展示我的高超手艺，我还做过一些一个套一个的木盒。这些木盒有着相同的外形，一个比一个小，一个套着一个，直到最小的那一个。它们之间几乎看不见缝隙。最小的木盒只有米粒那么大，要想打开它的盖子，必须有一双灵巧的手。我做这样的套盒，仅仅是为了证明自己的能力。可是当我开始制作它的时候，却是受到了君侯们死后享用的棺椁的启示。只是他们所享用的棺椁是有限的，或者只有简单的几层。即使是天子，也不过采用五重棺椁，而诸侯只有三重。我的高超的手艺，在人世间找不到用途。

可是最大的诱惑，或者最令人向往的事情，不是来自已有的生活，而是来自你不曾拥有的、也许永远不会拥有的生活。我已经创造了我所能见的，我还想创造我不曾见到的。于是，我制作了这些木盒。每一个木盒上都雕刻了精美的花纹，那只最小的，它上面的花纹几乎是看不见的。我在雕刻这些花纹的时候，已经不能用眼睛来观察了，我的细小的刻刀完全是凭着我的感觉去雕刻的——我是用心去雕刻的，在我的心里，这些花纹的图案早已放大了，我不会刻错其中的任何一部分。在我的目光不能抵达的地方，我的心就变得愈加明亮。即使我的眼睛不能看见，我的心也是能够看见的——是的，我的心能够看见我所做的一切。

我从这盒子看见了世界，整个世界。它包含了一切人事。它们一个比一个小，似乎暗示了无限。任何可见的事物中都包含了无限多的自我，只不过它们是被不断包裹着的，它们有一层又一层的包装，藏在里面的一点点缩小了的自己，最后变为虚幻。米粒一样的盒子里应该还有更小的盒子，只是我们再也做不出来了。它应该有，但却看不见了。我们所理解的，只是可以看见的。而对于无限的小，我们既不知道，也不能理解。可是，事情的奥妙往往藏在最深邃的地方，有着看不见的样子。它的形象以及它里面仍然包裹的，只能从最大的、可见的形象去推测。

所以，我理解了晋侯为什么在他死后，要用三重棺椁来装殓安葬。这三重棺椁只是为了说明他不愿意藏在最深处，而是要借助木质的外形一层层向外扩张，暗示了无限占有的可能。但从外部看起来则正好相反。这外形一点点收敛，最后放在其中的可能是虚无。可是，死去的人和活着的人看待问题的角度是不同的。死者是从里面向外张望的，而活着的人则从外向内窥探。事实上，君侯们从来采取的是死者张望的角度，他们是不是从没有活着？

现在，我来到了曲沃。曲沃武公杀死了又一个晋侯，我要为这个新的死者准备棺椁了。我带着我的全套木匠工具，还有我的精美的手艺，为他做最好的棺椁。他生前享有的，也让他死后享有。实际上，我只是用这样的语言说明，他的生与他的死，几乎是没什么区别的——他从来都是在生与死之间徘徊，或者说，他从出生开始，已经死去了。既然生与死没什么界线，他的生与死也就都失去了意义。

只有我的木匠活儿是有意义的。他们给我提供了展示手艺的机会。如果没有他们的生与死，我的手艺又有什么用处？我平生所学就不能化为有形的事物，我就仅仅在我自己的内心里存活。现在，因为他们的死去，我不仅在自己的内心里存活，还在我所创造的事物中存活，我的生命不仅回归我自己，还在其它的存在物中寄寓。这样，我就有着两个生命，而其他人却只有一个。

晋昭侯死了，晋孝侯死了，晋鄂侯死了，晋哀侯也死了。一个个晋侯都死去了，他们要么被杀死，要么在逃亡中死去。他们是如此短暂，就像天上的闪电，倏忽之间就消失在黑暗里。他们似乎想要照亮什么，实际上仅仅是一闪，就沉入了天上的深渊。他们看起来是雪亮的，可是一切很快过去，还有什么会留在天上呢？

曲沃也是同样的。曲沃桓叔死了，曲沃庄伯死了，曲沃武公还活着，可是他又能做什么呢？他们也一个个死去。他们的争夺还将进行，争夺的结局就是死去。这样的命运从他们的心念里产生，又在他们的肉身里灭绝。我给他们制造战车，让他们厮杀。我再给他们制造棺椁，把他们埋葬。

我制作战车的时候，已经准备为他们预备棺椁了——我做的木匠活儿是精美的，在世间无与伦比。他们借助我的手艺去争夺，又借助我的手艺死去，我的手艺伴随着他们，却最终属于我。我用各种木头包裹他们的肉躯，也包裹他们的灵魂——我的木匠活儿是精美的，我的手艺在世间无与伦比。那些使用它的人，用尽了心机，流尽了血，而我只用一样材料制作他们所需——木头。啊，这世界并不属于他们，尽管他们以为属于自己，实际上却属于木头。

这是我取自山林的木头，是我用长锯和斧头砍伐的木头，是我从树木上取来的，而这一切，都出自山头，出自土地。

古灵魂

卷一百三十六

小子侯

父君被曲沃武公掳去，又被他杀死。我感到万分悲伤。他有他的命运，我有我的命运。我不知道我的命运会不会和他一样。我知道晋侯的座位是危险的，它是设在了悬崖边上的，只要大风刮来，就可能掉下去。可是我还是坐在了这个座位上，它曾经是先祖们坐过的，他们曾一个个从这里掉下去了……

大臣们把我推到这里，周桓王承认我的君侯之位，就是因为这座位上需要有一个人。这个人是谁并不重要，但他必须符合周王室的礼制。也就是说，一个无形的礼制，一个祖宗之法，是我必须坐在上面的理由。我就是这个理由还存在的理由。

我所能做的就是坐在这里，除此之外，还有什么可做的？我的父君已经去该去的地方了，他也是为了坐在这个座位上，这里仍然留有他的温暖。我看着宫殿里的每一样东西，都是他所抚摸过的。我无论将手放在哪里，都会按到他的手印上。

我很想和曲沃武公谈一谈，为什么要这样互相残杀？仅仅是为了一顶诸侯的冠冕？这是怎样的冠冕，它太沉重了，以致它压低了我的头。我的头上顶着一座大山，它看起来是巍峨的，可是这巍峨的山头是为我准备的，它压住了我的自由，压住了我的呼吸，却供别人观看。这不是我所希望的日子，我要的是舒畅的呼吸、舒畅的心灵、舒畅的日子。

现实显然超出了我的理解。我不理解为什么会是这样。曲沃和翼本是一家，都是晋国的一部分，他们本是同一血脉的两个分叉，有着同一个源泉。就像两条分开的河流，即便是已经分开，仍然在水面上漂荡着相似的波澜，有着相同的日升和日落，并被同一个天空笼罩。它们有着相同的水，只是流向不一样了。可这又有什么？让我们朝着各自的方向走，到各自不同的地方去。

我整天向天神祈祷，可是天神只是保持沉默。他不说话，不告诉我一切为什么发生，又将发生什么。他只是用我的眼前的一片苍茫，回答我的所有问题。我也向祖宗祈祷，他们也不作答。他们都待在时间的深处，就像花儿隐藏在花丛里。当微风穿过，别人点头的时候，他们也点头。似乎我的选择就在我的被选择之中。

这就是我能够得到的启示。剩下的，就是我自己的事情了。这些天，大臣们不断向我报告曲沃方面的动作，即使曲沃武公宫中的树枝摇晃了一下，也要告诉我。我似乎什么都知道，可是那个掌管曲沃的人究竟在想什么？我却一点儿也不知道。身边的大臣们不断献计献策，可是我该听哪一个的？即使是同一个人，所说的也不一样，刚才对我说的，现在就反悔。他们不断否定别人的言语，又否定自己前面说过的话。他们的言论增添了我内心的烦乱。

这让我想到了荷塘里的蛙声。它们一起鼓噪，却自己也不知道自己在说什么。它们仅仅是为了鼓噪本身。我就是坐在池塘边的人，耐心倾听每一只青蛙的声音，可是当它们合在一起的时候，我什么也听不清了。好吧，我就一直坐在池塘边吧。我观察着水面上的波纹，感受着不断吹来的微风，可是我一点儿也不感到舒适。我的心是燥热的，我的眼前浮现出扰动的斑点，可是我似乎必须坐在这儿。

尽管我对曲沃充满了仇恨，可是我仍然想着如何填平曲沃和翼都之间的沟壑。如果这样下去，我们的仇恨又怎能填平这沟壑？我们的仇恨是因为仁爱而生的，消弭仇恨也需要仁爱。仁爱会唤起欲望，欲望生发仇恨，这又怎么解决？我不知道这世间的事情如何起因，却看见了事情的结局。我是矛盾的，我坐在这儿，倾听荷塘里的蛙声，我终于知道，它们也是矛盾的，它们也同样烦躁。

卷一百三十七

农夫

又到了夏种的季节，田野里什么也没有，它等待着我的种子。我走出了房子，来到了我的田地里。我仔细查看我的地里，发现在去年收获过的凌乱的田垄里，已经有一些新的绿苗，也许它们属于没有捡拾干净的谷种，发出了新芽。还有更多的一些小小的绿叶，来自地里的野草。我能很快辨认出它们是什么，它们以为春天来了，地气开始上升，好日子来了。实际上，我非常清楚，天气还会有变化，还会有寒流回袭，它们显然高估了自己的生长的能力。

我所在的晋国不断地生乱，就像我的田地里，只是因为去年没有把地里的谷粒捡拾干净，就不断有新的萌芽。这些萌芽不是良田里所需要的，即使是新生的谷苗，也和野草是一样的，对于庄稼来说，都是有害的。我需要把这田地新翻一遍，把所有的杂草都除去，不让它们和我新播的谷子争夺肥力。这样我的谷子才会茂盛，才会在秋天有一个好收成。

可是，晋国的君王却不知道这一点。他们也需要新翻土地，把杂草除去。而且这地里还有宿冬的虫子，它们也不是好东西。它们一旦

占灵魂

苏醒，就会咬蚀我的谷子，谷叶上就会出现很多虫洞。一个人身上如果布满了伤痕，他难道不会感到疼么？我不能让我的谷子浑身疼痛。

我听说现在的国君又出事了，他被曲沃武公引诱出来，杀掉了。究竟是怎么回事？好像有很多种说法。相传曲沃武公给他送了一个绝世美人，并答应两家不再互相征伐。小子侯相信了。可是他怎能相信曲沃武公的话？这么多年过去了，一个个晋侯被杀掉了，已经说明了曲沃的残忍。他怎么会忽然回心转意，变为一个善人？

何况，曲沃已经变得足够强大，而晋国的君侯却差不多失去了征伐曲沃的能力。曲沃在弱势的时候尚且不甘心屈居翼都之下，却会在强大的时候突然放弃自己的夺位之心？野草遍地的时候，一个农夫就没有力量把它们锄干净了。你又怎能指望这些野草一下子变成了谷子？一个农夫所知的，君侯却一脸茫然。

据说，国君出了都城就被伏兵所杀。当然还有另外的几种说法。但是这一种说法是比较可信的。因为晋国的翼都已经十分衰弱，国君最好的对策就是和曲沃讲和。也许他的想法是幼稚的，他急于做的，是一件不可能的事情。只要对方给他一点希望，他就会觉得事情可以办成了。一个活在希望里的人，是最易于被骗的。他高估了希望，因为希望里藏着虚幻，放大了的希望里有着不能预料的欺骗。他在此之前，已经被这希望捆绑了，放在了敌人的囚牢里。

小子侯究竟怎样死的，我们不可能知道。我们不知道事情的每一个过程、每一个细节，唯一的真相是结局。所以，人们究竟怎样讲述国君死掉的故事，已经不是十分重要。其实这个故事的秘密只有一句话，那就是他被杀掉了。可是这已经不是秘密了。也就是说，事情真正的秘密是人尽皆知的，只是人们从不相信自己所知的，原以为是最不可能知道的。一个人怎样死去，难道比他死去这个事实还要重要么？

就像我这样的农夫，尽管每天都在看着我地里的庄稼成长，可是它们究竟是怎样成长的，我却几乎是一无所知。但是，我知道要等到秋天来临，所有的辛劳就会看见结果了。我曾落下的汗水，就会化为收获。我拥有了这个最后的结果，一年里所有发生的，都可以被遗忘。

既然这样，我为什么非要知道晋国发生的事情？人们相传的，不论哪一种，都是真的，也并不是真的。因为它的真与假已经不重要。它的真假已经由结果做出了判定。结果已经知道了，小子侯已经死了。晋国该有一个新的君主了。对于我来说，最重要的是春天来了，我的土地需要播种了。土地是这样肥沃，它不能被辜负，日子不能被辜负。没有播种就不会有秋天的收成，这一点是肯定的。

古灵魂

卷一百三十八

虢仲林父

　　我携着王命出发了。周王已经下令，让我率兵讨伐曲沃。晋国的内乱由来已久，它的君王一个个死去，曲沃成为乱象的祸根。曲沃武公诱杀了小子侯，周王不能再一次容忍了。周朝从天下归一以来，以礼乐为治理尺度，奉行嫡长子继承的祖制，这样天下才能得平安。如果没有这样的祖制，谁都可以成为王侯，那天下岂不大乱？

　　人心是最容易浮动的，它的贪欲必须受到制衡，否则天下就会失去秩序，没有秩序就没有安平的生活。即使是天上的飞鸟、地上的野兽，都有着自己的秩序，它们的形象不同，却各自遵循着自然赋予的本分。鸟儿要在天上飞，走兽要在地上走。鸿雁要高高飞翔，秋天南飞，春天归来，即使是高飞在天上也排列有序。燕雀就要在树枝上栖息，它们要接近地面，在人群集聚的地方集聚，在阔野上疏散，并在田地里捡拾农夫遗留的残粒。它们依照四季来安排自己的生活。在丛林里，羊就是吃草，而猛兽则要吃肉，每一样野兽都不能越出自己的界线，它们的行为要严守上天的约定。山林里必须有兽王，它蹲坐在一旁，统领百兽，维护自然法则。

这就是天下的道与法。如果失去了道与法，我们还会看见一个生生不息的世界么？一个凌乱不堪的世界还值得我们去生活么？可是，曲沃却要冲破这道与法，想要把不属于自己的，归于自己。他们除掉了一个个晋国君主，使得晋国没有安宁。祖宗之法他们都不顾了，还怎样维护一个秩序井然的天下？他们喜欢用同族的血，染红自己的罪，把恶行树立为典范。

周王不允许这样的事情反复出现，否则周室的天下就会失去。周文王曾被囚禁于羑里，静心观察天象，看到了天上星辰神秘的秩序，它们用神奇的排列，组合了夜空的光辉。它们有的明亮，有的幽暗，它们也不是均等的，而是因为自身的状况，获得了各自安于本分的位置。他也曾观察天地之间存在的万物，看到了飞鸟的姿态，它们的飞与降，都是优雅的。它们能做什么，不能做什么，都由天神赋予了相应的约束。各种飞鸟都占有不同的高度，这样就不会在空中相撞，也不会争夺地上的食物。林间的走兽也是这样。它们各自有着自己的领地，有着捕食的范围，没有一样事物有所僭越——这不是因为它们的明智，而是生来就获得了规则。

这是万物与天神的相约，是自己与自己的相会。但是，曲沃武公不知道这一点，他的父亲以及父亲的父亲也不知道这一点。那么，我就遵照周王的命令，率兵讨伐他的逆行，让一切重归原初。我的将士带着世间的正义，带着天命，也带着用刀锋组成的秩序，来匡正所有的变形者。

我是周王的卿士，我因周王之命拥有了主宰者的权力。我要推倒曲沃武公宫殿的墙，让他知道他应该待在什么地方。可是，当我还没有到达晋国的时候，他已经退缩回了曲沃。前面是大河。我看着奔腾的河流，激浪推着激浪。河岸上的丛林被大风吹动，发出了一阵阵呼啸，其中夹杂着林间各种野兽的叫声。天空开始发暗，又一天就要结束了。几个日子的行军，我已经十分疲劳，波涛的节奏，召唤着睡眠，我们也该安营扎寨，进入梦中了。

天上的星辰开始显现。它们的存在，是为了启示我们。这是天神的秘密命令，以宽阔的天幕为简牍，用光来书写。大河的咆哮从黑暗里传来，传递着晋国又开始了的一段安宁。是的，曲沃武公重返自己的睡榻，他是不是也能做自己的梦？他的梦已经破碎，还能把这些碎片重新拼接起来？好吧，我在天亮之后，将重返王都。我想，曲沃武公也许不敢进犯晋都了。被云翳遮住了的星空，将重新恢复它本有的光明。

我将很快进入晋都，奉命把晋哀侯的胞弟缗立为新的晋侯。晋国也该有一位新的晋侯了，它将成为原来的样子。我将在晋国驻扎一段日子，以便恢复它的安稳。不过，这可能仅仅是暂时安稳，暂时风平浪静。就拿这黑夜里的大河来说吧，它的喧嚣不是来自表面的大风，而是由高处带来的宣泄，是水底埋藏的大石头。

晋国的水底已经埋藏了大石头。曲沃已经积蓄了力量，它将借助着石头不断涌起大浪。我没有足够的力量把石头搬开，天子也没有这样的力量。因为石头是沉睡在水底的，是放置在时光里的，它已经深深嵌入了污泥，再也搬不开了。

卷一百三十九

大臣

晋国又一次平静了。这平静一定是暂时的，究竟会平静多久，没有人会知道。周桓王派遣卿士虢仲林父讨伐曲沃武公，他浩浩荡荡的大军还没有到来，曲沃武公就退缩了，返回了曲沃城。但是这并不是事情的完结，而是新的动荡的开始。

虢仲林父已经把晋哀侯之弟缗立为晋侯。晋国正宗的统治保住了，但很难预料它能持续多久，我是悲观的，我只是因自己的身份而尽力，可已经看见了晋国苟延残喘的样子。但对我来说，即使一个垂死的晋国，我也是热爱的。我所做的，不是为了自己，而是为了晋国以及它的国君，或许，它已经是我的生命，我和晋国已经分不开了。我和曲沃是没有仇怨的，然而曲沃因和晋国作对，我的仇怨就产生了。

从我成为晋国的大臣开始，我就把我自己许给了晋国。可是这个国是何其虚弱啊。它甚至经不起一颗雨滴的槌打。曲沃已经把晋都当作自己的花园了，他想来就来，想走就走，并且每一次都要拿走一些不属于他的东西。于是他的东西越积越多，而真正属于晋国的则越来

古灵魂

越少。晋国的君主一个个被杀，他们已经成为晋国的血祭，晋国是用血块堆积的，上面还印着曲沃践踏的足迹。

我在晋都的郊外徘徊，就像黑色的燕子在乌云里盘旋——我看见满地的污秽，都是曲沃留给我们的。曲沃有着有形的力量，有着强大的军队，也有丰厚的来自土地的积蓄，可是晋国的正宗，虽然拥有不大的翼都，薄弱的防备和不断消耗的储备，却有着正宗的血脉，有着无形的祖宗之制和周礼的依托，这无形的力量暂时还取得上风，也获得来自周王的支持。否则，周王的天下也就失去了存在的依据。晋国统治者的取舍，涉及天下的稳定和人心的向背。

这意味着，曲沃乃是裹着美丽外衣的邪恶，它所依凭的，乃是它邪恶的强大，它所没有的，却是它的无形之力。但是，所有的力量既不在于无形的，也不在于有形的，而是在有形与无形之间。它们之间有着转换的枢纽，不知道什么时候什么人会触动这枢纽。也许这一切秘密都埋藏在时光里，一切力量都在时光里。

因而，我是悲观的，我既不能预测时光里的东西，也不能预测晋国的将来。不论多么坚牢的事物都会倒塌，露出时光里真实的意图。我只是一个晋国大臣，我只是君主的附庸，我所附着的东西，就是我自己存在的依据。所以，我没有自己，也没有将来，我只要坚守自己的本分，就可以从那虚幻的本分里获得自己。

我在晋都翼的郊外徘徊。我就像飞鸟一样寻找着归巢。可是我看见的晋都几乎是一个空壳，它里面除了国君的宫殿，一个国的记号，还有什么呢？里面的主人不断变化，他们同样有着外面的四季，有着一个个时间的轮回，可是在外面你又能看到什么？在四季里，一切草木要经历荣枯，地里的虫子要死灭和复活。可在大的时光里，又隐藏着怎样的四季？它超出了我的观察，我知道了我智慧的限度。

晋国也是这样，它也会有着同样的轮回，也许它不可能永存，它会有着自己的寿限。可是，由于曲沃的存在，它的内部出现了虫害，一个完整的果子，已经住入了虫子，它会先于别的果子掉在地上的。这一点，我似乎已经看见了。

我徘徊，我的思想也在徘徊，似乎在迷雾里徘徊。郊外的田野开始耕作了，新翻的土地散发出特有的新土气味，一种极其深厚的芬芳。有几个农夫在田地里劳作，他们把地里的大土块用木棒打碎，让这新土变得细腻。新的东西都是有光亮的，新的土也是这样。看上去田野十分光滑，闪着光亮，它吸收了下午的阳光，变为自己的光，那种发黑的光。一眼就可以看出，这样的土地是肥沃的，拥有足够的地力，养育即将播下的谷种。农夫专注地看着眼前的土，敲打着，土地发出浑厚而沉闷的声响。

田地之外的地方仍然是凌乱的。战乱的痕迹到处可见。一些箭头深深刺入了枯树，把疼痛放在了树心里，但是，树梢上仍发出了朦胧的毛茸茸的绿。这样的绿只有远处才能看见。不论受到多少毁坏，生活仍在进行。即使晋国失去了希望，世界却一如既往成为它原来的样子。

卷一百四十

隐士

山林里的清泉多么甘甜。林间的阳光多么温暖。我远离了人世的喧嚣，也远离了人间的苦痛。我的身上裹着兽皮，带着野兽的花纹，和各种野地里的生灵共同生活。这是多么自由，用不着为人世间的事情犯愁，也不用担心由于战事而四处逃避。我已经在逃避中，并在逃避中获得自由。逃避有什么不好？因为逃避，这逃避却成就了另一番景象，它使逃避者获得了最终的逃避，逃避变为永不逃避的安宁。

我以树林里的各种野果为食，在山洞里度过严冬。我储存过冬的食物，和猛兽分享猎物，并保存了火种。我有足够的泉水，也有足够的食粮，真是无忧无虑的日子啊。有时，我会遇到外面来的樵夫，他们要在我的山林里砍柴，并在歇息的时候和我说一些外面的事情。我笑一笑，告诉他，我已经不需要知道这些事情了，我的心里只有这片山林，甚至这山林也不存在。我是完全自由自在的，我已经遗忘了以往的一切，也遗忘了自己。

可是他们觉得需要和我说一说。这只是他们通过和我的诉说，打发无聊的时光，排遣内心的寂寞。他们所说的，实际上就是他们想说的，可我不过是听一些完全和我无关的故事，这些故事来自遥远的过去，来自另一个与我无关的世界。我觉得真是有意思，可我听一听就过去了，并不把它当作真实的、正在发生的事情。可是这世界还有什么新奇的事情？晋国的国君不是被杀掉，就是流亡他乡。曲沃一个个主人不是抑郁而死，就是等待死亡。他们出于同族，却不断互相杀戮。

对我来说，这些樵夫说得津津有味的新事情，实际上都是陈旧的、没有意义的东西。互相杀戮有什么意义？君侯轮替有什么意义？仇恨集聚有什么意义？他们都看不清人世的虚幻，看不见山林里每一年的四季交替，也不知道人生的短暂，更不知道人是应该自由的，并应享受这自由。我们为什么不能像自然一样开阔，并听从着命运的安排，就像一株草那样欣然接受从生到死的经历？

我也曾是晋国的臣仆，曾为国君谋划未来，可是仍然不能改变一切。因为一切就在那儿，一切是不能被改变的。我们所能做的，就是放弃自己的所能。既然你的能力已经被限定，你就应该知道自己能力的边界，就不应该试图逾越这已经被天神划定了的界限。获得的已经获得，不能获得的，也不可能获得。但是，这么简单的道理，这些不断挑起争夺的人，就是不知道。

那么，他们究竟知道些什么呢？他们既不知道自己，也不知道别人，更不知道天地之间的道。这些人也不知道自己的固执，占有的固执。这样，就有了一个个同样的果实——不断把痛苦加于别人，也加于自己。这些看似高贵的人，似乎还不如林间的飞禽走兽，因为这飞禽走兽尚能知道自己所应该做的，也知道自己生活的限度，因而这林间充满了自由，也充满了欢欣。

它们有时也看见了人们所做的，但它们不需要理解这些事情，也不可能理解。它们只是人间不幸的观赏者。那么，人间的不幸仅仅是为了鸟兽的观赏，所以才自己制造这么多的不幸？我既不愿成为一个奴役他人的人，也不愿成为一个被奴役者。我渴望着爱与被爱，渴望变为一个本来的人，一个具有原初意义的人。这一切，我在这片广袤的山林里实现了。

樵夫问我，你不会孤独么？我说，我是孤独的，但这孤独原本就是我所追求热爱的，所以这孤独不是被强加于我的，而是我本有的一部分，或者说，我就是这孤独本身。难道孤独会惧怕孤独么？一块石头会惧怕自己是石头么？一座山会因自己是一座山而感到痛苦么？我就是这石头，就是这山，就是这山间的泉水，就是这里的野兽、草木和虫子，我是一切，我还会感到孤独么？

樵夫还问起我的生活。我就请他到我居住的地方去。我引领他拨开草丛，顺着一条只有稀疏脚印的小径，绕过了清澈的小溪，在这流水的伴随中来到了一个山洞前。我向里面指着，说，我就住在这里。他想到里面看一看，我说，好吧，请跟我来。我拉着他的手，几块石头铺好了的石阶，接受了我们的脚步。明亮的阳光渐渐变弱了，光线变得暗淡，我们的影子也渐渐消失。

这是我的居所，它不需要影子的跟随。它是完全洁净的，除了我的睡眠，没有更多的东西，甚至没有梦。它就像林间的兽穴，铺着松软的野草秸，我可以毫无顾忌地躺在上面，进入漆黑的夜晚。我不需要灯，从洞口射入的月光已经足够。山洞里的空间很大，高高的顶部远胜过国君的宫殿。这一切岂是人的力量可以建造的？它的奇特岂是人的想象可以抵达的？里面的洞穴还套着洞穴，它的深远和充满了的奥秘，岂是人可以探究的？

就在这洞穴的深处，还隐藏着一个独特的涌泉。它的水不知来自哪里，也不知道究竟流往什么地方，它好像专门为我所设计。我饮着这样的甘泉，并吃着新鲜的野果，还可以在我的石头垒筑的火灶上烧烤猛兽残剩的肉。取不尽的木柴，守护我的火种。需要的时候，我将这火种引燃更大的火，这火光将把这洞穴照彻，此时此刻，温暖从我的身躯外面开始，通往我的灵魂。

我还有什么不感到满足的呢？我不需要祭祀先祖，因为已经割断了与过去的联系。我也不需要祈祷，因为天神就在我身边。无论我怎样生活，哪怕是大声嚎叫，就像野兽那样大声嚎叫，天神也是允许的，因为他要我这样做。我所做的都是天神让我做的，而我却不知道、也不需要知道这样做是否合适。我甚至不知道自己是谁，关于我自己，我也同样不需要知道。一个完全无知的世界是多么神奇。

我的世界是别人不知道的世界。我在一个没有别人的世界里生活。即使是樵夫来访，也就是一个陌生人偶然进入我的生活而已，或者说，他的来访仅仅是我对自己的一次访问，我用别人的眼睛重新看见了自己。在这里，没有战乱，也没有仇恨，只有爱。我和野兽为伍，和它们一起感受天神的存在。即使是虎豹豺狼，也从不伤害我。它们来到我的身边，只是感受我对它们的爱。它们同样需要爱。我用眼睛看着它们，射出了温柔的目光，甚至我的目光里散发着野花的香气。

古灵魂

它们都是我的朋友。它们来到我的面前，就开始发出那种友好的声音，轻轻地，轻轻地，差不多是从心里发出来的，令我感动。它们在我面前舞蹈，就像人间的巫师们戴着面具跳舞，只是在这里没有篝火。但月光比篝火更为明亮。一俟夜晚来临，那些林间闪着绿光的眼睛，这绿光背后的黑影，都是我的朋友，都是天神的爱。

樵夫好像明白了我，又似乎没有明白。这并不重要。因为在他到来之前，我就是这样的。他来到这里之后，我仍然如此。一切并没有因为一个陌生人的到来而发生改变。他的到来，仅仅是一个梦，一个关于自己的梦。一个忽然听到的故事，一个随风飘来的故事，就像一片树叶忽然落到了我的头顶。

当然，故事是有结局的。一切都有结局。樵夫背着他的柴走了，他的背影渐渐消失在了林间。他转过了一棵棵大树，被无数的树木遮住了。他已经返回到了人间，也从我的世界里消失了。似乎这些发生的事情，仅仅过了一瞬间。我不知道现在是什么时候，也不知道我已经过了多少年，我的日子不过是山涧的溪流，一直流着，一直流着，谁还想它究竟流了多少个日子？所有的日子并不是为了被记住，而是为了被遗忘。所有的事情也是这样。

卷一百四十一

晋缗侯

　　曲沃武公杀掉我的父君，又毁掉我的翼都。城邑里的人们躲避战乱，都四散而去。如果不是周王派遣虢仲林父前来解救，晋国就完全落入敌手了。我的眼前一片悲凉，残破的城邑，到处都是残垣断壁，我的都城已经不忍目睹。不过，这是我的都城了么？我既不相信我的眼睛，也不相信自己继承侯位的事实。一切好像是一场大梦。这梦中所经历的，也只剩下了一些记忆的残片。

　　我都不敢回忆事情是怎样发生的。曲沃武公十分奸诈，用诡计诱骗，又用武力围攻。这个残暴又卑劣的人，他似乎一时得势，却输掉了他的信誉。没有人再会相信他。他让世间看清了他的虚伪、狡诈的面孔。他失去了德行，就失去了一切。他的失败是注定了的。

　　我的先祖们会显灵，不会饶恕这个坏子孙。天神也不会允许这样的人搅乱整个天下，会给他降下惩罚。我相信，世间任何事情都会有报应，否则天道就值得怀疑。我也相信，天神是公正的，它可以看见地上的一切，也会洞察其中的是与非。它随便拿起两团泥土，就可以知道它们是不是一样重，也知道这泥土哪一团是好的，哪一团是坏

古灵魂

的。它会把坏的扔掉，而把好的留在农夫的地里。

我已经是晋国的君侯了，但我这个位置不属于我，它属于我的先祖，属于一个个因它而死的我的父君、我的叔父，我的一个个先祖，也属于周王。所以我所做的第一件事，就是前往宗庙祭祀我的先祖。我要告诉他们，晋国仍然在这里，尽管它已经被血涂上了颜色，它是红的，深红的。它的土地虽然长期遭到了践踏和蹂躏，但仍然可以播种和收获。我还要告诉他们关于曲沃的一系列恶行，让他们在黑暗里给我投射明亮的光，让我看见晋国的前途。

我既然成为一国之君，我就已经失去了自己。我不再是一个人，而是整个晋国。我仅仅是晋国的标志，我意味着一个被虚化了的人，一个敌人的箭靶。我随时准备像先辈那样死去——生与死已无足轻重。我知道，曲沃武公已经在暗暗拉开了弓弦，并把毒箭放在了手上。我就站在这里，等待着那支毒箭的发出。我相信，我的先祖和天神都会在空中把那支射向我的箭接住，并且折断。因为它不仅是射向我，而是射向晋国的。先祖的灵魂，怎会看着这支箭落到靶心？

这样说来，我是一个守护者，是晋国的守护者，祖宗之法的守护者，是先祖们的替身。是那些被杀掉的君侯的替身，我代表着晋国的正义。我在晋都的宫殿里，看着里面放置的一件件器物，铜的表面发出锃亮的光辉，它们曾映照过一个个先人的面容，现在它们又映照我，把我的脸、我的眼睛，以及我的身影，照得这样清晰。

我在它们面前停留，仔细审视它们的美。它们上面雕刻的花纹，以及各种神兽和瑞鸟，还有一些我仍然不能理解的东西，都是美的。尤其是它们各自不同的形状，呈现了惊人之美。它们就像天上的星图，神奇而充满了奥秘。它们可能用这些形象，暗示了所有的命运，所有的美好和丑陋的事情，所有的已发生的和尚未发生的事情，以及所有的时光，所有的日子。

可是我又怎能从中洞察它的奥秘？我又怎样知悉它将要告诉我的？它竟然一直保持了深深的沉默。在曲沃发起攻击的时候，它是沉默的。在我的先人一个个被杀掉的时候，它是沉默的。都城里人们四散而逃，那么多将士血洒疆场，它仍然沉默。这沉默里，有着怎样的深意，又有着怎样的暗示？这些美好的铜，美好的形象，要用沉默说出什么话？一切高深的言语，都在沉默里。

这些东西都属于我了。不，它是属于晋国的，它不属于任何人。因为任何人都是过客，只是在它面前停留过而已。我也是这个停留者。它曾经属于我的先人，它曾经属于别人，但他们走了，到了很远的地方，放弃了拥有权。现在它似乎已经属于我，实际上它仅仅是陪伴我一程而已。它还会抛弃我，最终又属于别人。这意味着，它仍然归于自己。每一个人以为它属于自己的时候，实际上已经背离了真实。真实的情况是，它接受了你的目光，接受了你的抚摸和欣赏，却并不归于你。相反，它陪伴你，也将你的生命吸收到它的形象里，变为它的光辉的一部分。它的所有明亮的光辉，都是一个个君侯的生命放出来的。

我忧心忡忡，来到了宫殿之外。晋都的人们陆续归来，似乎已经有了生活的气息。沉闷的氛围已经变得稀薄，生活本身在战乱后又重获安宁。人们开始重新修建被毁掉的房子，劳作把世界的悲伤扫除了一半，另一半仍在归来的路上。我看见一张张脸，都是严峻的、灰暗

古灵魂

的，好像被乌云笼罩。但是，即使是笼罩在乌云里的日子，仍然是有着活力的日子，它比充满了死亡的日子，要好得多。

卷一百四十二

曲沃武公

　　周桓王死了，这是一个好消息。我一直在等待，等待着这一天。只要周桓王在位一天，我的统一晋国的梦想就不能实现。他是我完成晋国统一大业的最后障碍。我终于等到这一天了。已经几代人了，为了取得晋侯的身份，不断征伐，却效果不彰。每一次即将取得成功的时候，总是被天子伸出的手折断。是啊，曲沃的翅膀一次次被折断，在经过一次次疗伤之后，仍然可以举翼高飞。

　　天子的位置将要由另一个人替代。我早已把希望寄托于此。盘踞在翼都的晋侯虽然具有晋侯的头衔，却已经失去了晋侯的权力。他已经没有能力统治晋国了。而且，他的力量也已远不及我了，他还有什么资格继续下去？可是周桓王却一直支持这个衰弱不堪的正宗势力，正宗难道就不能改变？谁成为那个君侯，谁就是正宗。没有什么是不可改变的。我们的先祖曾领军征伐商王，不就天下归周了么？

　　这说明，天下的事情只论实力，没有实力就没有权力，没有权力就不会有名位。实力就意味着天下之道。现在，翼都已经失去了名位的根基，它已经名存实亡了。我没有理由臣服于它，曲沃应该取代它

古灵魂

了。这个时候到了。

我要采用计谋来获得新登大位的周王赏识，让他认识到真正的天道。就像天命曾降于周人一样，天命也将降于我。我要重振旗鼓，一举击溃翼都，击溃晋缗侯，并尽取它的重器，献给新的周王。我早已知道，新周王贪图享乐，必定可以用重利诱惑。一切依计而行。我已经老了，对于我来说，所做的乃是曲沃几代人所做而未做成的，我将成为这梦想的实现者，为我的身后留下一个完整的晋国。

对我来说，这是最后的时机了。我已厌倦了重复。我不断击破翼都，杀掉晋侯，却依然没能统一晋国。我也未能取得晋侯的宝座。这样的重复，使曲沃不断消耗，也在消耗中不断等待。这样的等待使我失去了耐心。一次次的重复，一次次差不多相同的场景，几乎连我的梦想都夺去了。我眼前的靶子也因着漫长的等待而变得虚幻和渺茫。我感到，所有的重复都是没有价值的，因为我在重复里看不见希望。

翼都指责我使用诡计。但这世界不就是一个诡计的世界么？即使水边的水鸟捕鱼，也是用诡计取胜的。山林里的野兽获取猎物，也要采用诡计。比如说，猛兽捕捉猎物，要在林中等待，装着若无其事的样子，还要用各种手段引诱猎物上钩，但它的暗中窥伺，却一刻都不曾放松。它要在最近的距离内才会露出尖利的牙齿，突然跃起，一击制胜。还有美丽的蝴蝶，也要装作枯黄的树叶，以便迷惑敌手。

诡计是一种智慧，它不应该被归结于德行上的瑕疵，相反它是实现德行的途径。我们谈论德行的时候，总是忽视结果。关键是一个人的行事是否获得结果。结果比一切更重要。很多事情的意义不是现在就能确定，一件事是可以延伸的，它要在时间里开花。就像我的先祖被分封到曲沃，看起来是一件小事，但是它一直到现在，意义越来越大。没有那件事，就没有现在的曲沃，就没有改变一切的可能。一件事是可以成长的，它和农地里的庄稼一样，播种是最重要的……

现在，事情成熟了，可以收获了。它的果实就在眼前，我举起手来就可以够着它，或者说，它已经被我攥到了手心。我已经把人派到了翼都，晋缗侯的每一个举动，都在我的掌握之中。我已经看到了他惶惶不可终日的样子。他眉头紧锁，把他毁灭的命运锁在了眉宇之间，把我将要发起的风暴锁在眉宇之间，可是这是没有用处的。他的眼睛是悲伤的，或者是恐惧的，这也没有任何用处。他的面孔上已经映出了他的结局，他的嘴角的皱纹已经画出了他的未来，几丝无可奈何的微笑，仅仅是灰烬的一部分。他应该知道，他所等待的，已经为时不晚了。

古灵魂

卷一百四十三

画 师

　　我的盒子里装满了颜料，我用颜料来画出世界的样子。我所画出的，不是生活的样子，而是生活死去的样子，尽管你从我的画中所看见的，都是充满了生气的，每一个人、每一只鸟和每一只瑞兽，都是生气勃勃的。但是，它们一旦进入了我的画，它们就死去了，它们以生的样子，获得了死的凝固。

　　我从花朵里发现颜料，它们有不同的红，也有不同的蓝。它们的色彩是鲜艳的，用它们来作画，这些色彩就像花朵开放时的样子，其中包含了花朵怒放的灿烂活力。我从石头里寻找颜料，它们研磨出来的颜料永不褪色，这些颜料就像石头一样深沉、有力。我将自己的画儿画在丝帛上，或者画在麻织上，有时也会画在墙壁上。

　　我从小就喜欢画画儿，曾在地上的泥土上画，画出各种各样的形象。后来，我经常在墙壁上画，把我所见过的各种飞鸟画上去，连同它所栖息的树木、树木底下的花草。我画得太逼真了，以至于一些野狗试图扑上去捕捉，却一次次撞到了墙上。它们的贪婪让人发笑。我也画水里的鱼，以及鱼的旁边的水草，也有捕食游鱼的水鸟想把它们从墙上捕获，它伸出长长的喙，不断啄着，却发现受骗了，最后灰心丧气地离开。总之，我从小就是一个好画师，这个世界上的东西，只要让我看一眼，就能牢牢记住，并把它们搬迁到我的画中。

我最擅长的，是为晋国的君侯画像。我只要看他一眼，就可以捕捉住他的特点，他的轮廓，以及他的面容上的每一条皱纹，尤其是抓住他眼睛中射出来的那种光，其中包含着他的精神、他的灵魂的秘密。我甚至可以把他所穿的衣服的质感完整地呈现出来，让他活在我的画中。这一时刻，我发现自己是我所画的那个人的真正创造者，我拥有了天神的特权。这样，我所画的那个人，就变为两个——一个是生活在人间，另一个以同样的形式生活在画面上。

我画下了他们，他们就不会很快消失。即使他们死掉了，也还在画中留有微弱的呼吸。在晋国的宗庙里，供奉着晋国先祖的牌位，以及他们的画像。其中有几个晋侯的画像就出自我手。可是，我所画的他们已经被供奉，我却再也没有机会见到他们了，连同他们的画像也见不到了——只有他们的后人可以从我所画的像上，见到那些曾经活着的先祖的容貌。

多少年来，晋国乱象丛生，曲沃和翼都不断争夺君位，国君已经是曲沃的箭靶。从某种意义上说，箭和靶完全是一体的，它们不能分开。失去了靶的箭是没有意义的，它也不能再称为箭靶。所以，曲沃和翼都就是这样。它们就是一个，是箭和靶的关系。翼都成为箭靶，因为它是目标所在，它有着晋国最重要的东西，是晋国存在的证据。失去这证据，就失去了晋国的一切。曲沃要得到这个，就得不断拉开弓弦，射出一支支箭。翼都必须接受，因为它拥有了别人所没有的。

古灵魂

他们已经用血画出了自己的像，我只是照这样子描了一遍。我用的是另外的颜料，是我精心调制的颜料。我用我的笔，用我的心，将这垂死的世界画出来，以便让这所有的消失之后，它仍然留在我的画中。可是，我的画就是永存的么？既然我所画的不过是暂时的场景，画上的一切又怎会是不朽的？

但是，我知道，我的画并非是我所画的，因为当我作画的时候，我的手并不是由我的身躯所驱使，而是任由我手中的笔所驱使。而笔又是由它所含有的颜料驱使。是啊，它所带的颜料里有着天神的秘密灵感，有着不可抑制的魔力。这些颜料看起来是我所摄取，又由我所研磨，但它为了一幅画的生成，已经在岩石里、在一代代植物的枝叶里，等待着，等待着，多少年过去了，多少年被等待耗尽。它们不是无所谓的存在，而是负载着某种特殊的使命。

这样的事情，只有我知道。在一幅画完成之前，它已经在我的心中。它在获得形象之前，已经获得了灵魂。而这灵魂一直在支配着我，我仅仅是一个被役使的奴隶而已。或者说，在我作画的时候，我已经不是我自己，而是一个神秘灵魂的幻影。或者说，我的灵魂已被另一个灵魂所吸附，我绘画，同时失去自己。

一幅画完成的时候，我问我自己：这是我画的么？我是怎样把这样好的画完成的？我无法回答这样的问题。可是，这毕竟是我一笔一画画完的，这些线条，这些颜色，好像有了自己的生命，好像一切与我无关。它竟然是这样神奇，它好像完全是自己形成的，让我一次次感到惊异。我仔细审视画面上的每一条线、每一种颜色，它们没有一样是多余的，甚至除掉了其中的任何一笔，都会失去活力。

现在，我又要为晋国的另一个国君画像了。我用了最少的线条，把他勾画出来了。我也用了最少的颜料，渲染了他的神韵。因为，这每一条线都是关键的，不可减少的。每一种颜色都是丰富的，一种颜色可以表现无数颜色的效果。就像世间的事情一样，简单的并非真的简单。这需要有力的洞察，才能获得简单背后隐藏的力量。一条线的意义并不在这一条线里，而是在这条线所期待的另一条线里，这是一种无穷的递进，意义在不断传递的过程中，缔造了形象的生机。当这幅画像最终完成的时候，意义就越出了画面，就像一个陶器溢出了水。只有溢出，我们才能看见这陶器里所装着的是什么东西。所以，画中的形象就成为真正的所画的形象。

晋侯看了我为他所作的画像，他感到十分惊骇：他看见了自己。他惊觉这是他真实的样貌，而从前在铜镜中看见的，却是虚幻的，因为镜子不能捕捉到他的灵魂，它所呈现的不过是貌似自己的外形。他看了很久，最后他面对着画像放声大哭，泪水从深陷的眼眶里流了出来。他终于看见了真正的自己，这是一次一个人的重逢，这还不足以让他感动么？

他所看见的仍然是表面的自己，这已经让他刻骨铭心了。那么，他要是看见表面背后藏着的东西呢？这画像的背后，已经藏着他的未来、他的结局，可是，他已经被表面的逼真所迷惑。这一切，我已经在作画的时候看见了。因而，我所画的，都充满了逼人灵魂的寒意，我感到，大河的冰凌从我所画的一个个形象上汹涌而过。

古灵魂

卷一百四十四

巫师

人世真正重要的东西，就是生与死。没有比生与死更重要的事情了。所有的祝愿，所有的祈祷，所有对神要说的话，都有关生与死。其它事情都不值得说。神掌握着这两件事，已经掌握了一切。

我有着别人缺少的目光，可以看见别人看不见的东西。因为我的目光不是来自眼睛，而是来自我的灵魂，而我的灵魂又连着更多人的灵魂，它们都笼罩在天神的翅膀下。我被天神所照耀，于是我也就发出了自己所独有的目光。我能从影子里看出一个人的面孔，也能从一个人的面孔中看出他的灵魂。我喜欢每个人脸上的皱纹，因为那皱纹里刻满了他的遭遇、他的从前、他的未来。皱纹是美好的，也是残酷的。其中有着灵魂里涌起的波澜，也有着最终平息了所有波澜之后的样子。

人们看见一片谷子的时候，我已经看见了它被收割之后的剩余的颗粒，看见了这颗粒怎样掉在了地里。人们看见釜中冒出的热气，我已经看见了它下面火焰熄灭之后的灰烬。

人们信赖我，不是因为我和他们不同，而是我有着通往天神的路。我在夜晚昏暗的时分，在月亮暗淡的时刻，在星光稀疏的时候，或者在乌云完全遮挡了光线的时候，我就愈加感到了神的存在。我甚至感到自己确实听到了神在说话，他告诉我应该做的，或者告诉我一些我不能理解的话，我就照着这意思推测可能发生的一切。有时，我对神的意志理解得非常准确，我所遇见的事情真的发生了。有时我理解错了，事后我才真正理解了他所说的。可是，事情过去了，这还有什么意义？仔细想来，这已经过去的事情里，仍有着种种奥秘。我所遵从的，可能是一种故意的引导，让我到那歧路上去，以便让事情朝着另一个方向演化。

这才是神的真正旨意。他先给出一条令人迷惑的路，然后在一个意想不到的地方展现出了真正的路。他不让我们领会所说的全部，就像我藏在面具的后面不让世人所看见的，我另有自己的面孔。

我看见晋国在倒塌，却又立了起来。曲沃一次次把晋侯击倒，却又被扶了起来。这些都是假象，真相不断被掩藏，又不断被展现。神要把他所要的折叠在密封了的盒子里，让你先看见盒子的外表，然后才一点点打开，露出其中的密函。现在，曲沃武公终于拿下了晋国的翼都，取代了原来的晋侯。他的使命完成了，也该追随被他所杀掉的一个个晋侯，去另一个地方了。一个人的灭亡和他的成功是连在一起的，他用一切所要换取的，就是他的命。

两个对立的晋国最终变成了一个，它的两只手，还是握在了一起。这两只手曾互相搏斗，谁也不曾将对方折断，最后在双方失去了力量的时候握在了一起。从表面看，好像是一方战胜了另一方，实际上是在搏杀中都耗尽了气力。这是天神的安排。他让该发生的都要发

古灵魂

生。是啊，曲沃武公一定在想，为什么必须被晋侯统治？为什么自己不是晋侯？他的疑问主宰了他的一切，他就在与自己的疑问的搏杀中耗尽了生命。看似与一个个晋侯在较量，实际上是在与一个深深的不可解的疑问在较量。他杀死了一个晋侯，就像杀死了一个疑问，但另一个晋侯又出现了。带血的疑问好像没有尽头。直到现在，他终于成为晋侯。疑问没有了，他失去了射箭的靶子，自己的意义也失去了，于是他变得奄奄一息——最后的疑问，指向了自己。

他在自己即将离开人世的时候，命我问一问天神，他的日子是不是没有了？我在黑暗里坐定，让一切光熄灭。我要用自己的巫术登上叩问天神的梯子。这时，我看见武公的眼睛亮了，他已经看见天神来到了自己的身边。他所需要问的，已经在自己的目光里了，他所有的日子已经收缩到了绝望的目光里。

卷一百四十五

虢公

就在不久前，我记不清了，也许是几个月？或者一年了？我带着周釐王的命令，去晋国为新的晋侯册封。这个人是一位可怕的人，他长相独特，有着粗粗的眉，下面压着一双可怕的眼睛。他的目光锐利、严厉，脸上的皱纹里藏着诡诈和凶险。我不喜欢这个人，但还要受命为他册封。

曲沃武公加封为伯爵。册封的仪式是那样隆重，一切在歌舞美酒之中完成。可是我看到他的开怀大笑之中，藏着忧郁和几分伤感。这样的人是不会快乐的，即使是快乐也是装出来的，这快乐仅仅是为了给别人看，然而他的内心却和他的外表相反。过去的日子一去不返了，我从他的脸上已经看出了礼崩乐坏的今天。他的脸和这个时代是匹配的。

现在，列国间杀君篡位的事情多了起来，一些不该登上高位的纷纷效仿。这是多么可怕，天下不会再得到安宁了。可是，像晋国这样长达六七十年两宗相争，连续五个君主被杀，一个君主被逐出翼都，简直太不可思议了。一条长长的裂缝需要这么多血来填补，真是太残

古灵魂

酷了。为什么会发生这样的事情？也许一切因人而异，就是因为现在的人们和过去的人们不一样了。

仍然是过去的土地，所出产的却发生了变化。也许，刚刚开始的时候，农人所种的禾苗还能在地里生长，但是气候改变了，满地的蒺藜长了出来。它们改变了原来的一切，禾苗因此缺少了肥力，土壤里蕴藏的地力被野草和蒺藜吸取了，它们占据了不应该占据的东西。

除了天气的原因，我想不出为什么会这样。天子也失去了办法，他已经不知该怎样做了。曲沃武公击败了晋国的正宗，杀掉了一个个晋侯，尽夺了晋国的宝器，又将这宝器献给了周釐王，周釐王就顺势让曲沃武公做了晋国的一国之君。这里充满了奸诈、阴谋、卑劣，难道周釐王不知道么？唉，他应该是知道的，可是他又能怎样呢？

我想，天子是知道的。我所看见的，他也能看得见。难道一个拥有天下的周王能够被一些宝器收买了么？要知道，只要这天下所有的，他想要的都可以获得。表面看起来，周釐王被曲沃武公的献礼所迷惑，实际上周釐王知道，天下大势已经不可逆转。晋国的内乱已经几十年了，无论是谁成为晋国的君主，似乎已经不重要了，重要的是天下需要休养生息，需要平和宁静，需要安定和平稳，不然这周王驾驭的天下大船就要倾覆了。祖宗的礼法，实际上已经失效。也许这礼法原本就是脆弱的，只要用锋利、冰冷、坚硬的兵器一碰就碎了。

现在，曲沃武公已经封为伯爵，已经名正言顺地成为晋国的主宰，他也该心满意足了吧？可是，他所奏的音乐仍然是悲伤的，钟鸣之间散发着血腥，是一次次杀戮铸就了编钟里的每一个音节，它不是被敲击出来的，而是从来就在其中。世间没有快乐的音乐，只有悲伤的音乐。即使他获得了整个晋国，仍然不能掩饰人世的悲切，也不能解除他自己的枷锁。把别人作为牺牲的人，自己已经也是被宰杀的祭物了。

他已经是晋武公了，不再是以前的曲沃武公了。可是他仍然是从前的那个人，他没有因此而改变自己，他仅仅是换了一身衣裳罢了。或者这衣裳也仍然是从前的。那么他究竟得到了什么？他得到了自己不该有的，就已经在自己的灵魂里放上了大石头，这大石头将把他压倒，让他匍匐在地上。他还不知道，自己已经将自己陷入了泥土，鼻子里呼出的气息已经属于泥土了。

但是，不论他生与死，他已经将世界带入了转弯处。他的册封意味着，一个国家的君主不需要更多条件，只要拥有足够的力量，就可以成为统治者。这将会把我们引领到一个可怕的掠食者的丛林里。礼法已经是一种摆设，它不具有实际意义。它仅仅是簇拥暴力之花的叶片，并使得暴力变得艳丽而迷人。

卷一百四十六

诗人

我写诗赞美一切美好的，也鞭挞一切恶行。可当美好一点点让位于恶行的时候，你只能用诗歌来叹息，这原本美好的诗，变得这样软弱，它连悲愤的力气都没有了。已经过去几十年了，或者更久更久——时间有什么意义？连同所有的生命都是时间的祭祀，让一切死去的主宰世界吧。我们为何不能按照自己的想法活着？我们为什么成为君侯们彼此厮杀中的践踏物？他们踩着我们，挥动着长矛，把血溅满了我们的衣裳，也刺伤了我们的筋骨。

我们在地上爬着，在雨雪和泥泞里挣扎。可是还要让别人的脚把我们踩入更深的泥土。我看着这个国家发生的，几乎都是一样的事情，就像农夫看到的田地里发生的事情，每天每天，好像一切都在变化，但这每一天和从前的每一天都是一样的。我看见，农田在战乱中荒芜，百姓在战乱中逃亡，国君在战乱中死去。

这是怎样的国度，竟然在几十年里一直在争夺着国君的位置。晋国的国君变成了曲沃的箭靶，无数利箭不断射向它。它不断倒下，又不断被立起来。坐在那个位置上的，不是一个个生动的人，甚至不是真实的人，而是一个个被生命填充的记号，一个远处的斑点，一个虚假的幻象。可是，它竟然是一切事实的根由。为什么一个国家必须有一个国君呢？如果没有这个国君，人民就不会生活了么？农夫就不会种地了么？木匠就不会砍木头了么？

不，事实说明，反倒是国君的存在，妨碍了人们的生活。他坐在高处，另一个人试图也坐在他的位置上，于是，因为这位置，国君的位置，唤醒了人的内心里的敌意和仇恨。究竟谁应该坐在这个地方？这是一个难以理解的谜。以至于那对立的双方也不能理解。他们似乎各有自己的道理。可是，他们究竟哪一个说得更对？只有天神能够判别。可是天神却从不说话。天神一直是一个旁观者，他也许不能理解人世间的事物，他也不能对所不能理解的事情伸出自己的手，以改变这一切。是的，他并不想改变一切，相反，他只是让这一切继续下去。

也许，他的沉默有着充足的理由。如果不是这样的，他为什么会沉默呢？既然他的手可以干预一切，既然他有无所不能的权力，面对人间的苦难，他为什么视而不见？也许，我们所看见的，只是我们所见。我们的目光是短浅的，我们不可能看见所有。那么，在天神看来，一切苦难都是必须的？没有这样的苦难，世界难道不可能更好一些？我怀疑，但我仍然用我的诗来歌唱。我所歌唱的不是我看见的一切，而是藏在这一切中的悲伤。

当然我也诅咒，但愿天神听得见我的诅咒。我看见田园荒芜的时候，我要诅咒。我看见饥饿的逃亡者在路上行走，他们的艰难的步履踩着地上的污泥，我要诅咒。我也看见，他们用战车和长矛夺取他

古灵魂

们所需，车轮发出了奇异的、有别于人间的声息，它似乎在碾轧着生活者的手臂，将它们截断，又把这截断的手臂抛弃在荒野，我也要诅咒。不论天上的神能否听得见，我都要诅咒。因为，我不想看见的，都发生了。我不忍看见的，也发生了。

我曾听说，从前有一种鸟叫作厉，它们身体很大，展开翅膀能盖住一个房顶，因而不能在密林里起飞。它们想飞起来的时候，必须跑到林间的开阔地上。据说，它们是林间最厉害的鸟，长长的喙，尖利，很多鸟儿被它一啄，就性命难保。它们常常发出怪厉的叫声，林中的百鸟一听见这样的声音就惊慌而逃，甚至各种野兽也会躲藏起来。但是，这种鸟有一种特点，只要面前有了猎物，就会有两个厉出现，并互相争夺，直到其中的一方被杀掉。它们热衷于残酷争斗，却忘记了争斗的原因。残酷的、好斗的本性，使它们在一次次争夺中，不断死去，以至于最后灭绝。它们都死掉了，林中就安静了，然后各种鸟儿才发出自己欢快的叫声，一些弱小的走兽也敢于在洞穴外面自由奔跑了。

但是人间的景象却类似如此，又不尽然。强壮的人也争斗，也残杀，却从没有忘记自己的猎物。他们热衷于残杀，却也不会忘记占有。占有是血腥的，是染满了鲜血的占有。他们的占有物不是具体的一件东西，而是支配和统治别人的权力。他们知道，只要拥有了这样的权力，那些他想拥有的一切，都可以拥有。这种占有是人的贪欲的见证，而一切贪欲里就包含了敌意和仇恨。

就像晋国的曲沃和正统的晋侯，就和消亡了的厉鸟一样，他们是同类，有着嗜血的性格。他们从来不考虑天下苍生的命运，只想他们自己的位置，并为这位置不断争斗和残杀。他们从来没有想过，这位置究竟意味着什么，什么人应该坐在这样的位置上，在这个位置上该做什么。这位置应该是德行的见证，却成为人性丑恶的证据。

曲沃武公的野心得逞了。他取得了晋国的江山，也用他的丑恶夺得了晋国的宝器，并用这些看起来美好的东西来向周釐王行贿，获得了册封。他已经是晋国的君主了，他要的，都得到了。剩下的一切，该在等待中获知最后的结果了——那就是死。除了这最后的命运，还有什么可以继续获取？

是啊，他们不论多么强大，也不论夺取了什么，最终都要死去。这是公平的。他们得到这一切，不就是为了这个结果么？事实也是这样，武公得到了晋国之后，很快就死掉了。他所留下的仍然是那个供众多臣民生活的晋国。他只是改变了自己的位置，却没有改变最终的宿命。

我的内心充满了苦闷。我甚至不知道自己应该写怎样的诗。我来到了野外的小路上，向前行走中不断看见脚下的野草。这野草间不断有跳跃的蚱蜢，它们看起来是欢快的。据说，它们不需要更多的食物，只需要在清晨饮用草叶上的露珠。这是多么简单的生活。只有这样的简单的、没有那么多贪欲的生活才可能拥有快乐。

野草丛生的田野，失去了往日的繁盛，野草占据了庄稼生长的地方。田间的小路上，已经很久没有人行走了，因而被野草遮住了。我似乎从中看出了从前的脚印，其中含着农夫的汗息，也有着一个个秋天收割的痕迹。那么多平静的日子，被战车碾轧和徒步的兵卒踏碎，变为与血水搅拌的泥泞。

我每踏下一步，都能感到土地的呻吟。这苦痛的呻吟来自深处。这苦痛在土壤里集聚，让这野草疯长。这就是土地所写的诗，它远比我用文字写下的诗更深沉，也更悲痛。一阵阵风吹来，让草叶飘动，发出了浩瀚的声息。你要是仔细谛听，就能听见它穿过了自己的心，也穿过了更多人的心。这样的风，把我和更多的人、以及土地上所生的一切联系起来，整个世界都在风中摇晃。

卷一百四十七

大臣

　　一切都结束了，晋国结束了。晋国已经不是从前的晋国，而是别人的晋国。实际上，晋国已经死了。我听见了地上的哀歌，听见了天神的叹息。但这些都没有用。也许晋国早该结束了，它需要一个全新的开始。

　　武公被封为伯爵，成为晋国之君，就意味着一以贯之的宗法礼制不存在了，谁都可以弑君篡权，谁都可以成为一国之君，甚至谁都可以成为天子。天下的秩序又通过什么来维持？剩下的就是群雄并起，看谁更有争夺权力的力量。有一点可以看到，那就是无休止的暴力总会让缺少德行的人粉墨登场，占据高位，就会鼓励暴君用暴力治理天下。暴君和无赖并无区别，只是暴君的头上戴着用暴力夺来的王冠。

　　我不喜欢没有秩序的世界。我相信世界应该具有秩序。我们的秩序就是祖宗的礼法，它和天上的星辰一样，使我们每一个人各安其位，放射出各自的光辉。我憎恨那些颠覆已定律法的人，憎恨一切试图推翻秩序的暴力狂，他们只会给我们带来无穷无尽的灾难，使得无数无辜者失去自己的生活。可是，武公就是这样的人。他一直给我们

古灵魂

带来不幸，他让天下有了一个坏榜样。

那么，这世界还有什么希望呢？我连续几个夜晚，都梦见自己在下坠，我记不起自己究竟是从哪里开始下坠的。是从天上的云彩？还是从悬崖上？也许是从某个中间的位置上？下面是看不见的深渊。我也不知道究竟从什么时候开始下坠，反正是在下坠，一直下坠。这是多么可怕，令人胆战心惊。醒来的时候，我感到自己的身上有着冰冷的汗水。我想，这些汗水不是出自我的身体，而是从我的灵魂里一点点渗透出来。它带着一种难以说出的寒冷，好像它从遥远的冬天穿越了季节，借助我的身体来到了夏季。这是怎样寒冷的夏天啊。

我想，我为什么总是这样坠落？我坠落到什么地方去？这坠落的过程中充满了绝望和无可奈何。我不能主宰自己，不能阻止自己的坠落，我失去了一切可能，只有听凭命运把我引向深不可测的黑暗里。没有一种绝望如此之深，没有一种绝望如此不可预知。似乎一切都结束了，可是又好像一切还在进行。

实际上这不是我的绝境，而是晋国的绝境。我只是晋国的一个大臣，我被晋国裹挟着，一起坠落。已经有一个不好的结局了，还有另一个结局等待着。当我醒来的时候，我就陷入了对一个无头无尾的梦境的回忆。这也许是从前，也许就是现在。它好像包含了一切我想知道的东西，我却不知道这究竟意味着什么。我推测这个梦的意义，可是这意义本身也一起坠落到不可知的地方。

我走了出去，向着都城之外走去。一阵风卷来了大片的乌云，就像无数乌鸦飞翔在天空。它们用翅膀挨着翅膀，用头挨着头，也把一支支长长的喙，挨在了一起。它们不留下一点空隙，只为了用一层厚厚的黑，遮住一切。是的，我在梦中就是从这样的黑中坠落，我想起来了，这样的黑，多么恐怖。它那么沉重，而我又是那么轻。我是在飘摇中下坠的。

隐隐地，从很远很远的天边，传来了沉闷的雷声。天上的战车发动了，是天神的车轮在云中驰骋。雨，那么大的雨滴，从天上滴落，发出了噼啪噼啪的响声。它们不是跌落在地上，而是用尽了力气砸在了地上。好像对污浊的土地有着深的仇。雨越来越大了，这是天神在流泪。主宰一切的天神，看来也有做不到的事情。我只是看见了眼前的绝望，他看见了我所看不见的更深的绝望。

人是多么软弱，他将自己的事情全都寄望于天神。可是天神的手难道就可以触及所有的事情么？晋国的事情就说明了一切。如果天神能够知道所有的事，他必定是这些事情的参与者。他一定不是旁观者。他一直在每一件事情里。当曲沃与翼都分开，他就在其中。曲沃一天天成长、壮大，他也在其中。曲沃不断挑起事端，不断攻打翼都，他就在其中。曲沃一次次杀掉晋国的君主，他难道就不在其中？最后，曲沃的所有阴谋得逞，他难道就不在其么？

最大的可能是，天神住在所有的事情里。如果天神是可以主宰一切的，那么他看见的，所发生的，就是被许可的。他可能认为这些事情都是好的——那么，他真的会绝望么？人的绝望仍然归于人，神的绝望却不一样，因这绝望里还有更为遥远的绝望。它就是我在梦中掉落的深渊。这深渊不是属于人，而是属于神。人的痛苦仍要人来承担，人在软弱中承担了不应该、也没有能力承担的东西。

我让这大雨打着我的脸，打着我的全身，我感到了疼痛。这么大的雨，从我的头顶倾泻，它把我的视线埋藏起来，不让我看眼前的一切，只让我感受暴雨的力量，它已经把我彻底淹没了……它是这样畅快淋漓，把我完全洗干净了，我没有皮肉，也没有骨架，我什么都没有了。我存在，是因为我疼痛。

卷一百四十八

晋献公

　　我好像离开了自己。我已经不在我自己的身体里，而是在另一个地方。我究竟在哪里？我回忆着，回忆着从前的许多事情，可是这些事情也好像完全不属于自己。先父武公完成了几代人梦寐以求的大业，击败了所谓的正宗晋侯，夺得了整个晋国。可是，他做完这一切，就走到了梦的尽头。就像秋天的残荷，躺在了寒冷的水面上。没多少日子，他就归于他所夺取的土地。他已经在深深的地下，倾听底下的水声，在另一个梦中流淌。

　　我不知道人死后还会不会仍然有别样的生活，也不知道另一个世界是什么样子，但我所在的人世间仍然是从前的样子，不论人们怎样试图改变，它似乎从未被改变。种地的农夫仍然在土地上忙碌，每天守着自己的庄稼。放牧者依然在草木茂盛的地方，看守自己的羊群。木匠在林间砍伐木头，做成自己想做的形状……一切一切，还是原来的样子。

　　可是我好像变成了另外一个人。我成为晋国的君主，我坐在自己的宫殿里，四周的一切，这个国家的一切，林间的树木、土地上的庄稼、土地上的每一个人，都属于我。天子赋予我巨大的权力，我支配着这个地方所有的东西……那么，我自己也是由我来支配么？

我知道，有人会指责我所获得的是不正当的，可是天下有什么是正当的？又有什么是不正当的？其中的界线是谁划定？既然所有的理由都是由人来确定，就有另外的理由来改变原有的。是的，改变才是最重要的。我们不能改变世界，却要想办法改变世界的律法，让这律法成为自己所定的律法。我们的先祖不是这样么？

比如说，我原来的名字叫作诡诸，现在我是晋献公了。人们将忘掉我原先的名字，因为那是原先的。原先的名字不能说明现在的我，而现在的才能说明。这不是因为我自己改变了，而是我所拥有的改变了。这样，我自己也似乎已经改变，我在别人眼中的样子已经不是原先的样子了。

不过，我通过我所见的，知道了死亡。我看到一个个君侯的死，也见到了我的亲人的死，当然还看到了更多的死。死亡是一个人永恒的归宿，没有一个人可以逃脱。有时，死亡就是一瞬间，有时要慢慢接近，一点点追随。事实上，我们不是死亡本身，却是死亡的追随者。我们一直跟在它的身后，总是能看见它的影子。我们回避它，不愿意谈论它，它却总是在我们的视线里。这样看来，死亡不是我们之外的事情，它是藏在我们身体里的，我们所看见的影子，就是它所投射的。

它就是这样，好像一盏灯，幽暗的灯，用它的影子指引着前路。其实，它无处不在，也到处有它的形象。秋天金色的谷子，在农夫的镰刀下被割倒，剩下了短短的禾茬。它们没有鲜血流出来，却留下了

— 131 —

自己的残渣。它们从来没有绝望，也没有希望。只有蕴含在种子里的生长的渴求，最后这渴求变为我们的食粮。在河边，我们可以看到河面上的涟漪，它们也是活着的，它们不断涌动，会用一个个皱纹把失去了的时光，推到岸边。然后它们也消失，又有新的涟漪涌起……

还有夏天的草丛里跳跃的草虫，它们的形状各异，你不知道它们为什么要长成那个样子。它们会有长长的腿，就是为了不断从一片草叶上跳到另一片草叶上。它们饮着露珠，在草叶上停留，等待着太阳落山。可是，它们要在秋天之后死去。这一切，它们浑然不觉。它们为什么活着，又为什么死去？它们会思考这个问题么？也许，它们古怪的头颅里没有任何秘密，它们活着，仅仅是为了活着，并在活着的时候不断躲开我们散步的脚。或者，为了躲开天上飞鸟突然扑来的捕获。这些简单的动作，也仅仅是为了活下去。

可是，它们似乎是快乐的。因为它们不知道死。尽管这死仍然住在它们的身体里，但死被漠视，被忽视，被遗忘。它乃是被草虫们丢弃的东西。它们活着不是为了等待，而是为了活着。这就是快乐的源泉。如果你丢弃了死亡，你就是快乐的。只是对于我们来说，做到这一切是多么困难。我们把死亡当作自己的事情，感到自己的死和别人的死密不可分，甚至是一回事。是啊，别人的死意味着我们也将死去，于是感到了恐惧。我们渴望遗忘，忘掉死的存在。可越是想忘掉，它就越是牢固地在我们的灵魂里扎根。以致这根须不断蔓延，伸向我们生活的每一个缝隙里。

死的存在是因为我们不是牢固的，我们有着裂缝，于是就接纳了它。它像寒冬的冰，我们将它融化，它却夺去了我们的体温，塞住了

古灵魂

我们的呼吸。要知道，我的名字的来历就有着死，所以我的生命的开始就被灌入了死的意义。我的父亲四处征伐，曾与夷人交战，攻灭夷之后，杀掉了夷主——也就是周大夫诡诸。得胜归来，我刚好出生，于是就把一个死掉的人的名字赋予了我。我就成为诡诸。另一个诡诸已经死去了，我从他的名字里长了出来，就像废墟上长出的树木，在春风里摇动着。我的生仅仅是为了面对死亡而炫耀，为了和死形成对比。

我的父亲为什么要给我这样一个名字？就是因为他杀掉了这个人？我不知道这个叫作诡诸的人是什么样子，不知道他是怎样的脸型，怎样的眼睛，他的眉毛怎样弯曲，也不知道他平时喜欢什么，是不是会经常微笑？他是快乐的还是脸上带着忧伤？他的个头高还是低？我什么都不知道。只知道这个人是另一个国家的主人，是周朝的大夫，是一个人。这个人给了我无穷的想象。他从来没有出现在我的眼前，也不会有这种机会，是的，我的父亲武公没有给他这样的机会。也就是说，在他还没有出现在我眼前的时候，我的父亲就杀掉了他。

可是，这是十分残酷的。他不仅被杀掉，连同他的名字也被取走，放在了我的头上。于是，我替代了一个人，替代了一个被杀死的和被剥夺生命的人，继续在人世生活。但这样的替代，不是那个人生命的继续，而是把一个胜利者的宣言和骄傲，加在了一个孩子的头上。那个人不幸已经被利剑砍断，剩下的是新的开始。因而，我是胜利者的儿子，名字却是夺来的果实，是战利品，是擦干了血迹的喜悦，是将那个战败者推入深渊的永恒的侮辱和嘲弄。

我从自己的名字里，知道了死，也知道了失败者的结局。我拥有了这个名字，就是为了不再成为失败者，不再成为那个人。我有着自己的面孔，我不是别人。现在，我已经是一国之君，我的名字已经弃之不用。但是，我曾经一直使用它，它已经埋藏在我的根部，我的血液、我的一切，将由这样一个带着血迹的名字供养。

古灵魂

卷一百四十九

士蒍

时间飞逝，时间飞逝。没有什么人像我这样感到时间流逝得这样快。多少年过去了，我还没有做多少事情。时间是有缝隙的，它让我从它的缝隙里穿过，让我从时间的这一头，迅速奔跑到了另一头。我已经发现自己的头顶出现了白发……这是时间对我的警告。现在，我终于有机会做一些事情了。

晋献公登上了晋国君主的位置，这是一个想做事情的国君。也许他和我所想的一样，要使晋国变得稳固，在它的四角筑建根基，并立好粗大的柱子。当然还要扩大它的疆域，增加它的土地。我作为晋国的大夫，必须出好的计谋，以实现自己的抱负——只有现在，我才会获得机会。

事实上，我不是在简单地等待，我不停地用我的双眼看着这个世界，窥视着天下大势，观察着每一个人、每一件事情的走向，让时间给我让出一条路，就像等待着从流动的河水中露出可以踩踏的石头。这些年来，见惯了一次次攻击、一次次仇杀、一次次弑君。每一个诸侯的宝座都不是稳固的，每一个人都在凶险中度过每一天。可是，这每一个惊心动魄的日子，却有着冒险者的花园。看着这一切，就像在香气四溢的花丛里饮酒，在月光下观赏四周的风景。

许多事情并不是晋国独有的，而是天下有着某种共同的节律。就像一年中的四季，春天里各种种子就会发芽，就会有细小的叶子顶破地皮，就会把整个土地换上新装。夏天就万物繁盛，百花竞放。秋天的一切都要衰微，可是农夫的田地里才看得见粮食，树上才露出果子。寒冬就变为风雪的世界，表面的事情都凋零了，剩下了最后的真相。那么，天下的一切也是这样。每一段时间都不会相同，都会出现不同的风光。我是这美妙风光的观赏者，我站在高处，看得真切。

现在的天下好像地里的秋天，所有的事情都和收割有关。到处可以看见收割者的影子。你看吧，就拿齐国来说，齐国的公孙无知杀死了齐襄公，自己做了君侯，没过几天，齐国的大夫雍廪又将公孙无知杀死。齐僖公的庶子公子纠和公子小白都从鲁和莒分别回到了齐国，开始争夺君位。最后的结果是，小白杀死了纠，成为齐桓公。何止是齐国一国如此，弑君的事情一件接着一件。甚至，郑国之君郑庄公四处征伐，击败了天子周桓王的五国之师，郑国大夫祝聃的强弓利箭竟然射中了天子周桓王的肩膀。天下已经不再安宁了。就像秋天的庄稼地里，农夫的身影无处不在，镰光闪闪，即使在夜幕降临，一切仍然隐隐可见。

当然，晋国也不例外。从曲沃桓叔到曲沃庄伯，直到曲沃武公，一路杀戮，一个个君侯被杀，要么亡命天涯。这是一个无比凶狠的世界，你必须要有硬心肠，必须面对血污毫无顾忌，你必须用你的弓箭和长矛说话，你必须用收割者的喜悦应对每一场杀戮，你必须蹚过鲜

古灵魂

血的河，才可能上岸。

这世界不是漆黑的，它要露出微光，以便让我观看，也让我在观看中等待。这需要一双锐眼，射穿迷雾的强光。我暗暗观察晋献公的一举一动，他分明有着大的志向，也有着内心的残暴，他就像他的父亲一样，可以成为一个真正的国君。晋国需要这样的君主。这是在肥沃的血中长出的树，有着强壮的枝干，有着宽大的叶子，有着巨大的树荫——晋国可以在下面乘凉了。

卷一百五十

富子

晋国终于归我们了，长达几十年的对峙，几十年的征战，几十年的刀光剑影。我们用长戟扫清了晋国的都城，让高高的城墙低下了头。大宗晋国归于小宗，实际上，这世界上本没有什么大宗小宗，只有强人可以统治天下。

现在，似乎已经有了一个稳固的晋国，但谁又能把宝剑作为睡枕？我们的梦不是在梦中展开的，而是在宝剑的棱面上铭刻的，或者，世界就行走在宝剑的花纹上。我是晋国的公子，我的血脉来自曲沃桓叔和曲沃庄伯。我是富有的，有着众多的良田和众多的仆从，在众多的公子里，我的每一句话都有人倾听。

那么，我还需要什么呢？可是，好像我仍然需要什么。我不知道我究竟需要什么，却知道一个人生活在世间，前面总有长长的路。每一个人不可能每天都在睡觉，不可能在睡梦里消磨时光。这一切令我感到迷惘。

我在秋天的丛林里率众狩猎，在骏马的嘶鸣中和疾奔的犬吠里，看着绝望的野兽在喘息中蜷缩在草丛里，它已经中箭，血染红了泥

古灵魂

土。我也在夏天看花，可是这些漂亮的花儿，几天就凋谢了，就被另一些花儿所取代。世间是这样残酷，它不为我们预备丰盛的午餐，也不让我们随时取用。我们所看到的，都是短暂停留的，我们所需要的，又常常令我们厌倦。我们想拥有的，又常常距离我们很远。好吧，我也是这样的，我得到的，好像并不是我想得到的。那么，我要得到什么？一阵雷电和暴雨，扫去了眼前的一切，我的目光已经迷离恍惚。甚至，我已经看不见什么东西了。

人们总是想要高处的东西，于是就攀上大树，站在危险的枝头，摘取最好的果子。可低处也有低处的东西，更多的人在低处寻找。我是一个仰望者，我同样盯着高处的事物，可是我将站在哪一个枝头上？哪里有属于我的果子？我看着每一棵大树上都站满了人，每一条树枝都被压弯了，随时都会折断。我站在地上，仅仅是一个仰望者，可是，好像仍然有什么危险的力量，在悄悄接近我。人是地上的，他站在地上是最可靠的，还有什么比土地更坚实的呢？

可是地上的事情并不是无懈可击。一只蚂蚁在地上爬着，却被走过来的鞋子踩死了。它知道自己是怎样死去的么？它知道那只踩死它的鞋子来自何方？一个人和一只蚂蚁并没有太多的区别，即使是蚂蚁所知道的，一个人是否真的知道？自从晋国小宗夺得了正位，获得了多少年觊觎的东西，我却感到了某种危机。我用各种方式让自己获得安慰，可是这安慰却离我越来越远了。这是怎么回事？我的内心似乎被某种无形的力量所抽空，我就像雏鸟离去剩下的蛋壳，一切都飞去了，离开了，我却被遗弃了，我似乎必须成为土地上的残渣。我的被抛弃的命运是注定了的，我已经没有别的选择了。

可是危险好像仍然向我靠近。我已经听到了来到我跟前的、已经就要挨住我的呼吸声，感到了可怕的呵气，喷吐到了我的鼻子上。已经好几次了，我在半夜被某种声音惊醒。可是，我醒来之后所看见的却只有暗夜的漆黑。是的，一片暗夜的漆黑，在这漆黑之外，再也没有什么了。我深知晋献公是一个什么样的人。他从来不会把自己的想法告诉任何人。但是，他在任何时候都会像一只猛兽那样藏在暗处，藏在漆黑之中，等待着机会。我是一个丛林里的夜行者，我尽量放轻自己的脚步，以便不惊动那些暗藏的猛兽，可是这又有什么用呢？因为有一些猛兽也许从来就不睡觉……我已经闻到了危险的气息了。听，落叶在喧响，在风中旋转，树木细心倾听自己的悲叹，夜枭又开始叫了。我什么也不做，坐在我所在的地方等待着。是啊，除了等待，我还能做些什么呢？

古灵魂

卷一百五十一

士蒍

我想从这个大湖的水面上走过去，可是这怎么可能？除非有一只船，我乘着船站在船头，穿越整个湖面上的水波。现在，没有这样的船，只有环绕着的湖边的路，可供我选择。我来到了湖边，究竟要向哪边绕过去，到湖的对面？

湖水泛着波澜，细小的那种波澜，它带着惆怅不断涌向岸边。远处是农夫在烧荒，一片浓烟覆盖了天空。又一年就要结束了，可是我觉得真正的日子才刚刚开始。我是这片土地上的居住者，我的先祖一直居住在这里。我是陶唐氏的后裔，先祖曾经历了夏商周等朝代，一直居住于古唐国，但因参与了叛乱，我的先祖杜伯被周宣王所杀。他的儿子逃到了晋国，就是我的父亲。我长大后做了晋国的国士，就以士为姓。现在，应该是我可以大显身手的时候了。我对自己充满了信心，我有着满腹的智慧，却一直没有得以发挥。我似乎一直在等待这一个机会，现在这个机会来到了我面前。我一定能够让晋献公的江山更加稳固，也能够让后世的人们永远记住我。

我一直在想，晋国最需要什么？晋献公最担忧的是什么？我看见

卷一百零八一卷二百零四

晋献公很少露出笑容，他的眉头紧锁，这眉头之间一定藏着正在孕育的疾风暴雨。他只是将惊涛骇浪放在了未来的黑暗里，现在的光还照不到它。它并非不存在，它就在那里。我们还没有看见的时候，晋献公已经看见了。所以，我必须站在他的高度上，才可能看见别人看不见的东西。我已经看出来了，晋献公有着别人没有的想法，他所担忧的，必定是可能发生的。他的名字是一个被杀掉的人的名字，他的名字里就含有血。那么，我就朝着血的方向看黑夜里的前方吧，血的亮光里，站满了不幸的等待者。

弱小的力量不能被忽视。田地里的野草不能及时被薅锄，很快就会蔓延到整块地里，农人就无法作务庄稼了。因为庄稼和野草混在了一起，你又怎能把它们分开？所以要不断地发现最小的苗头，将它压住、芟除。这是残酷的。一颗过于良善的心，已经离灾祸不远了。很多时候，通往灾祸的路都是用良善的石块砌筑的。

文王推演易，在羑里被囚禁的日子里，观察天象和飞鸟走兽，观察周围的变化和山势的起伏，就是为了理解世界的变化，圣人的使命就是要仿效天地的变易，从而掌握变化的枢纽，获得人间行事的法则，理会天神的意图。人必须顺应变易，顺应天意，才能找到真正的天道。圣人设卦观象，就是要推演变化，从而知道吉凶，选择进退。我们的日子，昼夜更替，四时有序，都在六爻的变动之中——它是天地变化的模拟推演，是天神掌控人世的秘密。

我要向晋献公建言，一切要从人开始，才会获得天佑，无往而不利。人天生就是叛逆者，他看起来怯懦、软弱、自卑，与天地的无限相较，也无比渺小。在天神的棋盘上，每一个棋子都是微不足道的。

古灵魂

他可以将其放在棋盘的任何一个地方，也可以弃之不用。他知道，一切取决于摆弄棋子的手。能够将这叛逆的天性压制的，只有人性中的一点点美德、高居其上的权威，以及暴力的震慑和来自天神旨意的不可预测。最极端也是最有效的，就是把有可能的、也有力量的叛逆者铲除——天下就会看见叛逆者悲惨的样子，就会因震慑而获得安宁。

现在，晋国能不能稳固，就看它的根基能不能稳固。房子的四角能不能立得住，要看支撑屋顶的木柱能不能稳固。从前的晋国就是很好的例证。自从桓叔被分封到曲沃，根基就开始动摇了。当时的晋侯缺少长远的目光，只是用妇人的仁心施与别人以恩惠。用自己的手挖掉了自己房子下面的柱础，他所居住的房屋怎会不坍塌？我们已经看见了结局——桓叔的曲沃经过几代人的叛逆抗争，终于获得了完整的晋国，小宗变为正统。这就是天地变化的结果，世事无常的流转。

晋国已非昨日的晋国，可是昨日的一切犹在眼前……晋献公曾祖曲沃桓叔、祖父曲沃庄伯遗留下的家族势力是强盛的，昨日的分崩离析仍然可能重现。于是，我就对晋献公说，以前几代家族的公子们人数众多，如果对他们施以仁心，祸乱就会随时发生。公子们中，富子最有威望也势力最大，先将他诛杀，其他公子就好对付了。晋献公显然正在因此而思虑不安，他的眉头似乎松开了一点，眼睛里放射出幽暗的光。他在地上徘徊，他的衣襟被秋风吹动，就像水面上的波纹。他的声音低沉而有力量，实际上他的语调是决绝的，我已经听清了。他说，你试着去做。

好吧，我就去试着做这件事。我的心里已经盘算好了，一切准备就绪。可是，我仍然感到十分烦乱，好像内心里有着多种不同的声音在说话。所以，我来到了湖边，要看我自己在水中的影子，我究竟是一个什么样的人？我有着怎样的容貌和怎样的表情？我究竟还能不能看得见自己？我不能从水面上走过去，就只能从湖边的小路环绕。我踏着野草，从它们的身上踩过去。它们如此柔弱，在我的脚印里倒下去，一些草的根茎被折断，还有一些似乎已经倒下了，但我的脚抬起来的时候，它们又挣扎着试图站立起来。实际上，它们已经弯曲了，不再是原本的样子了。

我弯下腰身，低头看着自己踩倒的野草，好像听见了它们低低的呻吟。也许它们是没有痛楚的。它们只有借助风的吹拂才能表达自己，发出细小的声息。但是它们也有着神奇的力量，因为它们的众多，显出了永不枯竭的旺盛活力。我还看见了藏在草丛里的草虫，我叫不出它的名字，甚至看不清它的面目，却知道它与所伴随的野草一样，有着自己的生活。雨来了，我感到了扑到脸上的几滴凉意，也似乎听到了它落在草丛中的微小声音。但最直接的所见，是湖面上开始出现满面的疤痕。

这时刻，我从湖面上只能看见一个影子在徘徊。它是漆黑的，漂在了水面上，被细小的雨滴击打着。它是这样模糊，这样轻，就像一个浮出来的亡灵。我知道这就是此时此刻的自己，或者说就是伴随自己的命运——我的影子又和别人的影子有什么不同？是的，我既不能怜悯自己，也不能怜悯别人。为了晋国的基业，为了我自己曾许诺的，我必须是冷酷的。我比严冬的雪还要寒冷，我的寒冷已经潜藏到了我的影子里，就是这影子也将沉入水底的污泥。

卷一百五十二

公子一

雨越下越大了。我来到郊外，看见一个人影在湖边走来走去。这是谁？他一个人来到这荒凉的湖边做什么？从他的步态以及他的身形来判断，似乎是士䓫。可是他没有看到天上的乌云正在聚集，没有感觉到云中的雷声和闪电么？这是一个不同寻常的人，他的心里装着什么，谁也不会知道。

是的，一定是士䓫。只有他经常在这个地方徘徊，就像一个失去了生命的孤魂，寻找着什么。他一会儿回头向湖水里看看，一会儿又将头仰向天空。可是湖水里有什么可看的？天空也是一团团乌云在翻滚。真是个奇怪的人。他有时还弯下身子看地上的什么。都是一片野草，还有一些细小的树木，我不知道他能从中看见什么。难道那里面藏着神灵？

我接过仆人递过来的蓑衣，披在了身上。雨水顺着蓑衣流了下来。开始的时候，雨还不大，似有似无的样子。只是感到脸上忽然出现了一点两点冰凉的东西。可是远处的天边，乌黑的云中一阵阵闪耀，雷神已经露出了它的一点点面容，然后就躲在了云的背后。它的声音却是让人感到惊骇的。尽管是那么低沉，却好像从地底升上了天庭，贯穿了整个天地。我的脚下都感到了震动。

可是湖边的那个人却似乎没什么感觉。他完全不像一个真实的人。他仍然不断地走着，不慌不忙地走着，无论是大雨还是雷霆，他都无动于衷。简直是个木头人。可是他却走走停停，好像寻找着什么。他是丢了什么东西了么？我充满了好奇，远远地看着他，总觉得发生了什么事情。可是分明又什么都没有发生。

士茑真是个奇怪的人。他平时言语很少，你要和他说话，他仅仅给你简单的回答。他的言语太少了，说出来的几句话，往往就像是咒语。他走路的时候总是低着头，看起来就像不太会走路，两眼总是小心翼翼地盯着自己的两脚。重要的是，他不会笑。我从没见过他微笑或者大笑。不过，这个人似乎是诚实的，几乎不会说什么假话。他说出来的是那样简单，又怎么会是假话呢？说假话的人都是花言巧语，滔滔不绝。就是从他的那张脸上看，好像也不会有更多的东西——一张朴实的脸、简单的脸、没有表情的脸。这张脸的背后，好像什么也没有。

大雨已经遮蔽了视线，我的前面一片渺茫。湖水消失了，山峦的轮廓消失了，湖边行走的那个人也消失了，一切消失了。只有天上的乌云覆盖着，天光暗淡，无边的昏昧压迫着我。我顿时感到自己孤单和渺小。我感到了天地之间的惊恐，甚至失去了方向感。我慌忙转身，顺着原来的路归去，可是我原来的路又在哪里呢？

古灵魂

卷一百五十三

钓翁

　　我已经年龄很大了，可我不记得我究竟有多大了。我只知道，一年四季不断变化，草木从萌发到枯黄，从没有停息。无数风霜雨雪从我的脸上扫过，将我光滑的面庞冲刷成一道道沟壑。我的心里淤积了太多的泥沙，我的心变得越来越沉重了。可是，我仍然是快乐的，因为我是自由的。我只有孤零零的一个人，没有家，也没有所要惦记的，我的沉重不是来自世事的沉重，也不是来自内心的负担，而是来自年月的积累。是啊，我积累了太多的四季，看见了我所要看见的，也知道了我所要知道的，正是这最后的虚空压住了我的枝头，于是我感到了沉重。

　　我不知道我还能在这个人世间待多久，我的过去是无数个日子，我的将来也必将面对无数个日子。这日子几乎没有尽头。我来到世间就是为了看见，看见我想要看见的一切。我不想看的，就闭起眼睛。为什么要看见自己不想看见的东西？我每天起来就来到湖边，把钓竿撑起来，把长长的钓线投入水中。最初的日子，我要在弯曲的钓钩上放上钓饵，让鱼儿向我游来，直到咬住我的钓钩。我将这鱼儿捕获，以供我一日三餐。我还采来树上的野果和植物的种子。我所要有的，这世界上都有。那么，我还有什么所需？

后来，我已经不需要钓饵了，我只要将钓线投入湖水。我的渔竿总是沉重的，总有大鱼被钓上来。我的收获总是大于我的所需。于是，我就一次次把捕获的，重新放入水里。我看到，它们被捕获的时候充满了痛苦，它们不知道为什么被捕获。而将它们放归湖水的时候，它们是快乐的，却也不知道为什么被放归。它们仅仅是被这重获的自由所感动，于是摆动着鱼尾，使劲儿用尾巴击打着水面，湖面上激起了一个个浪花，有时这浪花会溅到我的脸上。清凉的湖水多么好，那么让人快乐。

我记得又一次钓到了一条大鱼，它有着金色的鱼鳞，有着长长的鱼须和漂亮的尾鳍。也许它的年龄比我还要大。是的，它看起来已经很老了。它的眼睛里含着可怜的哀求。我看懂了它想说的话。于是我把它放归到湖水里。隔了一段日子，这条大鱼就会来到岸边，跃出水面。它怀着感恩的表情跃出水面。一次次跃出水面。好像是向我问候，向我致谢。我就将身边的食物投给它。它欢快的、一个漂亮的飞跃，空中划出了美妙的弧线，接住我给它的赠与。它每过一些日子都会来看我。我看着它美丽的金色鳞甲，从我的身边一直飞向湖心，的确，它的姿势是飞翔的，那些鳞甲看起来只是水中的一道金光。这金光不仅在我的生活里，它还经常在我的梦中闪耀。

可是我也看到更多的人并不是快乐的。我不知道他们为什么会满心忧虑。一次，我看到一个妇人在湖边哭泣，她的样子很让我伤心。我准备走向她，倾听她的苦痛，可是她竟然纵身投入了冰冷的湖水。我是多么想拉住她，可是因为距离太远，只是看见她决绝地告别了湖岸，也远离了这个世界。湖面这么大，湖水这么深，她究竟到了哪里？我甚至没有看清她的脸，她就消失不见。我就想，第二天，我所钓起来的一条大鱼，是不是她？所以，我将这大鱼重新放到了湖水里，她自由了，她已经不愿再回到人间了。人间给了她太多的不幸，湖水却使她获得了新生。

还有一次，我的鱼钩钓住了一个沉重的东西。我想，一定是一条大鱼，不然我的钓线不会绷得这么紧，以至于最后都绷断了。后来，我跳到了水中，发现竟然是一具尸体。不过，不是那个妇人，而是一具男尸。唉，这么多人选择了沉湖轻生，他们一定是有着天大的冤屈。他们这样做，自有他们的道理。不过，在水中的日子总比在人世间的要好得多。我的钓竿向上仰着，可是又怎能钓出无数的冤魂？世间的苦难太多了，让它们沉到深深的湖底吧。

我是一个钓翁，我以垂钓为生。可是，我每天所钓的鱼已经足够多了，所以我感到富足。我不知道别人为什么不像我一样生活，这样何至于有那么多的不幸？他们也许是谋求更多的东西，就会被那所谋求的击垮。我同情他们，也为自己感到庆幸。我已经快要度过一生了，也许还有更多的日子，一切取决于天神的旨意。每天每天，我的时光都在垂钓中度过，其中有着别人感受不到的欢乐。我经常从湖水里观察天下，我想，所有的事情都可以在湖水中看得见。

我相信，湖水深处住着我所不知道的神灵。我经常在夜晚看见，湖心泛起亮光，即使没有月光的黑暗里，也是这样。神灵也是害怕黑暗的，他们在深夜点起了灯，聚在一起商量着什么。我发现，每当晋国要发生什么大事情的时候，这灯光就分外明亮，也许他们会因为这事情的紧急而感到焦虑不安。他们睡不着了。可是当天下变得安宁的时候，湖心就会黯淡下来。这些天，好像湖心里又开始发亮，我想，晋国又要有什么事情发生了。很可能不是好事情。

今天，我就像往常一样在湖边垂钓。从湖面上看见天上的乌云在汇聚。我不需要仰望天空，多少年来，我已经习惯于从湖水中观看一切。我发现，乌云是从湖岸的另一边一点点向湖心靠拢的。最后，它们占据了整个湖面，我所看到的都是一片昏暗。以前，我可以穿透湖水，看见深处的鱼群。现在这湖水好像盖了一层朽腐的木板，挡住了我的视线。有一个人在湖边游荡，他的倒影不时出现在我的渔竿旁边，就像突然浮上来的一个鱼影。仔细辨认才发现，这是一个散步的人，他低着头，行路缓慢，好像边走边搜寻着什么。

我忽然警觉起来，这是不是又一个轻生者？抬起头来向他看了看，他显然没有发觉我正在看着他。他是那样专注，皱着眉头，好像在想着什么。在他抬头一瞬，我看见他有着一双阴郁的眼睛，这眼里射出的光是寒冷的、可怕的。他的心上一定有什么重大的事情，不然他怎么会察觉不到一个钓翁就在身边。或者，他在谋划着一件可怕的事情。从他的眼中可以看出，这件事让他自己都觉得十分可怕。那个人一会儿弯下身子，仔细看着地上的野草。可是，野草又有什么值得观看的？难道在观看自己的脚印？是不是我所在的晋国，又要发生什么可怕的事情了？

一会儿，雨就下大了。噼噼啪啪的，将水面击开了一个个斑点。鱼儿已经沉到了深处，它们可能好奇地倾听，是什么东西这么密集地敲打着屋顶。我的衣服已经湿透了，我收起了钓具，在大雨中向家中走去。我的简陋的房屋就在湖边不远的地方。我想招呼那个人到我的屋子里避雨，可是我很快就打消了这个念头。因为，那个人根本不愿意离开湖边，他冒着大雨，仍然慢慢地走着，仍然低着头，好像这世界上除了他自己，压根儿没有别的。大雨对他是无所谓的，一切对他是无所谓的。我十分好奇，他究竟在想什么呢？是什么样的事情令他如此着迷？他的心里一定有一个巨大的东西，这东西已经让他不知道自己在哪里，又遭遇到了什么。

好吧，就让他一个人在那儿转悠吧。我要回去了。那个人不是一个自杀者。从他的衣服判断，这是一个有身份的人，他一定很不简单。他所想的一定是天下大事。可是，他所想的天下，已经笼罩在一片雨雾之中。既然什么都看不见了，他又能想什么呢？很快地，他和他的所想，一起沉没在苍茫的大雨之中。

卷一百五十四

公子二

晋国又复归宁静了，但这宁静里含有可怕的东西。一样事物如果只有它本身的时候，一定有着更大的秘密。我不知道这秘密是什么，但我知道最可怕的宁静肯定隐藏着什么。我已经被这死寂般的宁静吓住了。是不是会有什么灾祸降临？

在我们众多的公子中，富子是最有威望的，他的德行让我们尊敬。当然更重要的是他十分聪明，有着常人不可比的智慧。可是就在今天，士蒍来了，告诉我一个惊人的秘密——这个我们一直以为有德行的富子竟然在出卖我们。他一直挑拨我们与晋献公的关系，说我们从来不认为晋献公的继位是合乎礼法的。这就意味着，有一天，晋献公的剑锋会指向我们的咽喉。

我们从没想到，富子竟然是这样卑劣，这样精于计算。他才是真正有所图谋的叛逆者。可是，国君竟然相信他。是啊，这一段时间里，国君经常把他召去，一定是谋划着什么。我必须把这个秘密告诉其他公子们，否则我们都要遭殃。我想，那么多人都蒙在鼓里，谁又能想到富子会做这样的事情呢？这个人伪装得太好了，我们都被他欺骗了。

在我看来，士蒍是诚实的，他的脸上的每一道皱纹都说明了他的诚实。他的眼睛直视着你，一点儿躲闪都没有。他很少说话，每说一句话，都直率而坦诚。这样的人是值得信任的。过去，他就和我有所交往，我从没有发现他说过谎。甚至他的每一句话都能得到验证。对我和他说的话，也能守口如瓶。这一次，我和他坐在一起，谈了很多知心话，他也和我说了很多话。我们不断举樽对月，相谈甚欢。但是，当我们说起富子的时候，他沉默了。好像想说什么，又不好说出来。在我的再三追问下，他才说出了这个惊天的秘密。富子正在密谋把我们一一除掉。这是多么可怕的事情，我竟然一点儿都不知道。

应该说，我们和富子都是桓叔的后代，我们的血脉是相连的，他为什么要出卖我们？只有一个解释，那就是他想获得更多的利益。可是他已经拥有该拥有的一切，他还需要什么？他一定有着更大的阴谋，最终篡夺整个晋国的权力。不然，他为什么会这样做？

士蒍走后，酒觞空了，映照于酒中的明月也空了，只剩下一个漆黑的空洞。我感到自己已经在这个空洞里，深深地陷入了一个无底的空洞。我感到了酒后的眩晕，感到天旋地转，无论是天上的月亮还是地上的树木，都变得捉摸不定。那一个夜晚，我失眠了。辗转反侧，想了很多很多。可是时间的事情，有哪一件是明了的？我似乎一直处于迷迷糊糊的状态，似睡非睡，似醒非醒，好像在梦中，又好像游移不定地处于梦境之外。我究竟是在哪里呢？我只是一次次听见，不祥的夜鸟不停地发出叫声，一种令人恐怖的叫声。

公子三

　　富子要将我们置之死地的消息是确实的，这已经不是什么秘密了。如果我们不将他除掉，我们就不会安生。我深知，富子既有强大的势力，也有足够的计谋。一切必须在秘密中进行。幸亏士蔿把富子的密谋透露给我们，不然，我们将不知道自己会怎样死去。我已经和众公子们商定，在某一个时机，把富子杀掉。

　　士蔿是我们的朋友，他足智多谋，想到了很多办法。关键的时刻到了，我和其他公子们一起，请富子一起野游。这是多么好的春天，树木刚刚发芽，野外的各种树木的枝丫上，包裹着一层朦胧的淡绿，好像这些树木上缠绕着一团团发绿的雾气。郊外的野草也发芽了，露出了地上的生机。我们顺着一条小路，一直走向一片树林。穿过树林，就是一条河流。我已经听到了河流的声息了——听起来是那么微弱，好像一个劳累的人的喘息声。

　　富子好像是快乐的，他的脸被树枝间射下的阳光挂满了，面部显出了凌乱的线条，眼睛里闪烁着迷茫的光。我甚至被他的快乐所感染，怜悯之情和山丘上的雾岚一起升起，弥漫了我的心。这个人是那么聪明，却一点儿也不知道我们所设的陷阱，不知道自己将会死去。我知道，在树林最幽暗的地方，已经有许多弓箭对准了他。

我的心情十分复杂，既希望他死去，又不希望他在快乐的时候死去。他如果死去了，我们的明天就是安稳的，生活的火焰就不会被冰水浇灭。可是我多么渴望我们中间的每一个人都是快乐的，不要在这快乐里投下暗影。毕竟我们和富子的骨头上都刻着同一个祖宗的名字。这个富子啊，为什么不珍惜好日子，偏要和我们作对，还要把我们引向死灭？你却不知道，最后你所要给我们的，却送给了自己。

今天，士蔿也来了。他就像平时一样，脸上没有一点儿笑意，却因为他所安设的死亡而异常紧张。但这一点只有我们能看出来。富子是不知道的。他只是想尽情地享受春天的阳光，享受此时此刻的一切美好。也许是为了让自己的意图更加隐蔽，士蔿始终眯着眼睛，好像害怕艳阳的强光。他这样做，是为了不让富子从他的眼睛里看出什么，也不让我们看出他的紧张。他要看起来非常平静，甚至比平时更平静。这平静是多么阴险，多么可怕。许多危险就在最平静的地方埋伏着。

还有另一位公子，也是这样。好像每一个人都在互相模仿，一个人仅仅是另一个人的替身。我们都变为同样的人，差不多一模一样。我们是心照不宣的，除了富子，我们都知道来这里做什么。富子却一点儿也不知道，他就是我们的靶子。我们所有的目光似乎是不经意的，但却都在他的身上汇集，这让他变得明亮，然后让他突然暗淡下来，让天上飘来的一片浓云一下子遮住所有的阳光。这样，他将沉没在他该沉没的地方。是的，富子已经是深不见底的深渊了，他本身就是深渊，他将沉没在自己的灵魂里，而这灵魂里预先被放置了大石头，它不可能再漂浮到表面了。

好吧，先让富子享受一会儿吧，但愿埋伏在林间的弓箭慢一点，给他更多一点时间。将来没有理由剥夺现在，现在的一切都值得珍惜，也值得尊重。它是正当的，是天地间的义理所在。现在不存在，一切义理就失去了寄放的地方。因而，天神也允许保留现在。但是富子的现在，已经是最后的了。

我已经看见了阴暗处箭头的反光了。富子正一点点走近它。即使他在痛苦中死去的瞬间，都不会明白，是谁射出了箭——将他的灵魂带走的箭。就是那一点点的闪光，将要把他的光熄灭。他还在微笑着，实际上，在我的眼里，他已经死去了。现在仍然停留在草地上的他，仅仅是一个幻影，他实际上已经不存在了。

卷一百五十六

士蒍

富子已经被除掉了，他甚至都不知道为什么会死。他是不是已经觉察到了什么？我只是看到他临死的时候朝我微笑。那就是说，他已经知道了？他认为自己已经躲不掉这场谋杀？或者，他觉得这样莫名其妙地死去，是很合适的，也符合自己的意愿？我不愿多加猜测他为什么会微笑，总之，他带着微笑走了。在郊外的微风里，他只留下了一个微笑。

他是为了晋献公——今天晋国的主人而死的，他的死只是为了主人的内心多一分安宁。他活着也许不会反叛，也不会给别人带来灾难，但他只有死去，才会消除别人的焦虑。有的人就是因为别人的一点焦虑，就必须承受不该承受的死。这是命运，无法改变的、生来就已经注定了的命运。因为他是晋国的公子之一，又因为他在其他公子中更有威望。当然，也因为他表现出了自己的聪明。

人与物的聚合分散，生成了吉凶。天上有象，一切有象，地上的事物因着天上之象而生成具体的形。我们可以从形象里观察变化，这变化里有着天神的旨意。也就是说，他所以死去，是因其自身的必然。富子没有另一种选择，我也没有让他继续活下去的选择。他的死不是因为我，而是因为他自己。即使我不杀死他，也会有别人来做这件事情。谁让他是富子而不是别人？他只好用他的死来说明自己。

他的微笑也是他的形象。这个微笑是意味深长的。这形象是刻在脸上的，从某种意义上说，一个人的全部内容都在他的脸上，包括他的命运。天地有幽暗和明亮的变化，人有着生与死的转换。事情的流转变迁，都要随着时光发生微妙的暗示。它不是现在才发生的，而是在发生之前就已经发生了。所以，富子的微笑并不是属于现在，而是表达了自己的从前，以及从前的从前。

现在，他已经死去了，晋献公心中的一个黑色斑点、一个涂抹不掉的影子，随着富子的离去而离去了。我告诉国君关于富子的死讯，国君露出了和富子一样的微笑。这两个多么相似的微笑，是对我的最好安慰。我认为我所做的事情是有意义的，它得到了两个人的微笑。

国君所想的，就是我所想的，而富子所想的，我却不知道。但我相信，两个人的微笑有着不同的含义。生的微笑和死的微笑是不一样的。国君所想的，是因为一个人的死，为他带来了宽慰，他的国君的宝座下面多了稳固的石头。这是由于可能会觊觎这宝座的人少了。国君从来不能像我们一样思考问题，而是将思考的目光始终集中于自己的座位上。没有这座位，就没有国君，他和这座位从来是连在一起的。或者说，每个人所关心的只有自己的命运，国君也不会例外。

可是，天神在关注什么？也许他既不关注国君，也不会关注国君的座位。他所关注的，一定是天下的富有乐感的变化。他不认为所有既定的东西就是好的，他不希望世界成为一潭死水，而是要让一切像

古灵魂

一条河流那样变得千回百转，生机勃勃。使万物震动的莫过于雷霆，让万物骚动不安的莫过于从不知处浩荡而来的大风，而让万物得以滋润的、也可以让万物得以淹没的是碧波万顷的大泽，还有让万物燥热或者被焚毁的是火。谁能敌得过这四样东西？

可是要让这四样东西变化的，是它们背后的天神。神是变化的根本原因。神有着无处不在的手，他掌握这一切，并让这一切充满了生动的变化。就像大河的波澜，有着无穷的波纹，但每一个波纹都不会是相同的。如果我们能够明白万事万物的根源，就会拥有神的力量、神的权威。可是，谁又能成为神呢？我们的智慧是有限的，于是只有在神明的引领下走在一条不知道将来、也不知道目的的小路上。

这条道路是残酷的，它不是我们自己所选择的。我们只是接受，只是一直走着，一直走着。看起来我们都睁着眼，实际上我们所看到的，并不是真实的。我们在一个接一个的幻觉里行走着。但是这幻觉里已经包含了神所赋予的意义。现在，我已经设计杀掉了富子，我的国君可以做一个好梦了。国君的梦就是我的梦。我们的梦已经合在一起了。在这个梦里，已经有两个微笑了。

卷一百五十七

晋献公

　　士蒍真是一个能做事情的人，他的才能我已经看见了。他知道我想什么，也知道该做什么。在众公子中，富子是最有可能觊觎君位的，他在公子们中间也有着足够的召唤力。士蒍看到了这一点，猜到了我的忧虑。自从承继君位以来，我昼夜思虑、寝食难安。我深知自己随时有被暗算的危险。想到自晋国开国以来发生的一切，每一段路都被血浸透了。我的先祖们的每一步都在血的泥泞里，他们的脚印就浸泡在这样的路上。我就要像林间的兽那样警觉，必须张开自己的双耳，睁大自己的眼睛，绝不能在饱食之后卧在松软的草丛里安睡。

　　尽管富子已经死了，可是我又怎能快乐？还有那么多公子在暗中窥伺，他们的内心一直都在盘算，紧盯着我的宝座。一个不断被众多人窥视的座位又怎会牢固？它必定在灼热的目光里动摇。当然，在这样的目光里，我的身子也会动摇。听到富子死去的消息后，我就愈加欣赏士蒍了，我的脸上露出了少有的微笑。可是在这个微笑之后，我很快就陷入了更深的忧虑，我的眉头重新锁住了。我额头上的皱纹更深了，照着镜子，我已经看见了自己鬓角的一丝丝白发了。它是什么

古灵魂

时候变白的？我竟然没有发觉。我的鬓发已经一点点白了，可是我并不是一个老人，我仍然有着宏大的抱负和青春的激情——我已经有点怜悯自己了。

可是我已经是一国之君，必须守好自己的日子。这也是晋国的日子，先祖的日子。我把这些危险的时光放在自己的双手，牢牢地攥紧。我现在似乎已经拥有了一切，华丽的宫殿、妖娆的美女、唯唯诺诺的群臣以及数不尽的仆人，我有广大的田产和整个晋国，我有诸侯的封号和所向披靡的大军，我还有对我的臣民生杀予夺的权力。我的手上已经握着一国的权柄，那么，我还需要什么呢？好像什么都不需要了。人间所能有的，我已经都有了。

可是，这对一个国君来说，已经不算什么了。我看上去应有尽有，却缺少内心的踏实感。我的心中需要更大的、更多的东西填充，我的胸中有着高山和深壑，有着汹涌的大河和喷涌的源泉，我又怎能满足肉体的一点点需求？何况这是多么可怜的需求啊。一个国君不是一个普通的人，他应该是先祖的化身，是天神遣往人间的使者，他不能用人的尺度衡量自己。所以，我必须遵循一个君王的道，就是要在不断变化流转的天意中，把自己放在更高的位置上。我要捕捉天下大势的变化，寻找晋国不断拓展和稳固的路途。可是，我现在的忧虑在于历史的启迪——我的先祖的源流分化，曾让晋国陷入了毫无希望的乱局。从曲沃桓叔开始，曲沃和翼都之间的对立、对峙和不断残杀，使晋国在腥风血雨中飘摇。

现在我是一国之君了，整个晋国在我的手中，可我的手仍然缺少足够的力气，我的手仍然在颤抖。只有晋国公室里的公子们被清除干净，晋国的隐患才会消除，我的心才能安宁，我的晋国才能在更大的疆场放手一搏。只有和先祖一样的丰功伟绩，才能填平我巨大的欲望。就像都城旁边的大泽，它的水怎样才能充满？每天都有几条河一直流向它，可它似乎还是原来的样子。只有永远注不满的大泽才是真正的大泽，才是不会干涸的大泽。

士蒍告诉我，在晋国公族中，富子死后就基本上群龙无首了，叛逆的种子已经被投放到了灶火里，它的土壤也被铲除。现在令人担心的，就是游氏的两个儿子了。游氏是周文王的后裔，先祖曾被分封于游魂关。游氏家族在晋国的势力越来越大，已经难以压制了。必须根除游氏势力，才可以保障晋国的安稳。士蒍说，不超过两年，事情就可以做成。我相信士蒍的能力，他说出的话，很快就会成为事实。

我紧盯着士蒍的眼睛，看见他的瞳孔里射出了幽深的亮光。这亮光里有着杀气，有着一种可以穿透墙壁的力道。我知道他已经心中有数了，具体怎样做，不需要我多操心了。是啊，士蒍很少说话，他说的每一句话都是有力量的。因为他的话真实可信，还有什么比真实更有力量的？

我所要做的就是等待，等待士蒍传来好消息。夜晚到来了，星空一片灿烂。我却睡不着觉。我走到了宫殿外，在种满了花木的庭中徘徊。步履是轻轻的，几乎没有什么声息。我怕自己的脚步踩碎了此刻的安宁。风也是很轻的，差不多是贴着地面轻轻扫过去，这让我感到自己不是在地面上行走，而是走在了飘动的云头上。地上的一切都飘浮起来了，突然响起了几声瑞鸟的鸣叫，它的声音也是轻轻的。我抬起头，看着头顶的幽暗的天顶，上面嵌满了明亮的灯。那一定是天神

古灵魂

在遥远的天上，提着各自的灯笼在花园里散步。他们的灯光也顺便照亮了我的双颊。我已经感到了自己脸上的光芒，我浑身的光芒。我面前的道路也散发着光芒。可是，我却不知道，我在这个时候，究竟有着怎样的表情。

卷一百五十八

盲者

　　故事永远可以重演。世间的故事很多都是相同的，只是人们的眼睛没能识别出它们的相同。就像河里的水是相同的，但它流经的地貌却不相同。所以河水有时十分湍急，有时又十分缓慢平稳。对于水中的游鱼就不一样了，它们从来没有识别出水的相同，却对水流的急缓变得敏感。哪一条鱼儿会知道它所生活的水是相同的呢？

　　可是我什么也看不见。我是一个盲者。我记不清是什么时候看不见这个世界的，也许是几岁，也许更小一些，总之有那么一天，我突然什么也看不见了。我的眼睛里充满了黑暗。一个五彩缤纷的世界突然失去了全部颜色，失去了形象，失去了事物之间的所有界限，只有一个整体的黑、无限的黑，占据了我的生活。

　　我的心里是有光亮的。我所看不见的，我可以用自己的心感受到。我可以听见最细微的声息。我不仅能够听见百鸟的鸣啭、曲折的流水以及山风中万树的摇动，还能听见草虫的呼唤以及最小的、别人听不见的虫子的对话。我的皮肤也是敏感的，只要有什么东西接近我，哪怕是一片飘来的草芒，我也能感受到。所以我知悉周围的一切，我的心里充溢着万物的形象以及它们所说的话。

因为双眼失明，我的目光变得更加深邃，我常常感到自己的目光已经穿透了时间，看见了过去和未来。它们被我心中的光所照彻。一天，一个人来到了我的面前，他忧心忡忡地告诉我，一连几天他都在做同一个梦，梦见房顶上有一个人说着什么。他仔细倾听，仍然没有听到这个人所说的内容。他问我，这个人究竟在说什么？

我的鼻子已经闻到他身上散发的香草的味道，他一定是一个有身份的人。我让他靠近一点，感受到了来自一个人的体温，这体温似乎一点点变得冰冷。我知道这个人已经灾祸临头了，他不会活得很久了。但是这样的消息是不能告诉他的，因为我感到了他腰间的剑发出的逼人寒气。我好像穿过了他所做的梦，在一瞬间，看见了那个模糊的屋顶上的影子，他说得非常清楚，但不属于人间的所有语言。我听不懂他在说什么，但猜出了他说话的大意——让他逃出晋国，这片土地将血流如涌，底下的泉眼被捅开了。

于是我对面前的人说，你要离开你的房间，到远处寻找你的住处。事实上，我好像已经清楚地看见了这个人，他的脸是灰暗的，他的眼睛里藏着傲慢，沙哑的嗓音里却充满了焦虑。我不仅看见了这个人，还看见了这个人所做的梦，我已经潜入其中，窥到了他所不知道的一切。他不会相信我的话，因为他从来没相信过什么。他问我，只是为了寻找安慰而已。我已经猜出来了，他就是游氏的一个儿子。我早已从别人那里听说过，现在我已经看见了。

我听说士蔿正在和桓叔、庄伯留下的公子们不断密商，晋国将要有大事情发生了。他们已经合谋杀掉了富子，下一个就是游氏的两个儿子了。晋献公知道，只有自己家族的公子们才可能图谋君位，其他人没有争夺晋国的能力和权利，因为别人没有相应的名分。晋献公深知自己是怎样成为君侯的，也深知长达几十年的曲沃和翼都之争，他所占有了的这个座位，已经是浸泡在血中的。现在看来，他会将公子们一个个除掉，直到晋国的君侯卧榻旁没有觊觎的目光。

士蒍是一个阴险的人，我从前就听人谈论过他。他曾经从离我很远的地方走过，我远远地听到他说话的声音。他的声音里有着深不可测的东西，那声音里究竟含有什么？一种令人战栗的、阴冷的气息——它不像是来自人间的声音，好像从地下传来，我的毛孔立即就张开了，浑身的汗毛竖立起来。我已经感到了某种可怕的东西从远处掠过，我看见眼前的黑暗里有了一个更为漆黑的影子。

他的黑暗来自他自己，也来自他背后的那个晋国君侯的内心黑暗。士蒍仅仅是国君伸出的一只手，只不过这每一个指头都是血污的，可怕的。我尽管双眼瞎了，但仍然可以看见这发黑的手，它捏着许多人的咽喉，随时杀人于无形。他的手上、眼睛里和胸前都流着血，他不论走到哪里，都会将血沾染到哪里。

我已经看出来了，他带着满手血污，正在走向游氏的两个儿子。我眼前的这个人就是其中的一个。可是我不能说。我不能说出我所看见的，因为这仅仅是我用深陷的没有目光的眼窝看见的。我的眼窝如此深邃，就像山间最深的洞穴。我的光是从洞穴里面发出来的，可是谁又能看见我所放出的目光呢？我眼前的一切又分明被我眼里的光照亮了。

我不能说出我看见的，这是多么大的痛苦。谁让我看见别人不曾看见的东西呢？我把自己所见的，压到了眼前的黑暗里，就是这样的黑暗，仍然要被更加黑暗的影子遮挡，我就只能将自己所见的，连同自己一起，沉没于更深的黑暗里，并将那所遮挡的压到了下面。我挥舞着自己的手，用沉默告别了眼前的人，让他回到自己该有的归宿。我觉得那个人也同样消失于黑暗。

卷一百五十九

流浪者

我一直在行路，我不知道自己究竟要到什么地方去，但我始终脚步匆匆。我喜欢路上的风光，喜欢路上所有的所见，也喜欢听路上寂寞的行人谈论他们心里所想，或者谈论他们从别人那里听到的事情。我有时会把自己听到的和看见的，默默记在心里。有时就让那些闲谈在双耳边上盘旋一会儿，然后飞向我所看不见的地方去。

这些谈论究竟有什么意义？我不知道。我也从来不想这些话究竟有什么用。我不追求有用的东西，我也不需要有用的东西。世界上没有什么是真正有用的，那么又为什么必须追寻事物的用处？我用无用推开有用的，又把无用推到更深的无用之中。就像我在路上随意踢开一块石子一样。

头顶的白云有什么用？路旁的草叶有什么用？风从我的两颊扫过，雪花打在我的鼻尖上，雨滴落在我的手背上，又有什么用？我仍然在我所行的路上。这个世界上的每一条路都是我的路。现在我走在了晋国的路上，这里的路看起来是这么平坦，却似乎经常遇到不寻常的事物。丛林里有我不曾见过的野兽，也有我不曾见过的飞鸟。每当

古灵魂

走过它们身边，它们似乎并不惊慌。可能的解释是，它们看见我是良善的，不曾动过伤害任何生命的念头。即使我所吃的，也是树上的果子和荒地里的野草和苦菜。有时也会采一些野谷子充饥。

对于一个行路者，这些已经够了，足够了。我相信，我所处的人间是不会挨饿的，你所想的，都有预备。重要的是你必须在行路中寻找。如果你待在一个地方，或者你懒洋洋地躺在青草地上，你就什么也不会得到。我行路，不是仅仅为了行路，而是为了我所有的和不曾所有的，我知道，我所有的和不曾所有的，路上都有。

可是我来到这里并不感到快乐。甚至我不知道为什么会忧伤。我看到路边一些树被砍掉了，留下了一些树桩。它们可能用来支撑了居住的屋顶，却失去了自己的头颅。我看出了土地里渗出的血，到处都有。流血的土地，比我的悲痛更多。但是这土地却因血而发出了光，使我的双眼变得迷离，我竟然看不清这里的一切了。

我和晋国的一个农夫一起走路，他要到自己的田地里去。一柄长长的锄，压在他的肩上，他的肩头可以看见一个小小的凹陷，是这锄头施与他的恩惠。他接受了肩上的锄头，却和我谈起了另外的事情。晋国现在的国君让士蔿——一个我完全陌生的人，正在把那些可能引发祸患的公子除掉。他认为，这一切都是士蔿策划的，但实行者却是另外的公子们。因为他们不知道自己所做的，将是别人要对自己做的。就像一群传说中的兽，它们每天要做的就是一起把其中的一个吃掉，于是这种兽的数量越来越少，最后在丛林里再也见不到它们了。

我问他，你所做的是种自己的庄稼，怎么会知道君侯的事情？他说，君侯就像农夫，他希望把地里的草都除干净，这样他就可以收获自己的粮食了。那么，君侯的粮食又是什么？农夫说，他的粮食就是他自己。因为他不知道自己之外的东西，他所需的也只有自己。我为农夫的话感到吃惊，因为他所说的是一个我早已听说过的故事，一个在每一条路上都能够听到的故事。

事实上，我走在路上的时候，农夫所讲的，正在一点点发生。开始的时候，好像无声无息，然后渐渐露出了头。这和农夫所种的谷子一样，它从埋下的种子开始，然后一点点露出了地面，又一点点长大，最后我辨认出了它，看清了它的样子，也知道了它的结果。草叶的形状和谷子的叶片是不一样的。一种草和另一种草的形象也是不一样的。世界上的各种事物都会显示它们之间的差异，都会有各自不同的形象。它的结果不是要在结果显现的时候才会知道，而是在它的叶子长出来后，就知道了一切。它的样子已经说明了它的结果。

士蒍已经动手了，他不会收住已经伸出来的手。他的背后站着晋国的国君。他不过是在国君的影子里，并受着影子的支配。或者说，士蒍就是国君的影子。但是这个影子是有力量的，它还有着足够的敏捷。它不断接近自己想要接近的影子，并将这样的影子吞噬掉。可是，那些被吞噬的，就是那么愚蠢和迟钝？

一次已经足够了，第二次仍然能够得逞。士蒍就是利用了人们的愚蠢。相同的手法，相同的利用，似乎没有人会觉醒。士蒍看到了人的自私和贪婪，也看到了人的相互猜忌。他知道怎样利用他们的弱点。他也知道怎样把一面看起来坚不可摧的城墙，用大水将之变为四散而去的泥土。这些泥土啊，会流向自己该去的地方，甚至在水流的席卷中消散于无形。

古灵魂

他先是除去了富子，然后再除去游氏二子，然后会将所有的晋国公子都除去。这样的结局，我已经看见了。根本用不着等待。因为，国君已经这样想了，他的想法会从头脑里出来，一点点转变为天上的乌云，盖住地上的一个个血肉形象。可是，这些事情与我有什么关系？他们的事情自然由他们去决定，他们的命运也自然由上天安排，每一个人终究会获得各自的归宿。如果没有他们的出演，世间怎会有令人眼花缭乱的故事？我又怎能听见这些奇怪的事情？道路这么漫长，行路这样枯燥乏味，那些和我一样的行路者，又和我说些什么？

鸟儿有鸟儿的语言，它们互相谈论路上的见闻。野兽也有自己的语言，它们也在不断说话，讲述自己看见的事情。总之，没有事情就没有语言，没有故事，语言就没有用。当然，如果我们都是沉默的，世界就不会有活力和生机，这样的世界对我们来说，又有什么意义？所以，一切发生的，都是注定要发生的。而那些还没有发生的，也会一点点发生。我行路，就是为了不断看见和不断听见，不然，行路有什么意义，行路者也会从路上消逝，一切都会消逝。

卷一百六十

石匠

　　我曾和一个流浪者一起行路，我们很能谈得来。我和他讲了一些关于晋国的故事，告诉他这是一个不断流血的国度，血从土地上流出，也从大树上流出……没有不流血的故事，没有不流血的地方，就连我们所走的路，也在不断流血。这个人对我所说的一切都感兴趣，也许他仅仅是为了消除行路的疲惫，才对我所说的兴致盎然，也许他是一个喜欢听别人讲故事的人。他说，世界上的一切都是故事。每一个人，包括我们自己都生活在故事里。只不过我们所说的，好像都是别人的故事。

　　仔细想来，我们讲故事的时候，也被别人带到了故事里，谁又能逃出一个又一个故事呢？比如我吧，每天都在敲打着石头，每一个动作都是故事里的细节。我从每一块石头里看出里面包藏着的形象，那些形象是生动的，最后在我的敲打中一点点露出了真相。事实上，在它们的真相出现之前，它们早已经在石头里了。可是，除了我，谁又能看出来呢？

　　石头里什么都有，世间有的东西，它里面都有。看起来这些大大

古灵魂

小小的石头，里面住着所有的事物。我的手里总是握着各种凿子，它有着锋利的外形，随时准备接受重锤的敲打。我会看着眼前的石头一点点掉下它的残渣，让一条条花纹、一个个棱角、一道道线条以及一个个形象显出本来面目。有时是一个人，也许是一个正在干活儿的农夫，或者一个鼓乐的演奏者。有时是一个传说中的独角兽，或者有着四只眼睛和悠远目光的四睛兽，或者振翅欲飞的瑞鸟。一个石匠也该有着寻常人没有的魔法，他的手下会不断出现人世间有的或者没有的形象。总之，你想要什么，石头里就会变出什么——多么神奇的石头啊。

当我和那个流浪者说起我的石头的时候，我浑身的汗毛都竖了起来，因为我太兴奋了，以至于有几分惊慌。我想，我的脸颊是潮红的。我能感到自己的双颊在燃烧，就像一棵开满了花的树，充溢着熊熊燃烧的激情。可是，这个人只对晋国发生的事情感兴趣，他边走边想，似乎在思考着这些事情为什么会这样。我想，这是国君所想的事情，一个流浪者也该想自己怎样走得更快一些。

国君让士蒍杀掉那么多人，是因为自己生活在恐慌中。只要坐在国君的宝座上，他就不会感到安宁。一个个噩梦围绕着他，他总是害怕从高处掉下来，摔倒在地上。可是，我的石头不怕任何事情。它是这样耐久，即使从山顶落下也没什么。即使它摔碎，也还是石头，只不过它的数量更多了。

石头既不怕凌厉的长剑，也不怕飞来的利箭，也不怕烈火焚烧。石头什么也不怕，它还经得起时间的磨砺。经过了多少年的石头，还是原来的样子。相反，那些武士们手中的兵刃，只有经过石头的磨砺，才会露出闪光的锋芒。看，石头多么好，多么坚实，它有着非凡的力，有着压垮一切的重量。它只要被放在一个人的肩膀上，就会让他在重压下弯腰。

哦，我忘了和他说了，我要去一个叫作聚的地方筑城。很多人都要去，我是其中的一个。这个地方为什么叫这么一个奇怪的名字？现在很多工匠已经向这里聚集了。据说，这个城邑建成之后，晋国的公子们将迁移到这里。我并不关心将来谁住在这个城邑。我只把眼睛盯住我手里的每一块石头，我要从中看出我所要的东西，并把多余的剔除掉。

在路上遇到了那个流浪者，他走得十分匆忙，他的脚步是那么快，好像要不断赶路的样子。我问他，究竟有什么事情这么着急？他说，我就是一个行路者。我并不是因为什么急事走得这么快，而是我必须赶路，以便走更多的路。他继续说，我已经走了很多路了，人世间只有走路让我永不厌倦。其实，每一个人都在行路，但每一个人所行的路却不一样，我只想比别人行的路更多一些，所以我必须走得快一点。

我没有听懂他所说的，但似乎里面包含着什么道理。就说我吧，我所要做的，就是更多地摆弄手中的石头，让石头开花，让石头放出光芒，让石头呈现一个个不朽的形象。我的双眼能够穿透石头，可是我仍然没有穿透这个流浪者所说的话。

走到了一个地方，我不知道这是哪里，但是道路分岔了。我们都面临自己的选择。我知道通往聚的方向，那里有很多石头在召唤。他不喜欢石头，因为他在路上总是将绊脚的石头踢开，或者弯下腰来将

古灵魂

其搬到路边去。他更喜欢光滑平直的路，这样他就可以双脚如飞。他的眼睛直视前方，即使是和我说话的时候也目不旁视。有那么几次，我想知道他看着前面的什么，可是，我看到他的眼中似乎什么都没有。他所看的是一个空无的世界。现在，我们该分手了。接下来的行程，我将一个人默默走路，将有无比的寂寞伴随我，就像石头一样寂寞。

可是他似乎并不在意。这个人头发蓬乱，衣衫不整，只有双眼放出空无的光。眼中的光竟然是这么亮，以至于你无法看清他真正的面孔。这简直是一个漂浮的灵魂和我一起，现在却要分手了。不是我们愿意这样，而是道路的分开使我们分开了。我朝他挥挥手，他微笑着，似乎还想和我说些什么，最终他的嘴紧紧闭住了。两旁的庄稼长势不错，今年可能会有一个好收成。

微风吹过，田地里的谷子随风起舞，就像我的内心涌起了波澜。我看着我曾经的同行者，决绝地转过头去，蓬乱的头发高高扬起，和田间的谷子一起飘动，直至消失于另一条道路的尽头。而我面前的道路仍然是无穷无尽，我所要敲击的石头也无穷无尽。如果这个世界上没有石头，人们的生活将会是颠沛流离的，因为他们将看不见石头里的灯，也将失去最后的归宿。

卷一百六十一

钓翁

我仍然在水边垂钓，天上的云影落到了我的鱼饵上，我是在钓天上的云么？不，天上的仍然归于天上，地上的归于地上，而我只要属于自己的那一份。我从来不想望更多的东西，钓竿就像我的影子，它伸向波纹开放的水面。它等待着上钩的大鱼，它不等待其它不相关的东西。

我从早晨来到这里，已经好几个时辰了。就在离我不远的地方，一座城邑正在筑造，那么多人在劳作。我不知道这些人来自哪里，反正他们从不同的地方赶来，操着不同的口音，就是为了做同一件事情。城墙已经渐渐长高，石夯被几个人高高举起，又在沙哑的号子声中落下。他们惊动了水里的鱼，以至于只有几条大鱼被我钓了上来，在身旁的鱼篓里蹦跳。现在，它们似乎已经没有力气了，安静地躺了下来，身上的鱼鳞闪耀着，发出碎片一样的光亮。

一个石匠来到了我的身边，灰尘盖住了他的头，他脸上是乌黑的，显然已经很久没洗脸了。他用双手合成一个陶器的形状，掬起水喝了起来。一会儿又开始洗脸，他的脸庞从乌黑里显露出来，面孔变

古灵魂

得清晰了。他告诉我，这座城不太大，是为晋国的公子们修建的。他们都是有身份的人，所以城邑将是豪华的、漂亮的。这个石匠就是把一块块石头弄得平整，并刻上各种美丽的花纹，然后把它们放在粗大的柱子下。还有一些石头，将变为异兽的形象，用于特殊的装饰。

我们随便谈起了这座即将建成的城邑。石匠给我说起这座城的规划布局，在他的心中，这座城早已经有了，每一座房屋、每一个台阶以及每一条街道，他都说得非常清楚。甚至，他设想的每一个人应该住在什么地方，他们的日常生活是什么样子，好像就发生在眼前。是的，还在建筑中的城邑，在一个石匠的胸中已经落成了。人们都热衷于想象未来和筹划未来，却忘掉了眼前的事情。一个石匠会有怎样的未来？他的未来永远是在石头上。

一个能够看见一座没有诞生的城邑的人，一个目光可以穿透石头的人，却不会看见真正的未来。他可以把石头雕刻成各种奇特的飞禽走兽，可以把石头打磨成光亮的镜子，却不可能从中照出自己。他应该知道，他只是石头的主人，却不是城邑的主人。他只是暂时把石头变成自己想要的样子，但它一旦变成那个样子的时候，就归于别人了。他最终连同石头本身也将失去。那么，他有什么理由畅想未来呢？

只有这个国家的君主才可以决定未来，所有的石头、即将建起的房屋以及四面围起的城墙，只是事实的幻影。真实的事物深藏在君侯的胸中，谁可以去他的灵魂里看一看？其中藏着事情真正的样子。这个正在筑造的城邑，仅仅是君侯计谋的一部分。它看起来是供晋国的公子们居住的，但这些居住者又怎能知道藏在石头里的奥秘？他们已经被石匠刻在了各种形象里，他们将被困在石头里。

也许我不知道晋国的国君会做什么，但我可以看见养鱼人是怎样做的——他们会把许多鱼放在一个池塘里。这样，鱼儿似乎获得了更奢华的生活，但它们怎会知道养鱼人在什么时候捕获自己？实际上，它们仅仅是暂时获得了生活，但这生活已经是被别人捕获了的生活。鱼儿们的每一天，都沦为泡沫上的七彩幻影。你能说随时可能失去的生活是真实的么？

我还听说我所垂钓的湖上，曾经有一种叫作赫的水鸟。它们是众多水鸟里最擅长捕鱼的。这些水鸟浑身长满了火红的羽毛，只要它们出现，天空变得一片赤红，就像整个天空燃烧起来。它们并不急于捕获，而是在湖面上飞，几十只甚至几百只赫彼此呼应，发出一阵阵怪叫。它们的声音十分恐怖，水里的鱼听到这种怪叫，就会寻找着同伴，拥挤在一起，却不敢沉入深处。这些赫从四面驱赶着它们，使它们越来越挤，以至于无数条鱼最后在湖面上聚合为漆黑的一团。这时，赫动手了，它们展开红色的翅翼，不断地俯冲，不断地用长长的喙叼起鱼儿，把它们带到高空，然后扔到地上。水里的鱼毫无反抗能力，地上的鱼不断蹦跳，无论是在湖水里还是在湖岸的草地上，到处都是鱼，整个世界变成了屠宰场。湖面上飞翔的火焰和地上的鱼鳞的银光，形成了两种颜料的对照，一条条鱼从天上的赫嘴里掉下来，仿佛下雨一样。

这是多么可怕的景象啊。可是，我从没见过这种鸟，也许我的先祖见过。我相信，这种可怕的水鸟，不是生活里的传说。可是，它们似乎再也不见了，不知飞到了什么地方。每当天边出现了红云，我就

古灵魂

会想起它们。也许它们一直躲在云中，等待着机会。也许它们用这样的方式赋予万事万物以独特的恐惧。昨天暮色将近的时候，我又看见了天边的红云，那么红，它包含了赫的形象，有着无数火焰的翅膀。

人间也有这样的捕获者。他们同样有着火焰的翅膀，有着长长的喙，有着围猎的本性。只是，我们看不出一切。因为，这些颜色和外表的可怕，深藏在一张张人面的背后。

现在，聚邑就要建成了。这是一座令人恐惧的城。聚——这个名字本身就意味着一个不祥之地。晋国的公子们就像被驱赶的鱼一样，互相拥挤在一起，却不知道令人生畏的赫就在头顶上飞翔。它们的长长的喙已经对准了他们。一阵阵怪叫就在他们的双耳聒噪，他们却只听见一阵阵静谧，无限的静谧，令人窒息的静谧。看来，晋国的公子们住进这城邑的时候，他们就再也不会安宁了。

我只是在垂钓时偶尔看看远处筑城的场景。人们像墙上的灯影一样，烘托人间的繁荣。我是多么幸运啊，我不属于任何人，只属于我自己。我既是自己的主人，也是这湖水和旷野的主人，当然我也是人间的观赏者，我看着一个个人从我的身边走过，消失在远方。我也不断看到一些人的最后结局，他们连同脚上的尘土一起回到了尘土里。我看见了地上的血，也看见了脸上和手上的血，他们杀掉别人也被别人杀掉。

可是，我最终是湖水的观赏者，我每天看见碧蓝的湖水泛起了涟漪，看见其中的日出和日落，也看见了不断跃出水面的、不安分的鱼儿。它们有时会高高飞起，从一个波浪上飞到另一个波浪上。它们不需要翅膀，只要不离开水就足够了。它们也捕获更小的鱼，以便满足它们的贪欲。整个世界都是贪欲造就的，否则我所看见的就会是一片死寂。只有我失去了贪欲，才似乎获得自由。现在，我再次把钓线抛到湖水里，漫不经心地看着水面……一片白云在轻轻浮动，它是从天上掉下来的，只为我所注视的湖水镶嵌着白云的图案……它也是自由的，就像落在水里的洁白的水鸟，舒展着羽翼，轻盈，敏捷，自在。

古灵魂

卷一百六十二

士蔿

公子们迁往我给他们筑好的城邑，让他们尽情享乐吧。我已经把他们看作死去的人，他们的日子已经结束了。一个个已经结束的生命还有什么意义？他们的享乐也是一个个死人的享乐，一副副干枯的骨架的享乐。他们只不过是从地下浮现的一个个梦，他们甚至连灵魂也死去了。

一些已经死去的人，就让他们随便享乐吧。这个城邑筑造得太好了，城墙是坚固的，让他们觉得生活于一个安宁的世界。是的，他们实际上已经安宁了。他们的骚动不过是死者的骚动，这个城邑仅仅是浮在地面上的坟墓，过不了多久，就会沉入黑暗深处了。

我曾巡视过这座新城。劳役们已经散去，剩下了一座死寂的空城。街道是齐整的，房屋的新墙还露着筑板的印痕。基座的石头都是精心挑选，上面刻着精美的花纹，木柱的柱头上雕刻了各种神兽，用来保佑居住者的生活。可是，这些居住者不需要保佑，因为，他们已经死去了。

对死者的坟墓也该保持足够的敬畏。你可以蔑视死者，却不能蔑视坟墓。坟墓是庄严的，它来自远古的礼仪。工匠从石头里看见房屋，却看不见藏在石头里的死灭。筑城者从泥土里看见一个华美的城池，却看不见泥土将要索要原本属于它的东西。它索要一切，将一切归于自己。我却从炊烟里看见烟囱里的烟灰，看见藏在深处的黑，也看见了被黑遮盖了的生活。总之，我已经穿透了花的叶瓣，看见了最后的枯萎形象。你难道看不见荒野里的白骨么？它已经说明了真相。

是的，我所看见的，是这个新建的城邑里的白骨。可是现在这些白骨仍然在地上行走，他们不知道自己已经在荒野上。日子已经不远了。我知道，这些人都是无辜的，但他们一出生就注定要死去。这样的结局不过来得早了一点。其实他们的结局也包括了我的结局。关键是，我是清醒的，而这些人却一直处于蒙昧之中。或者一直在一个模糊的梦中，并被这样的梦所欺骗。

我并不是一个残忍的人。我很想放过他们，让他们像从前那样活着。可是对于晋国来说，太危险了。我的君主也不会在夜晚来临的时候安眠于床榻。他们就是一个个噩梦。我不能让那些噩梦进入黑夜。可是他们又怎样知道自己是别人的噩梦？的确，每一个噩梦都是无辜的，但他们却不知道自己不断打扰别人的睡眠，他们本身就是不安和惊恐。

事实上，他们的出生就意味着不幸。这要从很早的从前说起。现在的原因在于以往的原因，以往的原因在于更早的以往。不然为什么要史官记录现在发生的一切？现在一切将成为以后事情发生的原因。如果从前的晋昭侯没有闪现不可挽回的善念，将桓叔分封到曲沃，怎会让晋国分裂，又怎会让几代人陷于对峙和血战？残酷的根源不是残

古灵魂

酷本身，而是从前的仁善。而仁善的根源又是来自仁善自身。这就意味着，一个人如果有了仁善之心，就会让后来者深陷残酷和不义。

所以，我不是一个残酷的人，而是一个从残酷中走出来的仁善者。我的残酷是来自我的仁善。我不是面对今天，而是面向将来，我所施与的仁善将显现于后世，那时候，我将连同我的残酷一起埋葬于最后的仁善之中。后来的人们将铲开泥土，把仁善的表层揭开之后，才能看见里面的残酷。然而，当你发现仁善开出的花，惊叹它的美好，又怎能知道这都是来自一粒残酷的、有毒的种子？

卷一百六十三

苦役

这个城邑已经建好了，多么好的城，城墙十分结实，用最好的黏土，一层层夯实。我把筑板一块块卸下来，再安装到更高的地方。然后，我和许多人一起举起沉重的石夯，一次次砸到松软的土上。我能够看见我胳膊上的肌肉是那么强壮，一块块肌肉，好像是石头一样坚硬、有力。我的手指紧紧抓住石夯上的握木，将这个重物高高扬起，四个人，八只手，随着高亢的夯歌坚定的节奏……筑土上不断出现一个个夯印，又不断被压平。我们的汗水也在夯歌里飞扬，在阳光下闪光……

我为自己有一副充满力量的身躯感到骄傲。我的浑身在汗水的浸泡中放出了光芒。在很小的时候，别人就夸奖我，说我有着大人们才有的力量。我没有什么手艺，只有一身使不完的力气。我干的活儿总是最好的，也是最快的。当别人感到疲劳的时候，我仍然力气充足。夜晚到来了，我不论躺倒在哪里，总是很快就睡着了。我的心里几乎不想多余的事情，因而几乎从不做梦。当别人从梦中惊醒，我仍然在深睡中。我和同伴谈论他们的梦，我感到那么好奇，这些奇怪的东西，是怎样潜入他们的睡眠里？醒来的世界竟然没有梦中的世界更复杂、更奇特，那么，他们比我更幸运，因为他们拥有两个世界，而我只有一个。

也许，我不需要更多的世界，对于一个用自己的力气吃饭的人来说，一个世界还不够么？每天开始劳动的时候，我是快乐的。我从没有觉得这个世界有多么苦，相反，我一直觉得能够劳作就是幸福的。我从不羡慕富足的人，他们的脸上总是有着忧伤。也不羡慕那些有权势的人，他们的眉头总是皱在一起，不知道他们的心里有多少烦心事。或者，他们经常互相杀戮，仅仅为了一些不值一提的事情。他们总是占有，占有更多的地盘，占有更多的土地，占有更多的财富，可是一个人需要这么多么？他们占有这么多，究竟用来做什么？

这些不幸的人们，抬起头，从来不认真看我们一眼，他们究竟有什么可骄傲的？他们驱使着我们，不断地指手画脚，他们又怎知我的快乐？他们是一些从没有快乐的人，也是从不劳动的人。他们来到这个世界上是毫无用处的。他们的一切都是我们来做，那么，他们所做的，就是整天愁眉苦脸，想一些祸害别人的事情。

今天的天气很好，不冷也不热。我随着别人休息一会儿，我突然在想，我这样劳作究竟为什么？我为了别人来筑城，将这城墙筑造得这样坚牢，这个城邑将有谁来居住？这些人住在这里，被这么坚实的城墙圈住，就像鸟儿住在笼子里。可怜的鸟儿，随时都可以被人捉住。他们住在了别人的手掌里。

可我是自由的。我现在劳作，我理所当然地用我的劳作换取我所需的食粮。看起来我是被别人驱使的，实际上那些驱使我的人们却被更大的力量驱使，而我在这样的驱使中并不会感到烦恼，因为我有着自己行走的方向。就像丛林里的人驱赶着自由的野兽，但那驱赶者并不知道，它们正要奔向哪个地方，因而后面的人反倒失去了驱赶的意义。甚至，我一直认为，那些把自己当作主人的，他自己就是奴隶。因为他所做的对别人的驱使，使他失去了自己。我觉得，在劳作中找到了我的快乐，是的，快乐不是因为别的事情，而是因为我喜欢劳作，难道做自己喜欢的事情，不是最大的自由和快乐么？

至于晋国还是否存在，是谁在主宰着晋国，这对我来说都不重要。我不需要知道现在哪个人是国君，也不需要知道，谁和谁将挑起一场恶斗。这是他们的事情，都和我无关。现在，我在筑造这个城邑，我的劳作就是将四面围起了的城墙一点点升高。我总是站在高处。我的汗水也挥洒于高处。我看见城外和城内的所有景物，视线从城墙上延伸，直抵白云飘荡的天边。

我就想着，这些即将居住于城邑里的人，就不想着自由的珍贵么？如果没有这样的高墙，岂不是更好？一切失去的，都是自己愿意失去的。这些人，一切所做的，就是为了自己一点点失去，直到自己一无所有。实际上，当他们失去自由的时候，已经一无所有了。所以，我一点也不羡慕他们，我只为我自己的选择感到高兴，我将为别人筑造木笼，而我将永远在笼子之外的阔野上飞翔。我不知道自己为什么来到世间，但我知道我来到世间就是为了劳作。我也不知道我将走向何方，但我知道每一个人的最后结局都是一样的。既然每一个人有着不同的生活，那么，我就守护我自己的生活。别人会觉得我仅仅是一个劳役者，而他们具有主人的身份，但我的主人只有一个，那就

古灵魂

是我自己。我所做的，正是我所想做的。可那些试图驱使我的人却不是这样，他们为驱使而驱使，他们不知道为什么驱使别人，实际上所驱使的却是他们自己。

所以，我是快乐的。既然每一个人都有着同样的结局，那么世间是公平的。我不在乎别人怎样看我，也不在意我自己劳作的意义，甚至不在意我自己为什么做我所做的事情，我仍然是快乐的。我看着这座城邑渐渐落成，可我所有的劳作，又和我有什么关系？这座城邑不属于我，我的劳作也不属于我，那又有什么属于我？是的，劳作本身不过是为了舍弃自己，我因了这不断的劳作而舍弃，又因了这不断的劳作而获得了自己。我在这不断的舍弃和获得之间，找到了属于我的自由。所以，我劳作，我自由，我飞翔，我与白云为伴，我与自己同行。

卷一百六十四

逃脱者

那一天太可怕了。已经几天没睡好觉了，每一个夜晚都会有一个噩梦折磨着我，可是每当我醒来的时候却又总是忘掉了那个梦。究竟是什么样的梦嵌入了我的睡眠，就像一支飞箭射中了我，深深地刺入了我的皮肉，我却不能将之拔出来。

我的梦中经常出现一些怪物，有时候也会出现什么莫名其妙的东西，它一直追逐我，可是它究竟是什么东西，我却忘掉了。或者说，我压根儿就不知道那个追逐我的是什么。总之，我的梦中有着极其可怕的东西。也许是我的生命里突然沾染了什么邪恶的灵。我每一天早上起来，都要极力回忆夜晚的梦，可似乎一切都烟消云散。它们竟然消失得一干二净。它们从我的睡眠里逃出，逃到了另一个人的睡眠里？或者，我的白天也有它们隐藏的角落？

我变得十分焦虑不安，脾气暴躁。我甚至不敢睡觉。深夜来临，我在屋顶上坐等天亮，可还是经常一合眼就看见了我所害怕的东西，睁开眼睛之后却仍然面对漆黑的夜。我数着天上的星，看着这永恒的星图，它们具有各种神奇的形象，和世间的各种事物有着神秘的对应。我不断猜想它们的意义，猜测它们究竟要告诉我什么。在黎明到来的时候，天竟然愈加黑暗了，天边的云有着清晰的边界，好像一个沉重的盖子，盖住了所有的生活。

夜枭不断地惊叫起来，一声、两声、三声……然后是翅膀击打的刺耳声音。这时，城外响起了一阵嘈杂，一定是发生了什么事情。我是晋国的公子，是曲沃桓叔的后裔，对于晋国的社稷有着汗马功劳。自从曲沃变得强大，和晋国国君分庭抗礼，我的家族就跟随先辈不断征战，用我们的血，洗染了我们的战袍。在战场上不曾怯懦，几乎没有丝毫犹豫，可现在，我们夺得了晋国，赢得了荣誉，却变得胆战心惊、日夜不安。我无法想出其中的原因，但一定有着更深的秘密。我们浴血奋战所获得的，就是让自己感到更加危险？

事实正是这样。为了获得晋国，我们付出了一切。而所付出的，却是为了更大的付出。现在除了自己的生命，再没有可以付出的东西了。这是最后的了。我们被迫迁来这个新建的聚邑之后，就已经有了各种不祥的兆头。我感到多么冷啊。冬天的到来使得一切都变得更为寒冷了。我依然经常待在屋顶上。这是为了消除自己越来越大的恐慌。在寒风里，我裹紧了身上的皮袍，天上的寒星是那么遥远，我多么想到那个地方去。寒星上的日子将会是怎样的？天神的生活是怎样的？我想，只要我能够安心生活，就是好日子。我不知道在这样冷的时辰，夜枭为什么惊叫？

好像是城外发生了什么，嘈杂的声音已经击穿了静谧，似乎是从凌晨的黑云里传出来的，它那么刺耳，那么令人生厌。已经有人在呐喊了——整个聚邑都被惊醒了。紧接着我看见城门开了，晋国的国君终于开始了早已谋划的大捕杀……事实上，这一天我已有了预感，但没想到它来得这么快。我立即叫醒了家人，快速躲到了早前精心修筑的地洞里。

从凌晨的黑暗到更深的黑暗，一个黑暗和另一个黑暗是相连的。这黑暗不是来自外面，却是来自我的内心。它是从我的身体里长出来的，是从我的眼睛里长出来的，似乎是我一直都难以摆脱的东西。就在这样的黑暗里，我听到了一阵阵令人惊悸的哭喊声，它尖利、凄惨、不可挽回的那种绝望，几乎没有任何挣扎，没有一点儿光亮。完全的黑暗。或者是一些被强大的力量撕碎的碎片，从黑暗中落下来，积满了我的灵魂。它是那么黑，以黑暗刺破了黑暗，以黑暗压垮了黑暗，以至于无限的黑。这样的惨叫一直持续了很久很久，我不知道究竟有多长时间……

黑暗是没有时间的。就在这样的一阵阵惨叫声中，我竟然昏睡了。从来没有睡得这么沉，这么深，这地洞里是多么适于睡眠啊。我就知道了，为什么一些野地里的禽兽要生活于地洞里，它们比我更知道地洞的舒适。这黑暗比地上的黑暗要温暖。无数脚步从我的头顶上踏过，就像天上的雷声。我的头顶是由这些脚步声盖着的，它逐步深入我的梦中。它掉到了我的深渊里。我看见这些脚步飞快地奔驰，甚至在飞，飞满了天空，它大叫着，这些声音里长满了可怕的牙齿，发出惨白的光。好像这些脚步声有着怪兽的形象。它的上面才是一些真正的脚，一些越来越大的脚，它们不断膨胀，不断扩张，最后压倒了我头顶上的厚土，洞穴终于塌陷了。

不知过了多长时间，也不知道过了多少日子，我被身边的一只手推醒了。是孩子的手，我的孩子，他的手是那么的柔软、温暖，细腻的皮肤触到了我的头。这个时候，孩子就是天神，就是全部，就是一切。我听到了稚嫩的呼唤，我听到了醒来的黑暗。我的头顶上已经没有了声息，没有了脚步，黑暗的上面什么都没有了。

除了黑暗，还有黑暗里巨大的空，巨大的寂静。是啊，世界上还有什么比空无和寂静更为真实可信？我不知道怎样来到了地面，什么都不记得了。只记得一道强烈的光刺过来，我什么都看不见了。我已经不需要看见这个世界了。寒冷的光，它刺瞎了我。就在这样一个被刺瞎的光亮中，我逃脱了，我活下来了，我将去向哪里？

卷一百六十五

孩子

那么多人死了，很多人大睁着眼，死后一直看着碧蓝的天空。实际上，天空里什么都没有，连云彩都没有，只有让人眩晕的蓝。我从没有见过那么多的血，它染红了整个聚邑。那天，我在野外玩，忘掉了回家的时间，天色竟然黑了，聚邑的城门关闭了，我被弃于郊外。我已经听到了父母寻找中的叫喊，可是聚邑一等到日落之后就关闭了。我不知道，我们为什么要住在这样的地方，就像野兽被囚禁在牢笼。

这是一个难忘的冬天，特别冷的冬天。北风一直刮着，在阔野遗留的枯草中打旋儿，发出嘶嘶的声音，好像一些毒蛇在暗中穿行，张开的嘴里吐着分叉的信子。太阳不见了，它沉在了山背后，蓝色的山，一点点变成了深蓝，然后驮着一抹晚霞渐渐黑下去了。我记得那道晚霞是十分漂亮的，它涂抹着，有点儿恣意妄为的样子，就像是神仙飞过留下的影子。它那么红。但你不能一直盯着看，如果你的两眼一动不动，一直盯着，就会感到红是可怕的，它太像鲜血了，它究竟是从哪里流出来的？

古灵魂

冬天是残忍的。郊外的野地里什么都没有了，树木失去了叶子，剩下了空荡荡的枝干。地上的谷子没有了，它们被农夫割倒了，谷粒被收藏，秸秆成为屋子里烧饭的火。甚至，禾茬也那么低，可以想到农夫的镰刀是贴着地皮收割的。他们收割得多么干净啊，差不多什么都没有留下。我在野地里逡巡，搜寻着各种小动物，可是什么也没有。它们都转到了地下，在弯弯曲曲的地洞里睡觉。地上的狂风不能惊动它们，地上的脚步也不能打扰它们，它们的睡梦一定比夏天更大，比它们所见到的世界更大。可是它们的梦境里究竟有什么？有没有一个孩子站在它的头上玩耍？梦中的世界从来和真的世界是不一样的，其中一定有着另外的、更为有趣的事情。梦中的世界总是比真实的世界更好。

我真想进入小动物的梦中，沿着它们曲折的地下通道，不知道会走向哪里。还有那些我在夏天见过的小虫子，它们到哪儿去了？夏天的夜晚，它们是多么快乐，整个夜空都响彻它们的合奏，好像它们并不是生活在地上，而是从天上的云彩里欢叫。可是在严寒的冬天，它们不在了，也许逃到了很远的地方。我不知道它们是在什么时候消失的，它们似乎在一夜之间就失去踪影。

冬天也是无聊的，没有色彩也没有丰富多彩的生活。只有寒冷和狂风。只有天上无穷的蓝。天黑得这么快，我被眼前的城邑抛弃了。这一夜怎么度过，这一夜的寒风会停下来么？我必须寻找到一处避风的地方，暂时睡一觉。仰望着高高的不可逾越的城墙，它就像一个巨大的石头盒子，放在冬天的寒风里。它被掀开了盖子，如果我不是住在里面，我怎能知道里面住着什么？在暗夜里，它就是一个令人生厌的怪物，长着巨大的牙齿，咀嚼着里面的东西，却又不发出任何声响。今天，我逃脱了它的咀嚼，我在城外的旷野上获得了寒冷里的自由。

我在树林里找到了一棵古树，它粗大的怀抱里有一个很大的树洞。从外面找了一些枯草放入树洞里，我躲了进去。里面是多么宽敞，它就是为我成为这个样子的。这是多么好的房子，舒适，温暖。谁会知道多少年前长成的一棵大树，竟然为一个孩子筑建了冬天的好房子。听说有一些野兽就是在树洞里越冬，它们有着最深沉的睡眠，能够在整整一个季节沉睡不醒。它们的睡梦是最长的，这样长的梦，足够梦见世界上所有的事情。现在，我将侵入它们的巢穴，是不是也能有和它们一样的梦？

一个大大的树洞，洞口对着夜空的一颗特别明亮的星。我看着那颗星，那是天神举着灯在漫游，他在天上行走。天上究竟有多少神灵在看着地上的事情？每天在地上发生那么多的事，一盏灯怎能看得清。不过有这样一盏灯，我的心里就变得明亮多了。在半夜时分，我听到了远处的城邑发出奇怪的声音，好像是喊叫声，好像是哭嚎声？但我似乎已经忘掉了这座城邑，迷迷糊糊又睡着了。

一个大大的光斑落在了我的眼帘上，我得到了白天的呼唤。一个夜晚并不漫长，一个深深的睡眠就飘过了黑暗，来到了波光荡漾的新的一天。我爬出了树洞，走向关闭了一整夜的聚邑，那里有我的家，有我的家人。可是当我走近这座城邑的时候，却看见血从城门里流了出来。似乎一切都已经结束了。我的内心充满了恐惧，不知道在这一夜之间究竟发生了什么。我一觉醒来，世界就变了，这座城邑就开始

古灵魂

流血了。

回到城里的时候，我看见了难以接受的景象——人们在搬运尸体，那么多的尸体，堆成了一个个小山，他们不能再像平时那样有着各种姿势、发出不同的声音以及行走在各自的路上。他们行动的目的各不相同，但他们都活着，他们的眼睛看着他们想看的东西。现在，他们僵硬地躺着，被一双双手搬动，抬到了一起。到处都是血，好像昨夜下了瓢泼大雨……一场血雨，一个个血洼，映照着人们曾生活过的城。我踏着这样令人惊恐的血，回到了我的家。这是空空的房子，我的父母和家人不知到了哪里，我想，他们不是被杀害，就是逃走了。

我大哭起来。我曾经不想回的家，没有了，以后也不用再回来了。那个我以为束缚我的家，已经不存在了。总之，我的眼泪流满了双颊，我只能穿过泪光看见这个让我感到迷惑的、模糊的世界。它一点儿也不可理解，一点儿也不真实，只是一些晃动的影子。从前我渴望自由，渴望早一点长大，离开这个家，像飞鸟那样到更广阔的天空，到不断变化的云中。现在我失去了我所想要离开的，也失去了我想要背叛的，却发现原本的一切是我背叛的依托，我的根断了，我的身后没有了一切，我跌倒了，我的眼前只有眩晕的、无穷的蓝。

以后，我才知道了那天深夜的事情：国君的军队突然包围了聚邑，并屠杀了住在城内的所有晋国公子。这些曲沃桓叔、曲沃庄伯的后代，在和晋国前朝对峙、冲突、厮杀的过程中拼死效力的人们，一夜之间被杀掉了。只有很少的一些人逃到了邻国或者别的地方。我是幸存者，就是因为我偶然的离开，获得了生的机会。我的前途已经没有了，我在一个树洞里的梦，一个沉重的梦，压垮了我。我哪儿也不去了，将在聚邑的旁边，守护死者的灵魂，我的灵魂将和他们的灵魂在旷野上飘荡，并享受无边无际的自由。

卷一百六十六

老人

已经过了多少年，多少个四季，多少个日子，我不知道。总之，我不断看见林间的树木不断落下树叶，又不断长出新绿。我也看见农田里的庄稼不断生长，从它的发芽到它的枯黄，一直到它的收割。人世在不断的循环中，好像并没有什么变化。可是就在这流水一样的时间里，我的头发白了，我的胡子也白了，我的内心落满了雪，我已经是一个有着人的形象的大雪团。

这意味着，一个人的生活一直是处在冬天的，一直在一场无边无际的大雪里，这些被撕成了碎片的乌云，从没有停止过落雪。否则，我所感到的一切就无法解释。事实上，我所看见的，并不是真实的，而是真实的幻影。我相信，世间还有另一个真实。包括我自己，也不是真实的，我还有另一个我，我的肉体不过是为了包裹我的影子，它是另一个我所投射。

我已经很老了。我经常在行走中听到自己的骨头在响动。我走路的时候，脚步是迟缓的，头脑里想着什么的时候，另一件事情就会忘掉。许多事情忘记了，而一些事情却变得越来越清晰，好像这些事情在我的思想里扎下了根，它怎么也拔不掉，它连着我的泥土，除非将这最后的泥土也一起带走。

我的眼睛也看不清了，经常感到眼前的东西是模糊的，有时会出现两个影子。如一个人走到我的面前，我就会认为有两个人走了过来，并且长着相同的面孔。可是，我认为这是真的，因为我越来越老了，所以自己所看见的可能更为真实了。难道他不是两个人么？他的面孔里套着另一个面孔，只不过现在呈现的是两个人，他乃是从他自己的身体里走了出来，让我看见了。

我曾经为晋国的国君清扫道路，那时我还年轻。我要在天亮的时候起来，把人们留下的脚印扫走。脚印是肮脏的，它们不值得保留。尤其是国君的脚印，它所踩踏的是无数生命。他有着无比强大的力量，却也是虚无的。这力量不过是显得强大，实际上却是灵魂怯懦的证明。这些脚印更加肮脏，也更加虚幻，我的用藜草绑扎的扫帚只要轻轻一扫，路上就会变得干干净净。

他们的脚印是强权的脚印，可以看出它有力的步伐。它毫不顾忌地上的一切，只是一直向前走，可最后却一个踏着一个，凌乱而飞扬跋扈。它是与阴谋一起向前的，伴随着冷酷的暴力。更多的人为罪恶和丑陋低头，弯下腰身，从这些脚印里寻找自己，可是自己已经被这些脚印踩碎了，他们只能从中辨认出尘土。他们卑屈和忍耐，可是却不知道，踩踏自己的那个貌似强大的力量却是绝对的虚妄。因为这力量来自虚妄，其本身也必是虚妄。

可是面对这样的虚妄，个人仍然是如此弱小、如此渺小，不堪一击，以至于他不得不投入虚妄的怀抱，并以这虚妄为家园，最后沦为

古灵魂

虚妄的祭奉。现在，晋献公利用了这种陷入虚妄中的软弱。阴谋在一点点铸就它的祭器。他让士蒍先杀掉了最有威望的富子，然后又杀掉了游氏二子，然后将剑的阴影一点点向更多的晋国公子们移动，可是有谁能察觉呢？因为阴影是没有声息的。

士蒍又让人修建聚邑，然后让公子们迁移到这个新筑的城邑。在这牢固的城中，他们再也逃不掉了。然后在一夜之间将他们扫平。这些渺小的个人是多么无辜啊，他们的血仅仅是为了洗净自己的无辜，变为必须接受惩罚的罪人。他们的罪不是属于他们的，而是属于自己生来的印记。因为他们的脚印是接续着从前先祖的脚印，这脚印就成为罪的证据。不论怎样辩解，都不能说清楚这脚印的合理。这一切，不是为了解除国君的真正威胁，而是为了消除一个权力者的疑虑。

他们需要为晋国献身，还需要为晋国国君的疑虑献身。现在这些疑虑似乎没有了，但从此就太平了么？权力者会产生新的疑虑，他们的疑虑就像我所扫的脚印，这么多，这么凌乱，还有这么多尘土，怎能扫除干净？何况人们是要走路的，人们必须留下自己的脚印。权力者的脚印和无辜者的脚印是重叠在一起的，我们很难将它们分辨出来。每个人都注视着自己的脚印，却不知道自己的脚印里也有着别人的脚印。这些脚印，都被血浸泡过，然后被后来者的脚带起，飞到了更多的尘土里。在我这个老人看来，这些尘土又会被狂风卷起，飞扬到不知之处。

我的眼前则只有一片迷离。我几乎看不见这时间里还能存留什么，即使除去了眼前的光景，后面的东西依然席卷于迷茫中。你看吧，这聚邑已经空空荡荡，一场冬天的大雪很快就覆盖了其中的一切。世界成为一片白色。我们从前看到的一切喧哗、一切荣耀、一切卑微和怯懦以及一切勇敢和冷酷、血、脚印、石头和地上的所有，都被白茫茫的雪花，细微的、从天而降的雪花覆盖了。这样的白，可能就是真相。大片大片的白，貌似干净的白，从天而降，没有理由，没有预兆，也没有神告诉你，他在你睡梦之间从天而降，你一觉醒来，推开门，眼前已一片苍茫。

古灵魂

卷一百六十七

士蔿

　　晋国的隐患没有了，多少年前的事情不会重演了。那些可能篡夺君位的人们都到他们该到的地方去了，就像云也该在山顶盘旋，树木也该长在合适的地方——如果它长在了石头上，简直就是奇迹。我并不是天生有一颗恶灵，而我是属于晋国的君主的，我必须在我所依附的水边扎根，而那水来自国君。如果没有水，我岂不是因干涸而死么？我所做的，就是让滋养我的水保持原有的样子。

　　我把公子们迁移到聚邑，就是为了让他们归于泥土。他们曾从泥土中来，就必须归于原所来处。我知道他们是无辜的，可是他们的消逝，归因于他们的出生或者说出生之前，一切都是原来决定的。出生于君王之族，就意味着福祸一身。他们一开始就带着两种可能，要么成为王侯，要么成为血泥捏制的不存在的王侯。他们必须用血来重新捏制自己，以便在沉重的地底下获得重生。

　　这是他们的宿命。我曾听说有一种野兽，它们一窝会生很多幼崽，但能够活下来的只有一个。其它的都必须死去。农夫也是这样，他们要将田里的野草除掉，以便让真正的禾苗长得更旺。既然天地之间已经有了充分的演示，就值得效仿。否则人又怎能有更高的智慧？国君只能有一个，他不能容许有更多的人可能成为国君。公子们正是这些可能成为国君的人，所以他们必须死。让可能者不能变为其可能，他就不能再存在，因为他已经失去了存在的理由。

所以我不是一个恶灵。我只是将君主那里寄存的灵魂取来，放在了我的灵魂里，以代替君主来做他所要做的事情。这灵魂本是属于君主的，或者说是属于君主所占的座位的。就是君主本人也不过是一个寄存物。所以，如果我不去做，别人也会去做。那么我所做的又有什么罪过？死去的人们，不要怨恨我，你们要怨恨你们的从前，以及从前的从前，因为你们来自一连串的从前。

我来到晋献公面前，告诉他我所做的，他的眼里冒出了炫目的光，好像乌云里放出了闪电。我感到了他目光里的灼热，它是在燃烧中投给我的。他将我委任为晋国的大司空。我知道这是对我的奖赏，可是我并不觉得有什么意义。那么多人死去了，我踏着他们的死走向了高处，这高处是由死来堆砌的。只是，这站在死的上面的生，变得无限的空阔了。

这一年的春天是美好的，春风柔和而温馨，很快就看见田野上开满了鲜花。我是喜欢鲜花的，因为它是对果实的暗示。我欣赏着这些转瞬即逝的花朵，已经获知它们凋谢的结局了。没有它们的凋谢，就不会有果实。夏天就要来了，炎热就要来了，它或许使我冰冷的心得以融化。晋献公令我加固都城的城垣，加高环绕宫殿的高墙。我知道了，君主仍然不放心那些逃走的人们，一些未被诛杀的公子们逃到了虢国，他们在另一个地方远望晋国。

秋天来了，这是一年中最有意义的季节。农夫忙着收割，打理一年的成果，并把收割的谷子放到了打谷场上。他们要在阴雨来临之前将谷子收割完毕，不然，一年的收成就会在雨中发霉。所有的事情变得异常紧张。国君对这一切熟视无睹，他从来不关心粮食从哪里来，也不关心自己盘中的肉食怎样得来。这些都不是问题，也不需要一个国君来思考。他在盘算着怎样把自己的愤恨对准所愤恨的地方。既然自己想要诛杀的公子们仍有漏网之鱼，他就要将这些逃脱者捉拿到囚笼里，然后赶尽杀绝。但是，他们逃到了虢国，虢国就成为矛头所指的目标。

所有的预兆都出现了。工匠们围绕着战车，一次次检测每一个榫卯是否松动，每一个部件是否牢固。武士们在砺石上不断打磨自己的兵器，将矛头磨得雪亮，其锋芒上悬着一团寒光。他们检点自己的铠甲，看看哪一个锁扣会脱落。我在夜晚观察天象，南方的星象发暗，头顶的星象组成了神秘的图案，看起来是一只鸟下坠的意象。这次出兵一定不利于晋国。

人有自己的盘算，天神有另外的安排。四时有更替，天地在不断变化，人事必须顺应这种变化才能把握胜机。说服别人必须学会如何运用言辞，用行动来支配变化必须参透变化的奥秘，制器的工匠必须先有具体的物象。可是国君仅有内心的愤恨，却缺少对变化的预知，这怎能获得取胜的实效？晋国刚刚经历了清除公室的巨变，还需要休养生息，等待适当的机会。凡事不能一味用强，而是要在刚柔之间做出应变的抉择。刚柔相推，变化就在其中，吉凶祸福也在其中。我们尚不能明了自己，又怎能违背天神的旨意？

我去规劝国君，给他说了我要说的，但是国君根本听不进去任何话，他已经被自己所想的迷住了，他的视线里只有迷雾。我告诉他，我们应当以逸待劳，等待着虢国前来进攻。既然晋国的一些公子逃到了虢国，以虢国主公的骄傲个性，一定会对晋国发起攻击。事实正是这样。我的主公还没有来得及前去讨伐，虢国的大军已经兵临城下。一切照着天意的安排进行，虢国的大军在晋国的坚城利兵面前，溃散而去。一个秋天就这样结束了。

冬天的到来比往年要早，当西风扫去黄叶，寒冷的北风就飘到了人们的头上。时间过得太快了，似乎来不及预备，冬天就来了。我紧裹着皮衣，肉体在野兽的皮毛里蜷缩着。我怕热也怕冷，我经受不了严寒。我适合在春天或者秋天生活，既不冷也不热，以便伴随着日子一天天过去。那时，时间好像并不流逝，而是停留在一个季节。可是，我的双眼却是冰冷的，我的眼里有着比严寒更加严寒的闪电。

现在，严寒真的到来了，我却变得温和起来，因为我需要温暖。我来到了郊外，狂风一阵阵发出咆哮，将我的兽皮上的毛不断吹起，我几乎像野兽那样在酷寒里飘动。我似乎就要飞起来了。秋天遗留的枯枝败叶和我一起飘荡，我的身边、我的四周都在旋转，包括远处的群山和头上的白云，都飘向了更远的地方。

是的，一切都在远去。春天在远去，秋天在远去，冬天也越来越远了，甚至我看不见冬天的尽头。我实际上是被冬天囚禁在皮毛里，我的浑身瑟瑟发抖。这是多么令人恐惧。是啊，我杀掉那么多人，他们的灵魂好像就在四周，他们从来没有和日子一起远去，而是一直在我的身边徘徊。一种可能是，那些飘动在我身边的枯枝败叶，就是他们的亡灵，他们用这些无用的东西在风中呼号。

就在这时，我看见一个钓翁在冰河上垂钓。他坐在闪着一片白光的冰上，在一个破碎的冰窟前伸出了钓竿。他坐在那里一动不动，好像被严寒冻在了冰河上。我一点点走近他，竟然没有让他转过头来。他专注于自己的事情，没有发现我正在接近他。我忽然感到，他是幸福的，他做着自己的事，整个世界好像不存在。天地之间只有他一个人，只有他自己。这完全是一个住在人间的神。

他难道不知道，这个世界正在发生很多事情么？是的，他好像完全不知道。他知道自己垂钓的钓竿，知道在冰层下的鱼，其它的事情没有意义。可是，现在虢国又在调兵遣将了，他们正在接近晋国的都城。这一次，他们还会溃败而归么？我似乎已经听到了喊杀声。但是，不论发生了什么，都不会惊动我眼前的钓翁，也不会惊动他所钓的鱼。冰河在闪光，一个钓翁坐在那里一动不动，他的影子在冰面上也在闪光——即使是狂风卷起整个世界，也卷不起那个影子。因为他不仅坐在那个地方，还坐在自己的内心里。我不可能像他一样了，我乃是一个飘零者，因为我在杀掉很多人之后，我的内心就不会安宁了。我感到十分寒冷，我紧紧蜷缩在皮袍里，寒风仍然掀开了一角，我更紧地裹住肉体，生怕自己从野兽的皮毛里逃掉。

卷一百六十八

晋献公

我所想的，士蒍已经想到了，我想做的，士蒍也做到了，可是晋国并不是完全稳固的。我已经对士蒍论功行赏，让他成为晋国的大司空，筑高城墙和宫墙，使我的都城更为坚牢。晋国内部的祸患消除了，还有外部的祸患未曾灭绝。尤其是逃亡到虢国的公子们，他们不会忘记曾经的日子，也不会忘记对我的仇恨。

虢国是强大的。虢公有着雄厚的实力来对付晋国，那年秋天和冬天，已经对我发起了两次侵犯，试图一举将晋国并吞。可是他不知道我已经做好了充分准备。就像天空的鹰，它的锋利的爪已经伸到了我的面前，但还没有力量抓住我的衣领。

一个秋天，一个冬天，它们挨在一起，就像是姐妹。它们都是漂亮的，我喜欢这两个季节。秋天来临的时候，一切变得金黄，它让万物枯萎，让树木结果，也让谷子成熟。但是，这仅仅是为了迎候西风的到来，让凌厉的狂风将曾经繁盛的东西一扫而空。它让人看到繁荣的假象，看到繁荣不在的时候，地上还剩下什么。我可以看见，大树上的枝条在摇动，在舞蹈中颤抖，发出了狂叫。可是这有什么用呢?

古灵魂

天神就是这么安排的。

秋天是这样富有魔力，它已经住在了我的心里。每当我看到漫天飘满了枯叶，白云被狂风吹散，一片耀眼的蓝盖住了世界，我的心里就会生发秋风般的快意。我的灵魂里充满了秋风，我就要和这秋风一起，横扫这看似繁荣的表象，让人们真正看见最后的真相。蝼蛄们在地下的窝穴中死去，蚱蜢们的呻吟，一点点小了，直到消逝于秋风里。连野兽也躲到了树洞或者山间的岩洞里。它们曾什么也不怕，但秋风到来之后，它们感到了恐惧。

我已经让很多人感到恐惧了，但这恐惧还不够。必须像秋天的狂风那样，穿过所有的树木，所有的草，所有的田野，让人们所看见的，都变成一片荒凉——他们就会在双眼放出灰暗的火，并将这火的微光投向更大的荒凉。他们将没有幻想，没有希望，也没有力量，这样，我将更强大，更有支配一切的、让人仰望的光芒。让不配拥有的，就不会拥有，而应该拥有的，能够拥有他所有的。

我要先攻打虢国，因为那里有着别人的希望。可是，士蒍来了，他告诉我，现在还不是时候。虢国的主公内心是骄傲的，他从没有认为自己是软弱的，因而也经不起别人的打击。我们此时攻击虢国，让他偶然得胜，他将更加骄傲。他的骄傲就是他的末日，因为他将会因骄傲而丢弃他的民众，而失去民众之后，就是我们的攻打之日。那时，他的民众也将抛弃他。因为，礼乐和慈爱是一个国家作战前所应具备的，只有这样才能获得民众的支持，可是虢国已经不具备这样的条件，一个因骄傲而丢弃了民众的国君，谁还会跟随他呢？只有百姓谦让、和美和拥有亲情以及对丧事感到哀痛，才能被国家所用。这正是我们需要获得，而对手正在失去的东西。我们如能捕获最好的时机，将以最小代价获胜。

可是我怎样寻找这样的时机呢？如果我现在去攻打虢国，的确没有定能取胜的把握。可是真的在我攻打虢国的时候，让对方获胜，我是不乐意的。我不愿意让别人取胜。那样我的军队、我的民众又会怎么想呢？他们会说，这个人，带领我们去攻打别人，却得到了未想到的失败。我会被别人嘲笑，我会失去民众的信任，那么我将失去一切。我从前所谋取的，也将失去。甚至他们不再因我的存在而感到恐惧，他们会离我而去。所以，我不能用一次失败来换取另一次胜利。

士蒍却说，我们用不着用自己的失败让虢公获得骄傲，因他的骄傲来自他的本性。他的本性露出越多，他的破绽也显露越多，我们的时机就会到来。你看吧，他正在不断攻打自己的邻居，他倚仗自己的强大，炫耀自己的武力，必定会因之得意忘形。不断对外出击，民众也会气馁和厌倦。他已经攻打了晋国而未能获胜，心里必有愤恨，必定会将这愤恨加之于别人的头上。人出于愤恨的时候，尤其是极度愤恨的时候，就会变得疯狂。他会不顾一切，会一意孤行，会藐视一切，愤恨就成为自己的坟墓。而且，他总会在攻打其他人中获胜，他的获胜就是他的坟墓。他的坟墓已经被他自己挖好了，他正在走向它。

那么，我所需的就是等待。面对强大的对手，最好的策略就是等待，等待他的失误，等待他的骄傲，等待他的疯狂，等待他的得意忘形，等待他自己走向由本性而筑好的坟墓。我已经看见那摆好了的、发出幽光的别人的坟墓，我需要足够的耐心，我可以像一个渔夫那样

古灵魂

紧盯着河面，在秋风里守候。

这一夜，我久久不能入眠。我看着眼前的黑暗，感到这黑暗不是虚无的，它里面有各种我能够看见的形象，但我的目光穿不透它。我好像生活在乌云里，这乌云里分明藏着即将发出的闪电。实际上，我已经在闪电中了，它太过耀眼了，以至于我根本无法入眠。它太过快疾了，我却来不及抓住它。它在哪里？它存在么？它究竟是什么？我仍然躺在迷茫中。要是有一个启示我的梦该有多好啊。但我的眼前仍然只有无边的黑暗，好像这黑暗不是一团，而是由连绵不绝的一团又一团加在一起的。这样的黑暗里，谁能睡得着呢？

我想，士蒍的劝说不仅是针对敌人的，也针对我自己。我是不是也是骄傲的？是的，我也是骄傲的。我是不是不断攻击四邻？是的，我虽然是节制的，可我一直这样想，我的邻国也看见了我的想法。他们不需要多想，就能从我的言行里看见我的想法。我的想法太透明了，很易于被别人的目光穿透。我的想法太简单了，以至于在风中摇动的时候，即使在夜晚的星光下，也能被看见。大树上的树叶落光了，还能用什么遮住自己？

我的民众是不是也不愿跟随我？不，不会的。因为我有两张脸，一张凶狠，令人恐惧，另一张充满了慈善，它带着仁爱的微笑。我转向民众的，就是这一张脸，它微笑着，布满了皱纹，却也暗含着严厉和凶狠。面对这张脸，人们既感到害怕，也感到温暖。实际上，这两张脸属于同一个人，它都属于我。我已经就像秋天一样，呈现了两种完全不同的东西。有一面接近夏天，另一面紧靠着严冬。

这就是秋天的魅力——它既展现果实，也展现荒凉和绝望。现在，我需要将这两张脸同时隐藏在我的面具后面，我需要让人看不见真实的我。善行是脆弱的，就像陶器那样易于破碎。我仍然需要秋天般的残酷，只有这样，才能将我的内心放在我的视线里，我才能在乌云里放出闪电，我需要用这样的转瞬即逝的强光将我和我所生活的世界照亮。

士蔿也和我一样，拥有坚硬的心。只不过他只有一张冷酷的脸，他的冷酷的脸背后仍然是另一张冷酷的脸。他更向往冬天。这是我喜欢他的理由。我在很小的时候就注意到，只要给以足够的惊吓，地上的虫子就会躺在那里一动不动。它好像已经死掉了，但这样的僵死实际上是为了欺骗。可是我知道它在欺骗我，它却不知道我并没有被蒙蔽。这时，它的僵死的样子，就失去了真实的反抗，它就会由我去摆弄它。它将因此而失去自由，我也将因此而获得支配它的权力。人世间的事情也是这样，足够的恐吓是需要的。让我的脸先藏起来吧。

古灵魂

卷一百六十九

齐姜

不知过了多少年了，我在浑浑噩噩中度过了最好的年华。从镜子里看自己，我是漂亮的，在我的身上，时间停住了，好像我仍然是原来的样子。只是我的双眼里多了几分沧桑，我的眼角也似乎出现了不易察觉的细纹。我原是晋侯武公的一个妾，可是他竟然弃我而去，留下了我的余生。现在我成为他儿子的夫人，也就是现在的太子诡诸的夫人，诡诸迟早要成为晋国之君。我仅仅是雨后遗留在路上的水洼，其中有着凌乱的车辙，有着一个个脚印，我的浑浊以及我的清澈，只为等待干涸。

诡诸年轻气盛，内心冷酷，却是一个捉摸不透的人。我根本不知道他究竟在想些什么。晋献公多么像他的父亲啊，有着冬天般的寒冷，他接近我的时候，我就会感到一股寒气在向我袭来。我的心里充满了忧郁，整天在寂寞的宫中看着各种各样的大臣，他们也是冷漠的，我同样看不出他们心里在想什么，只是看见他们的脸孔是一样的，被高高的冠冕盖住，在地上投下了一片片阴影。

这些年来，我一直噩梦不断，经常在半夜被惊醒。可是只要是国君在我的身边，我发现他从来都醒着，两眼在幽暗的夜里发出暗淡的光，可这样的光是冷的光，背后藏着令人惊悸的雪亮。我常问他，你就睡不着么？他不说话，依旧看着眼前的黑，他让这黑更加黑了，我怎能面对这样的黑？又怎能面对这样的雪亮？

幸运的是我生下了自己的儿子申生。他是可爱的，从小待人宽厚，他是聪明的，也是愚钝的，因为他对人太忠厚了，才使自己的聪明被束缚在忠厚里。我也生了一个女儿，她也是聪明的，并且十分漂亮，从小就显出了聪颖的天分。他们都不太像他们的父亲，而是和我一样，心里怀有对人世的温情。他们都属于春天，钟情于每一棵草、每一株谷子、每一棵树，让它们萌发、生长，让万物长出自己的叶子。他们的内心都存有温和的风，不仅吹拂自己，也吹拂别人。

但是他们的父亲并不是十分喜欢这两个孩子，或者说，他根本没有足够的时间来爱他们。他既不需要别人的爱，也不需要把自己的爱施与别人。我每天对天神祈祷，祝福我的孩子。我没有别的本领，我唯一的能力就是祈祷，我相信，我和天神有着神秘的约定，我的祈祷会有非同寻常的作用。

我已经知道，我的命运不会那么好，以前的事情已经说明了一切。以后我也看不见希望，就像在睡梦里所看见的，那梦中的一丝亮光，也被噩梦打断。事实上我的内心已经十分苍老，每天都在虔诚的祈祷中看着外面的花开花落。一朵花从它的开放到它的凋谢，没有多少日子。美好的东西都不会长久。

我感到自己的命运和所有花朵的命运是相似的，我和它们一样，只是为了后面的果子。我不会为自己的短暂而遗憾，却为孩子们的命运

古灵魂

担心。真的，我不知道我的命运会不会传给他们，或者，他们的一切会不会有所不同？我想，我的祈祷会改变他们，会使所有的事情好起来。

有一天，我忽然感到自己的身体被什么东西拿走了。我的身体是空的，世界也变得十分空洞。我的身体是那么轻，那么轻，就像鸟儿脱落的羽毛一样，在天空中被风吹动，摇摆着，正在向地上飘去，或者说向远方飘去。那飞翔的鸟儿抛弃了它。我觉得就要离开这个世界了。我的一生也是空的，也是轻的。我的一生都飘在空中。我从没有主宰过自己，我没有力量主宰自己，我只能凭藉自己微弱的力量向天神祈祷，不断地向天神祈祷。这是我唯一的力量，也是我能够活下去的理由。

我将孩子们叫到我的身边，对他们说我想说的，可是我的声音太微弱了，他们似乎什么都没有听到。我对他们说的，也是对自己说的，也是对天神说的。他们即使没有听到，但我听到了，天神也听到了。花朵已经开败了，我不可能第二次开花。我开放的意义不仅是为了别人观赏，也是为了地上的寂寞。我凋谢的意义也不是为了自己的凋谢，而是为了其它的花朵能够在我曾经出现的地方，现出另外的模样。我的灵魂给了我鲜艳的花瓣，给了我美好的形象，也给了我足够的疼痛，最后，我将这疼痛还给泥土，还给我所来的地方。

让天上的白云覆盖我吧，让天上的星光覆盖我吧。这是我接受的最好的抚摸。我的孩子的手，递到了我的手里，我觉得他们的手，有着我不曾拥有的温馨，我的香气已经融入他们的香气里。让这香气覆盖我吧，我所生发的，又加之于我，我就要弥漫到广大的空间，我就要超过这高高的宫墙，在另一个地方散尽了。

卷一百七十

狐 姬

　　他对我开始还是新鲜的，因为我是新鲜的。可是他渐渐与我疏远了，因为他有了另外的女人。我记得他第一次得到我的时候，曾用异样的眼光看着我，我的美好的面影映在了他的瞳孔里，并通过这一扇小小的门，进入他的心。他托着我的两腮，反复端详，我不知道他究竟从我的脸上看出了什么。

　　他是陌生的，我从没见过他，也没有想到会嫁给这个人。我只是一个少女，从没有想过要嫁给一个男人。但是一件不同寻常的事情，改变了我的人生，我就像被狂风卷起的叶片，在空中漂泊，却突然在某一个时刻落在了潮湿的岩石上。是的，我所落定的地方是潮湿的，也是坚硬的，他就像石头一样俘获了我。

　　我来自狐戎，我的父亲狐突将我献给了晋国君侯的儿子诡诸，也就是现在的晋献公，晋国的一国之君。我刚见到国君的时候，不敢直视他，当我的目光与他的目光相遇，我吓得浑身发抖。我自己柔弱的目光碰到了石头上，我感到那石头上溅起了火星，它的棱角分明，有着尖利的轮廓，他双眼射出了两束细长的、带着锋芒的光，我感到宝

古灵魂

剑的利刃伸向我的咽喉，我向后倒去。但是，一双有力的手突然扶住了我。

看起来他似乎不年轻了，他的胡须在胸前飘荡，他的头上已经有了几丝白发，但他是有力的，他的胳膊十分粗壮，他的脚步也稳当，几乎每一步迈出去，都踏起地上的尘烟。他就是晋国的太子，他的背后有着广阔的土地，有着宫殿、战车、武士和数不清的臣民。他的力量不仅显现在自己的身体上，还汇集了整个地上的力量、山的力量、河流的力量、丛林的力量、土地的力量以及更多的、更多的……他虽然算不上多么高大，但他仍然是高大的，因为他还有着别人所没有的高大的背影，这背影覆盖着整个晋国。

我渐渐爱上了这个人。这个人是我的，实际上是我属于他。一个女人，除了爱一个人，还能做些什么呢？我生下了我的孩子，叫作重耳。这个名字有意思吧？我的孩子长相特异，有着很大的一双耳朵，每一只耳朵看起来就像是两只耳朵重叠起来，所以国君给了他这样的一个古怪的命名。事实上，他天生异象，他有着两个瞳孔，还有前胸肋骨连在一起，这是传说中圣人的标志。他将成为一个圣人，他必定不是一个平庸者。

是啊，我的孩子多么怪异，他的长相和别人有着这么大的差异，说明他负有特殊的使命。重耳十分聪明，从小就表现出仁厚的天性。他喜欢结交有智慧的人，但也喜欢享乐。不过，出生于君侯之家，享乐算得了什么？我的孩子长得越来越高大了，以后一定是一个有出息的孩子。我不知道他将来会做什么，但以他的聪明，必定能辅佐君侯使晋国变得富强兴盛。

我的夫君给了我这个孩子，对于我来说已经足够了。这是我们共同的果子，我是一棵好的果树，我有着地上的好土壤，还有天降的好雨，所有的一切，我都有了。我是满足的，因为我的树上结着好果子。我带着这果子在风中飘扬，我用自己的快乐来迎候接着到来的快乐，我看着自己的孩子一点点长大了，日子就变得越来越充实。我因为孩子，看见了将来的希望。我就像站在夜晚的人，看见了繁星变化中的种种吉兆，也在走兽的足迹里看见了神的指引。即使是国君开始疏远了，这又有什么？他有了更好的夫人，她更漂亮，也更年轻。

我的父亲也成了太子申生的御戎，我的兄弟也成为晋国的重臣，他们都各得其所。晋国给了我应有的，也给了他们应有的和不应有的。我的家族与我一起，享受着晋国的荣耀。一个女人所应有的，我都有了。晋国既然给了我那么多，它也应得到它应有的。一切不应该独占，而是应该分享。我要了我的那一份，就应该感到满足。我已经满足了。

一次，我的夫君——已经是晋国的国君——率大军讨伐骊戎获胜，骊戎的酋长便将一个绝世美女以及她的姊妹送给了他。这就是骊姬。她有着倾国的美貌，又有漂亮的身材，不论从哪个方向看，她都是完美的。她的腰身那么柔软，皮肤那么细腻，就像细腻的油脂一样光滑，她的浑身就像发光一样，远远地就能感受到其明亮。她的乳房也是饱满的，她的一切无可挑剔，完全是一块毫无瑕疵的美玉。她的眼睛是传神的，就像含着永不消散的露珠。这样的女人，不仅国君喜欢，我也充满了羡慕。这要用怎样完美的材质才能制作这样的杰作？天神用了他所能想出的好材料，精心捏制了这个美女。

—216—
古灵魂

晋献公从此就让骊姬陪伴在身边，他们真是形影不离啊。我的内心有没有嫉妒？应该是有的。可是一个如此绝美的女人，另一个男人爱她、喜欢她，岂不是十分正常？每当来到骊姬面前，或者从她的身边走过，我甚至不敢直视她，一种摄人魂魄的气息一直抵达你的灵魂，你为什么还要感到嫉妒？这一切原是可以理解的。

我已经不会想那么多了。一棵树，守好自己的果子就可以了。我曾经看到一只蜘蛛用嘴衔着一个大大的白色的球，正在树干上攀爬。它顽强地要将这个球带到哪里？它的身体很小，却有那么大的球要负担。旁边有一个人告诉我，那里面有它的孩子们。它要将其转移到高处，高处对它而言更加安全可靠。对于一只蜘蛛来说，它嘴里的蛋就是它的全部，它所做的就是将这个蛋放在最好的地方。它和我所想的完全一样，我也要将我的孩子放在最好的地方，可是他就在这里，这里是最好的地方么？我要告诉他，如果晋国不是最好的地方，那么他应该走得越远越好——到一个人们忘记了的或者不知道的地方，关键的时候，不是迎难而上，而是应该藏起自己。对于一个君王来说，他的国家就是他的一切，但对于一个孩子来说，他的一切就是他自己。因为自己就是未来，就是自己的国。

卷一百七十一

小戎子

多么黑的夜，微弱的光来自几盏灯。我感到疼痛难忍。我不知怎样度过这疼痛的时间，它使我的阵痛越来越强烈了。这灯光使得几个影子在墙壁上晃动，它们好像不是来自人间，而是另一个世界。我是在现在还是过去？是在天上的云中还是在地下的深土中？我不知道了，什么都不知道了。一阵阵疼痛让我眩晕，让我的灵魂在天上飘动，我已经离开了自己的躯壳，看见了自己苍白的脸，以及失去了血色的皮肤，看见了我的失去了神采的双眼。可是我的眼中仍然有着灯盏里的光，微弱、发黄，就像秋天的枯叶，在高高的树枝上颤抖。这几片小小的光明，正从高处下落，它扭曲着，抖动着，挣扎着，飘在了风中。

多少个日子过去了，一个小生命一直在我的腹中躁动。他是不安分的，经常用他的脚踢我的肚子，我感到自己腹中的生命陪伴着我，我已经不是一个人了。我们一起行走，一起吃饭，一起睡眠。一切已经习惯了，我的腹中就要变空了，他要从我的身体里分离出来。他已经不愿意继续待在黑暗里，他要用自己的眼睛看世界，用自己的心来

古灵魂

感受世界，他将要成为他自己。

他是谁？他将成为什么样子？我不知道。我曾看到过别人的婴儿，脸上充满了皱纹，嘴里没有牙齿，差不多刚刚出生的婴儿和即将死去的老人是一样的。他说不出话，也不知道怎样说。他好像一出生就经历了人世沧桑，他的脸上的皱纹里，含有人生痛苦的证明。天神已经把对于人间的理解写满了出生者的脸，所有的皱纹里都有着不同的图像，多么神秘的文字，它们在说什么？我的孩子的脸上将写着什么？

我的疼痛里包含着幸福，我忍不住叫喊，这叫喊里带着哭泣。我的眼泪不停地流着，把面颊冲刷成一道道沟壑，暴雨和山洪把我的委屈、幸福、快乐和痛苦，也把我的青春、激情、曾经的向往和今天的期待，一起卷入激流中。它带着土壤和碎石，带着腐朽的树根、腐烂的树叶以及野草的根茎，带着无数母亲的眼泪和泪光里反映的所有形象，坠入了山崖和暗河。

实际上，我的即将出生的孩子已经有了一个名字：夷吾。这个名字来自哪里？它是什么意义？我都不知道。这是他父亲按照自己的想法命名的。我知道我所嫁给的人的名字诡诸，来自一个被杀死的人。是不是那个已经死掉的灵魂借用了他的躯壳？他是不是一个有趣的转世者？总之，他和一个他从未见过的人联系在了一起。而我的孩子的名字来自哪里？是不是同样来自一个被杀死的人？

想到这一切，我的心里感到了恐惧。不过，很快地，一阵阵疼痛遮掩了我的思绪和我眼前浮现的一幕幕幻象。你想吧，我将生下一个死去了很久的人，何况他还在我的腹中居住了这么久。多么可怕啊。

他死去，他降生，他和我在一起，他要继续走向他想去的地方。我既是一个母亲，也是一个他人藏身之地，他人显形的借用物。这样的宿命，一个母亲是逃不掉的，因为我的孩子已经捕获了我。

我因我的夫君变为一个真正的女人，又要变为一个真正的母亲了。这是一个女人的三个步骤，它意味着天地赋予女人的使命——养育繁衍，使得人类绵延不绝。如果没有女人，男人们不论如何强大，这个世界都会终止。人都不存在了，强大的力量有什么用？所以，最大的力量就是繁衍，最大的力量来自女人。女人才是这个世界的本意，才是天神的本意。

我就是这本意。我忍受着剧烈的阵痛，就是为了这本意，因为生育使我完成自己。那些不会生育的女人还会拥有自己么？现在我就要拥有一个孩子了，他是我的孩子，也是晋国的孩子。我的腹部是饱满的，是这个即将降临的孩子使我走路沉重，使我负重而行。这都是我所需要的，也是他所需要的。天神所设计的最好的事情，必定伴随着折磨和疼痛。这折磨和疼痛都是需要的，需要我来忍受。忍受是一个女人最大的美德，没有生育就没有美德。所以生育是世界上万事万物的譬喻。

黑夜更加黑暗了，微弱的灯火已经照不亮它了。微风使得这小小的火苗不断晃动，它从没有停止过活跃的灵魂。它是这样微弱，却又这样明亮，但照不亮深的黑。我感觉到自己就要死去了，疼痛越来越剧烈，我就要以自己的死来换取一个新生的婴儿了。接生者忙碌着，她们似乎比我更为着急，以至于汗珠滴到了我的脸上。我只是隐隐约约看见一张张苍老的脸，脸上的细节看不见了。这和墙上的影子一

古灵魂

样，一些影子围绕着我，和我一起等待。

突然，在生与死之间，我听到了几声急促的、轻轻的惊呼。时间从死亡的一端传到了身边，屋外的风声吹打着我所看不见的一切，只有嘶嘶的声息告诉我，好像天神对我耳语，只有我听到了这些神秘的话。或者，它就是我腹中的婴儿说的话，只是通过了风传给了我。世界上的万物都是有感应的，你对着千山万壑呐喊，就会听见回音——它从远处传来，却来自你自己。

终于，我的腹中一下子空了，秋天的大树卸下了沉重的果子——一阵婴儿的啼哭从我的脚底出现了。灯火闪动着，影子晃动着，啼哭开始是微弱的，然后一声比一声严厉，我的夷吾，走出了我的躯壳，从绝对的黑暗里走向了微光。他应该看见了，看见了我所看见的所有影子。他的啼哭就是他的语言，他开始说话了。这些话语是如此简单，但我似乎听懂了。他不仅是对我说，还对自己说。

现在，我忘掉了一切。忘掉了我是从哪里来的，也忘掉了自己。我已经成为一个母亲了，我的心里只有我的夷吾了，他来到世间，也重回我的心里。一个孩子的出生，就开始了他的征服，第一个被征服的，就是他的母亲。我已经心甘情愿做他的奴隶了。可是，我早已沦为了奴隶，我和我的姐姐大戎——就是狐姬，一起嫁给了诡诸——那时他还是太子。我已经依附于我的夫君，现在我又依附他的儿子了。我以自己双重的依附，成为双重的奴隶，我以这样的依附，成为一个女人和母亲。可是，他们又何尝不是以我的依附为依附呢？

我为他生下了儿子夷吾，他也听见了又一个他的出现，婴儿的啼哭已经告诉了他。以后，或者多少年后，他将成为晋国的国君，他的儿子也会在以后的以后成为国君么？一代又一代，一个父亲就不会真正死去，他会在他的儿子那里寄寓自己的灵魂。我也不会真正地死去了，我自己的灵魂也有了存放的地方。

古灵魂

卷一百七十二

骊姬

我仅仅是一个战败者的礼物。晋国的军队太强大了，他们突然对骊戎发起攻击。那一天，我还在阔野上观赏残秋的美景——可是一切都是残缺的美。秋风已经有点儿肃杀之意了，树木上的叶子变得稀疏，黄叶在半空旋转。一阵大风袭来，大树上的枯叶就像大雨一样从天而降，它们蒙住了整个视野。原来的群山、河流、道路和一切一切形象，就像脱掉铠甲的武士，丑陋的形体，羞耻地躲在了树叶的背后。这是多么浩大的景色，我的身边的一切，以及更远的一切，都在瑟瑟发抖。它只是另一个更加残酷季节的预言。

等待着世界平静下来，天空变得更蓝了，连一丝云彩都没有了，它们被打扫干净了。地上的事物也是这样。田野里已经剩下了很短的禾茬，秸秆也被搬运到了农家，以便作为过冬的柴草。这些曾经结满了谷子的秸秆里，仍然藏着看不见的火焰。它给人以食物，还在严寒里提供温暖。这一切地上长出来的，都归于寂灭，只有秋风在吹，不知道这风从何处来，也不知道它为什么转换了方向。

好像刚刚盛夏还在身旁，几场雨后，天气就变凉了，而且越来越凉了。现在我已经感到寒意了。我是不喜欢冬天的，它给我毫无生气的感受，它让我绝望。可是我既不能阻挡它的到来，也不能改变我的好恶。这样，一个严寒的季节似乎开始注入我的性格，我的脸上是冰冷的，我的心里落满了霜。但我的外表却是柔和的，仍然带着夏天的炎热，眼睛里常含草叶上的露水——我的目光里也闪着透亮的、魅惑的火，我用这火照彻自己前面的路，也照彻别人的眼以及心。当然，对于那些一直用眼睛盯着你看的男人，我就用这样的光来对抗。以光来对抗光，以火来对抗火，以温柔来对抗欲望，并以我的魅惑来对抗魅惑。

一个女人除了施展自己的魅力，还能做什么呢？这个世界属于男人，属于有力量的人们。他们用力量相互搏击，而我只能用相反的东西，用最柔软的，水一样的柔软，将掉落的石头冲向别处，把悬崖峭壁冲刷出豁口。难道柔软不是一种力量么？我只是在等待时机，等待一个突然暴涨的机会。

突然我得到消息，晋国的大军已经攻破了防御，骊戎被征服了，我们的酋长将我献给了晋献公。我穿上了最漂亮的衣裳，我的头发经过了梳洗，并涂上了膏油。我的浑身散发着香气。我对着铜镜照着我自己，我好像不是我，而是另一个女人。我竟然变得如此陌生，这样的绝美，令我感到震惊。

是的，我从没有发现自己是另一个人。我只知道我的美貌，却没有在镜中这样长时间地端详过自己。我是另一个人，这是我在镜中的一个发现。从此，我将不再是自己，将成为另一个人。我要在自己的心中，放上自己的另一个。我的美貌不是为自己准备的，而是为了给

古灵魂

与别人。我就要将我所有的，给与别人了。

可是谁又知道这美貌的背后，藏着我的心？将美貌给与别人，却要将自己的心留给自己。我表面上会属于别人，实际上我不可能把自己的心也送出去。我作为礼物，实际上仅仅是一个真正礼物的包装物。好吧，我看着酋长，他的苍老的脸上布满了皱纹，他的眼中含着干涩的眼屎。他在晋献公面前，已经失去了往日的尊严，也失去了过去的威严。他满脸堆笑，弯下了腰身。甚至对我也一副讨好的样子。一个曾经拥有权势的人，会在一个瞬间变为另一个卑微的人。不，他只是回到了原本的样子，只是揭去了蒙在脸上的权力面具，让我看到了一个本真的人。

是啊，我似乎也不是原来的样子了，在铜镜里已经重新看见了另一个。现在我不再是原先的自己了，我将成为晋献公的夫人，成为晋国的女主人。我也同样揭去了从前的面具，回到了原本的自己。这是我应该的样子，我的美貌，我的心，我的外形和所含有的，就是这样。

晋献公是威武的，他的身上披挂着铠甲，头发藏在了顶端飘扬着漂亮长羽的头盔里。眼睛被压得很低，在白昼的光芒照不到的地方，放出了暗藏的光亮。我大胆地直视着他，他也用同样的直视紧盯着我的脸。我想，我的每一个微笑都已经映在了他的瞳孔里，也嵌入了他的灵魂。或者说，我已经把他的灵魂夺了过来，揽进了我的怀中。他已经开始奔逃，可是，一个雄心勃勃的男人，又怎能逃脱一个美丽女人的围捕？我的温柔和美貌以及迷人的微笑，从四面八方围拢，他已经深陷重围。他已经站在了悬崖边上，要么跃入深渊，要么跟随我。

事实上，是我跟随着晋献公到了陌生的晋国。我的四周，有着无数武士的护卫，他们的刀剑映满了天穹。戎车在崎岖的路上颠簸，沿途的景色连绵不绝。远处的群山拥有淡蓝色的轮廓，它们也跟随着我的戎车在移动，它们的起伏也跟随着我的戎车起伏。车轮碾轧着一片片落叶，前面高昂的马头不停摆动，鬃毛在风中扬起，不断扰动着我的视线。我就要到晋国去了，我不知道它有多远，也不知道它在什么地方。我就要到一个我不知道的地方去了。

　　我的车在晋献公的后面，他不停地回头看我，那目光是火热的，或者说，就是向我抛出了一团团火球，我用自己的眼睛接住了，又将它抛了出去。这样的火，冒着烈焰，冒着烟气，将我心里的不安、烦恼以及新奇感，都焚烧殆尽。我只有一团灰烬了。我已经被烧尽了。我的前面只有马的鬃毛在飞扬，它不让我看见前面的道路，我也不想看清楚未来的一切。

古灵魂

卷一百七十三

晋献公

　　世界是属于男人的，这是天神给与男人的权力。我们都生活于权力中，一切都是权力与权力的搏斗，实际上就是男人与男人的搏斗。这就需要你必须拥有力量，你压倒了别人，别人就匍匐在你的身下，你所看见的就是天空和飘动的云、遥远的山以及夜晚即将到来的时候最先亮起的星，那些匍匐者只能看见土地，以及他面前的几粒尘土。

　　但我也热爱女人，她们使我快乐。尽管她们也许是卑微的，但她们是那样美丽，那样让我神魂颠倒。每当我和她们在一起，就会忘记时间，忘记征服，忘记我的疆土和拥有的土地、山峦以及河流，就会忘记一切。这个世界上为什么要有那么多东西？可是只要有美貌的女人来到我的面前，一切一切，都是为了遗忘。

　　我不需要记住那么多，我只需记住我自己。如果没有自己，这一切又有什么用？我所看见的、我所感受到的、我所听见的以及我所享受的，才是真实的。我拥有的乃是得自我的先祖，似乎都是生来就有的。可是，我在征伐中获得了骊姬，获得了绝美的佳人，这让我获得了人生的惊喜。我的骊姬是如此漂亮，她的每一个眼神都含情脉脉，她行路的每一步都风情万种。她的腰肢扭动，她的舒展的步态，就像仙鹤在水面上漂移。我看到她的面容，就像观赏花儿开放。她是含露的芙蓉，有着开阔的、一尘不染的叶片，她天生属于水，属于谜，每一个表情都在可解和不可解之间。

她的声音是那么好听，悦耳、生动、富有韵律，就像一个高明的乐师的演奏。我闭着眼，听着她说话的声音，就是一种享受。这不在于她究竟说了什么，而在于她的声音有着天然的感染力，它可以直达你的心，激起你的波澜。这些日子，我每日都在沉醉中度过，美酒和美女，对于一个男人来说，还不够么？

很快她就有了身孕，她也将为我生下儿子。孩子是快乐的结晶，他将见证我的一段梦幻般的生活。他将长大成人，就像我的其他孩子一样。我能从他的眼睛里看出自己，也能从他的步态里看出自己。当然他们的形象里也包含着我，我将在他们中间获得永生。我将自己的灵魂分给他们，每人一份，我的那一部分也并不会减少。这就是人生的奥秘。人是多么神奇的存在啊。

一天，士蔿又来了，他对我说，女人是卑微的，她们给你的仅仅是一时的快乐。你是一位国君，你掌管的乃是一个晋国。一个人不能总是在梦中，梦中的日子是虚幻的，醒来之后一切都会消逝。这个士蔿太讨厌了，可是他所说的似乎是有道理的。是啊，我是一个国君，我不是一个普通人，我应该有我的雄心，要像我的先祖那样四处征伐，获得更多的疆土、更牢固的江山社稷。我要建功立业，让天下都敬重我、敬仰我，我要以天下的美酒为美酒，以天下的美女为景物。天下究竟有多大？我要知道它，我要站在高处，俯视天下万物。

我身边的美女，仅仅是天下万千美女中的一个，为什么每天只看她一个人？

　　仔细想来，这些日子岂不是在梦中？梦中的特点就是在醒来之后很快就被遗忘。我所记住的只剩下一鳞半爪，只剩下一些残片。我变为了两个自己，一个在梦中恍惚，一个在醒得真实。可是我是多么留恋自己的梦啊。在梦和醒之间做出选择，是多么痛苦的事情。哦，我的又一个孩子就要出生了，我先想一个不同寻常的名字——他需要一个非凡的名字。除了残酷和享乐，我也要把藏在最里面的爱，给我所爱的人——难道我的残酷不是另一种爱么？把田野里的杂草除去，不就是为了对谷子施加更多的爱么？我爱我所收获的和即将收获的，那些我不需要的，就不需要去爱。没有绝对的自私，就没有绝对的爱。

　　那么，我就将我的孩子——骊姬所生的孩子作为我梦与醒的转换，在我的梦中施与爱，在醒来的时候就要思考我将拥有什么。我需要更大的世界，需要更多的来自别人的爱，需要不断接受和占有，一边将自己的名字放在后世的文字里。一个人只有在文字里才能永存。梦中的只属于自己，它是写在水上的文字。我要把文字写在大地地面上，这样就不会被时间里的风暴刮掉了。

卷一百七十四

吹笛者

林间的事物是幽暗的。这里野草繁茂、树木繁茂，无数野花在日夜开放，它们不知疲倦，也不知烦恼。我从很小的时候就逃到了山林里，我的家人已经在晋国的战乱中失散。多少年了，我只有一个人，一个人看这个生活着的世界，一个人感受这个世界，一个人居住在山林里。可是，我并不是一个人，因为每天都面对一个充满了生命活力的山林，我的生命在无数的生命中间，我的日子在无数的日子中间。

我喜欢吹奏，在春天树叶萌发之后，我就将一片薄薄的叶片衔在唇间，我能用这样的树叶吹奏出各种美妙的声音。我有用各种材质制作的吹奏乐器，比如我用竹子制作竹笛，在猎人到来的时候，山间的许多野兽听到我的吹奏，就会逃到更远的地方，或者躲到洞穴里。我爱它们，不想让它们遭殃。我的吹奏在很多时候会模仿它们的叫声，它们以为是同伴的呼叫，就会聚拢在我的附近，远远地看着我。我和它们对视着，用目光交流着彼此的孤独，讲述着山林的故事。

我有我的故事，它们有它们的故事，我们的故事有时候是重叠的，更多的时候各自不同。因为我只有一个人，而它们还有自己的伙伴，它们之间的故事可能更动人、更丰富、更有趣。还有各种各样的飞鸟，它们来去自由，充满了警觉。一点儿轻微的响动，它们就会振翅而去。它们比地上的走兽更加自由，它们从不担心哪一根树枝会突然折断，因为更相信自己身上的翅膀。

什么样的鸟儿都有，它们简直是想象力的产物，你只要想到它们是什么样子，就可以突然在一个地方看见它。它可能正是你想象的样子。它们穿着不同的衣裳，有的五彩斑斓，有的朴实无华。只要它们聚集在一起，你就可以看见它们中的每一只，都有着十分耀眼的外貌。我就想，它们是一些天神派来的信使，它们本身就是一些奇特的、色彩艳丽的文字，它们的每一次聚集，都是为了用这样的文字组成意义深奥的诗篇，来说明天神的旨意。

不然为什么它们每一次的降落，都会有不同的落点，它们的数目和组合的形式也不一样。人间的一些意义被铭刻在铜器上或者石头上，可是，鸟儿们一代代传递着，它们一直生活在世间，身上的色彩和斑纹也永不褪变。每一种鸟儿就是一个字，一个我所不认识的字，也没有人能够认识。它们每天的生活，就是为了用各种方式排列起来，说明一件未知的事情，或者说出一个让我们还不曾理解的道理。或者，是天神借助这些神奇的文字，说出自己要说的话？

可惜没有人能够识别它们。它们看似乱哄哄的生活，实际上充满了秩序。这种秩序暗中有着更高者的派遣和支配，它们执行了来自云端的命令。它们的各种不同的叫声，是为了唤起我们的注意，也是对自己所代表的文字的朗读。或者，它们将自己所含的意义，变成一首首歌曲，把它们唱了出来。就像我偶然听见的猎人的歌声、牧羊人的歌声以及儿童随口唱出的歌谣。

人们是多么愚钝，他们做着各种各样的荒唐事，却不屑于坐在林间的空地上，认真听一听鸟儿们的歌唱。所以他们永远也不会明白世间的每一件事情的意义，也不会知道自己所做的事究竟是为了什么。世界上只有鸟儿有着随时可以飞翔的翅膀，就是为了它们的文字不受侵扰，因为文字是神圣的，天神要说的话也是神圣的。

所以我用各种乐器吹奏它们的声音，因为它们的声音里有着神圣的意义。我不能听懂这意义，却可以一遍又一遍将这声音传递到更远的地方，让那些愚钝的人们听得见。我的竹笛是有灵性的，它通过我的吹奏，发出婉转曲折的乐曲，把含在竹子里的各种声息——风声、雨声、下雪的声音以及鸟兽的叫声灌注到其中，所有复杂的声息，都可以转变为我的乐曲。我在山林里吹奏的时候，我看见整个山林在振动，树叶和野草在骚动，这里的一切，我所看见的一切，就像釜中的沸水一样，不断沸腾着。我的乐曲是有力量的，世间的事物都可以感受到。我的灵魂也能感受到。我感到了，世间所有的事情，都在我的吹奏里。

我对于所吹奏的，是永不满足的。因为这世界上的声音是无限多的，无限优美的，我怎能将所有的声音都寻找到？我需要的声音从来不在人世间，而是在人世生活之外。在山林里，在水边，在云端，或者在狭小的树洞里，或者来自地面以下的深处。这需要我俯首倾听，需要在飞与降之间寻找，就像飞鸟那样。

我找到了立在水边的仙鹤。它本身就是优雅的音乐。它洁白、优雅、美丽，亭亭玉立，立在水边，用清水不断洗刷自己的羽毛。它是清洁的，就像一个完全不被污浊所沾染的灵魂。它的头顶戴着红色的冠冕，高高地站在一边，冷静地看着四周，或者闭起眼睛，陷入自己的无边冥想，以突破视线。它是神灵的使者，它的存在就是为了让我们看见一个真实的神灵，一个存在着的非凡的、高洁的、轻盈的形象。它可以在天上飞，也可以落到地面，这一切都是为了给我们展示，给我们启示。

一次，我看见一只仙鹤从站立的位置上倒下，它轻轻地，几乎没有一点儿声息。我似乎在它的身体上发现有一个更加洁白的影子飞走了，飞到了看不见的地方。那只是一瞬间，很短的一瞬间。就像是一个幻觉。因为它的背后是悬崖，那悬崖上并没有一点投影。我知道，它的灵魂已经飞走了，留下了自己该丢弃的肉体。过了一段时间，它的身体已经剩下了残渣，一堆白骨——仍然是洁白的，这是它一直要保持的样子，即使最后剩下的，仍然是白。我捡拾了它细长的腿骨——其中仍然蕴含着它站立时的形象。我用它的腿骨制作了一支笛子，开始用它吹奏，它竟然发出了想象不出的美妙声音，它里面早已装满了天上的、水边的乐曲。

这样的声音让我感到震惊。它好像并不是从我的嘴边发出来的，而是从很远很远的地方传到我的身边。它既真实又虚无，既遥远又切近，既在我的身外又在我的身体里。它究竟来自哪里？现在，我吹奏着，我所吹奏的乃是来自我的内部的声音，来自我的外部的声音，来自所有的地方，却不在所有的地方。可是，它分明是悠扬的，既不尖锐也不迟钝。它有着非凡的穿透力，从远处穿透了山峦和沟壑，从近处穿透了我的身体。它没有屏障，只有纯粹的天籁之音——复杂而单纯、清越而深沉。它囊括了我所见到的一切，它是万物的形象，它还在所有的形象之外建立了另外的无形之形。它似乎就是从我的嘴边出发的，却在所有的地方徘徊。它也许是天上的云，也许是空中的风，也许是一个人的微笑，也许是整个世界的微笑。它是我所听到的来自天神的善，却仍然是一种令人窒息的声音。

我还用巨鸟的翅膀遗落的羽毛制作了笛子，它们的羽管是空的，它们在自己的飞翔中，将天空的经历注入了自己的羽毛。我用它吹出了天空里的声音。这些声音里有着更高的奥义。其中含有飘荡的云、正在坠落的雪花、冬天呼啸的寒风以及暗夜晴空穹顶上的繁星以及这明暗不一的繁星所列的星阵。那是怎样复杂的声音，变化无常、起伏不定、深奥而深远、深邃而悠长，它远远超出了我所理解的世界，也远远超出了人的灵魂。

当然，它也超出了晋国，超出了国君的宝座，超出了一切阴谋和残暴，超出了梦幻和幸福。它在一切之上，在天下的一切之上。它越过了时间、历史和人间青铜上的任何铭文，以及我们过往的一切。在这样的乐曲中，我们会将自己忘掉，将一切忘掉，会觉得我们所做的，或即将要做的都没有意义。你会觉得，人间的一切争斗，君王们的互相倾轧，人们反复进行的劳作，都显得十分荒唐。

卷一百七十五

申生

　　我的母亲早早就去世了，她已经不知道现在所发生的事情了。但她仍然随时在我的身边，我能够感受到母亲赋予我的力量和灵感。晋国现在已经变得强大了，它拥有二军，父王亲自率领上军，让赵夙为御戎，毕万做军右，我作为太子，率领下军。这一切好像都是母亲的安排。我经常记起母亲的样子，她总是俯下身来，用一双明镜般的眼睛看着我。我从她的瞳孔里看见了我的脸孔，看见了她的眼睛里所包含的我。是啊，我曾在她的腹中，是她的一部分。我从她的身体里分离出来，我仍然是她的一部分。我从没有脱离我的母亲，我已经从她的眼中看见了。

　　母亲是善良的，她的脸上涌起了皱纹，好像水中的波澜，它并不是平静的，而是充满了动感。这样的涌动，是为了把她对我的爱完整地告诉我。我已经读懂了她脸上的神秘的文字，知道这一切都是为了我而存在。又一次，我在她的怀中，就像重新回到了出生前在她身体里的样子。我闭上了眼，黑暗中的温暖环绕着我，在我的四周盘旋。它伴随着母亲和我的心跳，有着令人感动的节律。我感到了她的脸又一次贴到了我的脸上，丝绸一样柔软。几滴冰凉的东西落到了我的脸上，我睁开眼，看见她的眼中充满了泪水。

我不知道她究竟什么时候离开了我，我以为她仅仅是到了一个很远很远的地方。可是我并没有觉得自己被遗弃了。不，她不会遗弃她的孩子的。后来我明白她已经永远不在了，去了另一个地方。从那一刻起，我突然苏醒一样，发现母亲就在我的身上，她从来就没有离开我。我的眼中总能看见她。抬头看见天上的云彩，我会从云彩里看见她的样子。远眺淡淡的远山轮廓，我从那轮廓里可以看见她的样子。我甚至在山林里可以从每一棵树上看见她，只不过她的脸庞掩映在了无数的树叶里。我在梦中也经常见到她。她无处不在，她的形象在每一个地方。

我要率军讨伐敌人去了，穿起了坚硬的铠甲，在这征衣的花纹里也藏着她的形象。我知道你在护佑着我，否则又为什么你会在所有的地方？世间的每一个形象中都藏着你的形象？因此，我每战必胜，即使我在刀光闪烁的地方，也安然无恙。面对飞舞的乱箭，我总是从容镇定，因为每一支箭迎面扑来，总会绕过我，飞向我的后面。我听着一支又一支箭的声音，发出了尖利的呼喊，却总是从我的耳边擦过……它们就像飞鸟，生怕与我相遇。它们是胆怯的，它们不是害怕我，而是看见你的灵魂，就躲到了一边，你的力量逼退了一切力量。

晋军所到之处，就像秋风所到之处，席卷了地上的尘土和树上的枯叶，我的戎车轧平了路上的坎坷，霍国、魏国和耿国的版图相继收入晋国疆土。法象莫大乎天地，变通莫大乎四时，我的晋国已经在日月交替之中把握了天机，遵循了天神的意旨，并从先祖的秘意中获取了力量。我是晋国的太子，我意味着晋国的未来，所以必须使我的晋国越来越强大。它的疆域越大，就像丛林里的巨兽，就越不容易成为其它猛兽的食物，它的寿数也越久。我的父君是雄心勃勃的，他似乎已经谋划好了一切，并为我开辟了宽路。

现在，我已经建立功业，父君要将曲沃赐给我。这是多么荣耀的事情，我将会在先君的都城度过快乐的时光。父君已经下令将曲沃的城墙增高，让它更加坚牢。也将耿国的旧地赐给了赵夙，魏国的旧地赐给了毕万，并任用我们成为晋国的大夫。一个阳光灿烂的日子，士蒍来到了我的住所，他似乎想和我说什么。我们来到了户外，看着远处淡淡的云，感到了炫目的光照在了我的双手上。我举起了手，一道强烈的秋光从指缝间穿过，好像我的双手是透明的，我的目光可以穿越我的手指，看见另一个更为绚烂的世界。

士蒍开始说话了——太子，你不能再做继承者了。我忽然感到这样的话语乃是从更高的地方传来，它既是沉闷的，也是震颤的。我觉得自己脚底的土松动了。我问，你为什么这样说？国君刚刚把先君的城邑分封给我，这难道不是对我所建功勋的奖赏么？当然，这也是我从小生活的地方，这里有我的记忆，有我的美好时光。这时光里还有我母亲的气息，她仍然像花香那样在每一寸空间飘荡。

士蒍有另外的看法。他说——问题正在这里，国君把先君的都城赐给你，又封给你卿的高位，你已经被推到了群臣的最高处，怎么可能继承君位？我想，国君也许已经要把君位传给别人了。你应该像从前吴泰伯一样，与其得到罪过，还不如及早逃到另一个地方去。这样，既不妨碍国君的意愿，还可博得谦让的美名。当初的泰伯和你的处境一样，何不效仿他呢？那时，太王有意传位给季历进而传位于季历的儿子姬昌，泰伯猜到了父君的心思，就携二弟仲雍逃往荆蛮之地，文身断发，决意不再继承君位。当地民众获知泰伯的德义，就拥戴他成为吴国的君主，追随他的人不计其数。这件事在诗中记载，在民间传唱。泰伯避让的故事，难道不可以作为榜样么？如果天神保佑你，你就不要留在晋国了，一个内心充溢了光亮的人，在哪里都会获得完满的家园，因为他的内心的光亮终究会放出来，照亮自己所在的地方，黑暗也不会缠绕他。

我不知怎样回答士蒍的话。他似乎说得有道理，但我要逃往别处，难道不是违背了父君的意愿？他把先君的都城封给我，难道就是为了让我逃走？何况我的母亲会在这个她所熟悉的地方等候我，并用灵魂的力量护佑我。我已位居众臣中的高位，应该为我的父君、我的晋国多做一些事情了。我的智慧可能还不足，但我要将自己微薄的力奉献给晋国。我怎能辜负父君对我的挚爱？而且，人不能为了博取美名而放弃自己，我所想的，乃是更为长久的未来。

但是，我真的不知道将来会发生什么。我已经准备好了，不论发生什么都是天意。如果是人所赋予的，就可以改变。如果是天神赋予的，就欣然接受。一个人可能什么都不配，但他总是配得上命运。我不需要自己去改变什么，也不需要怜悯和同情，我的样子就是我本来应有的样子。我不是为人世间的所有欢愉而生的，我是因为自己母亲的意愿而生的。我要成为母亲所希望的样子，可是，我的母亲究竟希望我成为怎样的一个人？

也许这不是一个该问的问题，但我的确开始变得迷惘。我和士蒍在户外谈话，渐渐地，我们的声音消失了。我们对望着，我看见他眼睛里绝望的表情。他已经知道我的意思了。天是那么蓝，那么蓝，蓝得让人眩晕。远处的山似乎变得清晰了，我所看到的仅仅是它的发蓝的轮廓，其中的多少细节，看不见了。人的视力是有限的，不可能看到一切，也不能无限远去，触及不能触及的细微之物。改变所有的不如坚守已有的。一个人最大的聪明就是知道自己的愚蠢，那么我自知不是那么聪明，就以愚者的心态守护自己的命运吧。

我看着士莴的背影，逐渐消失在林间的小路上。他被一片蓝遮住了。不知道是天空的蓝还是远山的蓝——它们的蓝有着细小的区别，我却不能将这差异分辨出来。低下头来，猛然看见了我和士莴的脚印，清楚地印在了潮湿的土地上，一个个凹陷，从来处所来，最后前面只有他的脚印了。我仔细想着他所说的，这声音转入我的心里却变得愈加熟悉了，在哪里听过这样的声音？这既不是士莴的声音，也不是别人的声音，这是谁的声音？

我看见另一双眼睛在看着我。它是那么明亮，深陷的眼眶里含着泪水，泪水的背后是深深的、暗黑的洞，无限的深。泪水就像草叶上凝聚着的露珠。这露珠映出了四周的世界，包括了远处的山川、天上的白云、地上的草木以及藏在了草丛里的草虫，还有我的面孔。我的面孔在其中是最突出的，它有点儿变形，但我的目光是真实的。

一切都是真实的。世界总是展现全景。它从来不表现自己的局部，局部只是我们的幻觉。我分明看见一道秋光从母亲的眼中闪过，那么快速，那么真切又那么虚幻，仿佛还夹杂着什么不可思议的、类似于风沙掠去的影子。是的，一道不易察觉的暗淡的影子，它带着母亲的悲伤一掠而过。我知道，无论我走到哪里，无论在什么地方，即使在我丢弃了的事物上，也有着母亲的形象。即使在我看见的浩瀚的群山中，也包含着母亲的形象。即使在最小的沙粒上，也包含着母亲的形象。

古灵魂

卷一百七十六

赵夙

从晋国的都城出征，我陪伴着国君走过了那么多地方。我的脚印散落在通往四面八方的路上，我的车辙深深刻在了地上。我总是站在国君的左侧，驾驭着国君乘坐的戎车，在征伐异国的路上奔驰不息。国君的脸在斜侧射来的阳光里，棱角分明，轮廓上蒙着一层明亮的光晕。我看见他的目光是坚毅的，很少将自己眼中的光束投向侧面。他会长久地望着前方。他身上的铠甲就像大鱼的鳞片，发出耀眼的反光。总之，他的身上充满了光芒，就像他本人每时每刻在发光一样。

我在国君的照耀中奔往北面、南面、西面和东面——晋国是一个中心，它向四方伸开了自己的手掌，覆盖着无尽的土地。跟随着国君是自豪的，我的头高高仰着，两眼紧紧盯着前面的路，注视着每一个坑洼、每一块石头以及每一个坎坷。四匹骏马的鬃毛被迎面吹来的风吹拂，在空中飘动，好像它们长着翅膀在飞。

作为晋献公的御戎，我随着晋献公所统率的上军西进攻克耿国，然后转头南下攻灭魏国，而由太子申生统率的下军北上攻灭了霍国。每一次发起攻击，国君都亲自击鼓，他挥舞着鼓槌，将士们的长戟和带着红缨的矛头在战鼓的节奏中伸向敌人。箭镞在阳光里飞过了身边，好像无数飞虫发出了嗡嗡的翅鸣。国君的击鼓是有力的，并不断发出让人惊骇的呐喊。他的嘴角在颤动，脸颊在颤动，整个脸都变形了。他所喊叫的不是某一句话，没有什么特殊的含义，却是从他的灵魂里发出来的——这鼓声与人声混合，传到很远的地方，仿佛穿透了山峦的巨大岩石，也让远处山林的林梢振动。它压倒了战场鲜血横飞的喊杀声。

很难忘记国君在战场的样子，他的力量谁又能阻挡？他身体前倾，几乎要掉下戎车了，可是他的呐喊有着重量，好像他是凭藉着呐喊的重量获得了平衡。他的手高高举起，已经将手上的鼓槌作为宝剑了，每一次都做着劈砍的动作。配合这动作的，是我前面的马匹将前蹄腾起，然后有力地刨下去，那样子极像农夫刨着坚硬的荒地。我的视线被飞扬的马的鬃毛不断挡住，又不断划开一个个缝隙。我却看到了一个无比辽阔的、暗淡的世界，血与污泥混合在一起的世界，刀剑交织的、带着血泪的世界，混乱的、殊死搏击的世界。

人世间的一切凭藉杀戮获得，这就是真实的世界？谁能远离这样的世界？更多的人就在这样的争夺中出生、搏杀、死去。要么获得一切，要么一无所有。多么像是一个个幻觉啊。真实和幻觉之间究竟有什么区别？好像真实来自过去，来自遥远的过去，现在并不能证实自己，也不能证实将来。我们都取了远去的泉水，供自己解除饥渴，却不能想象未来是什么样子。

我是幸运的，因为我的过去，过去的过去，成就了我的现在。一个人要想了解自己，就要了解自己的从前，那从前的泉水在哪里？一

古灵魂

代又一代，可以无限追溯。最早的时候，要说起上古帝王颛顼了。他生下了儿子大业，大业娶了少典的女儿，生下了大费。大费在舜帝时代调训鸟兽，被舜帝赐姓嬴氏。大费有两个儿子，一个叫作大廉，一个叫作若木。他的玄孙叫作费昌，他们的子孙分布在中国或者夷狄之地。其中的一个玄孙居住在西戎，生下了蜚廉，蜚廉的儿子叫作恶来，他们父子力气很大，又擅长行走，为商纣王的大臣，但恶来在周武王讨伐商纣的时候被杀掉了。蜚廉则替商纣王守卫北方，死在了霍太山一带。

这是多么漫长而黑暗的时光啊，他们从远古穿梭，繁衍生息。好像一切就要终止了，但事情从来都在悬念里。蜚廉死去之后，他的妻子已经怀有身孕，这样，他的儿子季胜就出生了。季胜又生了孟增，孟增在周成王时居住在皋狼之地。然后在皋狼又生了衡父，衡父又生了造父。造父是绝顶聪明的，他曾师从泰豆氏学习驾车技术。据说，造父行礼恭敬又十分谦逊，泰豆三年中却没有教他任何驾车的本领。一天，泰豆告诉他：古诗中有着值得你思考的格言——那好的做弓的工匠，须要先学好编织簸箕；擅长于冶炼铜铁的工匠，也要先学会制作皮革。你要先看我快步疾走，知道怎样才能让身体保持平稳，像我这样熟练之后，才可以手握六根缰绳，调节驾驭你拉车的六匹骏马。

泰豆便栽上一根根木桩，每一根木桩上仅仅能放上一只脚，木桩之间相距正好在一步之间。他说，这就是你要走的路，每一步都可能掉下来。你所走的路都是险恶的，你的每一步都不能走错，一个最小的失误就可能失去一切。造父看着泰豆在木桩上行走如飞，不断往返，却身体轻盈，他只看见一个黑影在飞，步伐快得让人眩晕。造父跟着师傅学习，仅仅三天就掌握了木桩上疾走的技法，他同样像一只暮色中飞翔的快鸟，在这样独特的路上往返飘动。

这让泰豆感到震惊，怎么会有这样聪明的人？竟然这么快就学会了如此高超的行走技能？啊，凡是驾驭车辆的御者，都应该像造父一样。他对造父说，以前你走路，全凭你的足力，你可以将这足力协调自如，就要把这获得的得心应手的诀窍运用到驾车的技艺里。必须协调马缰以让马嚼调动马匹，驾车就会平稳快疾而不会失去节制。无论行路快或慢，驾驭的秘诀都在心中，操控节奏就会随心所欲。而且，马匹不是死的物，而是具有生命和灵性的，它需要你对它的理解，你必须了解它的脾性，合乎它的个性，以便和它形成默契。这样，就可以做到进退笔直成矩，旋转合乎度规曲尺，在远路上节省力气，保有余力不竭。

好的御者可以不用眼睛观看，就知道行车的状况，一切已经在他的心里。也不需使用鞭子，一切气定神闲。身体坐得端正，不论怎样颠簸，他就像被固定在车上一样。六根缰绳一点都不会乱，二十四只马蹄迈出去不会有丝毫差错，它们有着相同的节律。无论是进退转弯，都在预料之中，都在预设的节律之中，车道的宽窄只要能容纳两个车轮，不需要多余的尺寸。在我看来，道路从来没有好和坏，没有崎岖坎坷的危险，也没有高山峡谷的高峻低下，没有上坡和下行，也没有原野的平坦，所有的道路没有区别，它们都一样。

泰豆说完了自己驾车的奥秘，剩下的就是造父以后的修炼了。他终于成为一代神御。他将自己的神骏乘匹、桃林盗骊、骅骝、绿耳，献给了周穆王，便成为王者之御。他陪伴着周穆王驾车巡狩，一直向

古灵魂

西到达西王母所在的地方，使周穆王乐而忘返。但突然发生了徐偃王叛乱，造父驾车载着周穆王一日千里挽救天下，平息了徐偃王掀起的变乱危澜。于是，造父被赐赵城，繁衍安居。

造父的子孙享受着庇荫，也屡建功勋。比如说他的六世之后奄父也是周成王的御戎，在千亩之战中立下战功。他的儿子叔带在昏庸无道的周幽王时离开了王都，来到了晋国，并成为晋国大臣。我已经是先祖来到晋国之后的第五代了。我的先祖是何等聪明，他们已将驾车的技艺推及对世事的理解中，每一次都能做出好的抉择。驾驭自己的命运不就是驾驭戎车么？理解命运不就是理解自己的战马么？世间的万事万物都是相通的，每一样事物中都含有其它事物所含的奥妙。

我是古帝王颛顼的后裔，我是造父的后裔。我有着御者的血脉。我熟悉戎车的每一个部件，能够感到戎车在什么情况下也该做什么。我同样熟悉我的每一匹骏马，它们的眼睛里含有它们所要说的话，我在任何时候都能读懂其中的意义。在我驾驶的时候，我和我的骏马完全是一体的，我甚至分不清我和它们究竟是谁。我就是它们，它们也是我，或者说，我们就是同一个生命，拥有同一个灵魂。

所以，我就像我的先祖造父一样，最擅长的仍然是驾驭。在残酷的战场上，不论是遇到什么，我的马匹都能保持同样的节律，保持协调一致的步伐。它们就像我自己一样，面对刀枪剑戟的闪烁，面对喊杀震天的混乱杀伐，面对鲜血飞溅的命运不测，都可以保持从容镇定，并拥有足够的机敏、足够的灵活、足够的速度和应对谋略。

我不仅驾驭国君的戎车，还驾驭自己的命运。每一次机会，我都捕捉住了，那灵光一现的门，就在开合之间，我闪身而过。借助先祖的力量，我躲过了迎面刺来的剑，也避开了暴雨般的箭镞。现在，我从激浪中拨开了一条路，跟随着晋献公一路征战，屡建战功。国君论功行赏，将我们夺取的耿国之地，赐给了我。

这里是水草肥美的地方。我驾车巡视我的采邑，这是多么好的地方啊，紧邻着波涛汹涌的大河，几条河流交织在一起，林野相连，适合于耕种。天空多么明亮，从遥远的河对岸，升起了一朵朵祥云，它们不断变化，有着种种不同的形象。我抬头仰望，它们是一头头巨兽，在天上奔走。然而，它们从不停留在一个形象上，而是一个变成了另一个，又变成了又一个，它们是无穷的。当你刚刚猜出它们是谁的时候，就会发现你错了，它们已经不是原本的样子了。是的，它们没有原本，它们只有无穷。它们从来不让你猜中。

夏天到来了，整个地上都被绿树遮住了。我大口大口地呼吸，湿润的、带着谷禾和野草芬芳的空气，清洗了我的身体，使我感到自己沉陷在了无边的清新里。我是全新的，我的四周都是全新的，一切是全新的。我昨天踩踏的脚迹，已经被昨夜的雨水灌满了，它映照出了天空、天空里的云、匆匆飞过的白鸟、伸展于半空的枝叶、腐朽的被遗弃的树木，以及我自己的脸。我俯视着旧迹，知道我的今天也是全新的。我的脸上已经布满了昨日的印痕，当然，也有着今日的全新的表面。在这样的土地上走过，不需要道路，我的每一天都是新路。

卷一百七十七

毕万

　　清晨的阳光是柔和的，但它意味着强盛的开始。落日也是柔和的，但它意味着一天即将结束，它的柔弱是衰朽的柔弱，不同于一日之始。因而我更喜欢早晨的阳光，我总是在很早醒来，为了和早晨的阳光相遇。我看着野外的各种景象，都浸泡在温暖里，内心也是温暖的。我从来不急于求成，我愿意等待。等待是最美好的，一个喜欢早晨的人，才愿意等待，因为这样的等待不是煎熬，而是在希望里沐浴。

　　人们对待生活有着不同的态度。我曾询问过其他人应该怎样对待面前的野草，怎样等待一朵野花的开放。一个人告诉我，如果这株野草不开花，我就将它连根拔除。还有另一个人说，我要想办法让它开放。前一个人是一个勇猛的武士，另一个人是一个谋士。他们都有着异于常人的性格，其回答也令人信服。

　　我和他们都不一样，我喜欢等待，我要安静地每天到我喜欢的野草旁看一看，等待着它的开花。这样，你才能真正欣赏一朵花，欣赏它的悠然自得，欣赏它的自然安详，你才知道什么东西值得你欣赏。

即使在战场上也是这样。所有的机会都是因为等待。拥有耐心的等待是最重要的。我是晋献公的戎右，我和赵夙同在一辆战车上。他的驾车技艺太高超了，在战车飞奔之中，他的眼睛可以看清路上任何一块小小的石头，也能看清每一个小小的坑洼。他也知道怎样避开敌人的攻击，会在一个转弯中出其不意地绕到敌人的背后。我们的配合是默契的，我总是知道他驾车的意图，知道他每一个眼神在说什么。我却总是在等待，等待最好的机会，等待最值得等待的时刻。即使在一支箭射向我的时候，我也会一眼不眨地看着它接近我，然后在最后的时刻避开。我的等待是为了将一切看清楚，然后做出最好的判断。

我是勇敢的，同时也是冷静的，因为我的等待给了我冷静的个性，也赋予我冷静的激情。难道冷静不是一种巨大的激情么？我的灵魂在冷静地燃烧，我的火焰是冷的火焰，它是飞扬的雪，它是河面上突然凝固的冰。当敌人的长矛刺向我，我并不想着如何将其挡开，而是冷静地看着它以惊人的速度伸向我，然后我将自己的兵刃迎着刺向对方。我的冷静的等待不是僵硬的，而是蓄势待发，是对时机的瞬间捕获，是将自己内心的冷静转化为突然爆发的力量。

我的力量不是来自身体本身，而是来自灵魂。跟随晋献公征伐四邻，扫除强敌，可以说，都是凭藉着这样的力量屡建功勋。我被封到了我所征伐的魏国之地，那里有着我的弯曲的车辙，也有我的功勋、荣耀和深深足迹。我曾听着山林的巨涛浮想联翩，也在一片桃林中漫步，被落叶的光彩所照，又在附近的河水里观赏自己的面容。这一切，包括过去的日子和以后的日子，都属于我了。

就在要来到魏国之地的前夕，晋国的掌卜大夫郭偃就对我说过，

古灵魂

也对别人说过——毕万的后代一定会十分强大，因为他被封到了一个好地方。是的，我知道这是个好地方。它有着雄浑的群山，有着汹涌澎湃的大河，有着彼此交织的河流和秋天斑斓的山林，也有着广阔的农田。它的河是清澈的，有着微微的甘甜，它的农田是肥沃的，能够收获一个个丰年，还有遍地的树木以及各种果树，能够结出稠密的好果子？我还有什么不满意的？

　　郭偃还说，我的姓氏是一个吉祥的字，它有着很多好的含义。它是一个星宿，它主宰着降雨和兵戎，人世间最重要的两件事，竟然和我的姓氏联系在一起。没有降雨就没有收成，就会使禾苗枯死，人们就会失去粮食，饥饿就会威胁我们的生活。降雨太多了，就会发生洪涝，人们就会浸泡在一片汪洋泽国之中。所以，降雨必须保持适当，必须不多不少。兵戎之事也是如此，一个国家如不用兵，就不可能开疆拓土，不可能强大和繁荣，但用兵过度，就会耗尽财力，并让千万人失去性命，对于天下苍生，这是多么残暴。一切都需要克制，需要取其中间，弃绝两端。看，我的姓氏不错吧？它所指向的星是多么明亮，多么重要，包含着多少决定生死的含义。

　　何况，这样的星宿离月亮是最近的，它吸取着月亮的精华，并散发着自己的光辉。它经常陪伴在皓月的周围，又有着与之争辉的力量。经常地，当月亮升起，这毕宿中的八星就出现了，其中有着暗红的、却也是十分耀眼的一颗星，当我们仰视群星的时候，它总是令人惊叹。它的光彩从来不会被遮蔽，它与明月同行，冉冉升向高空。这是非常美艳的时刻，我们仰望的时候，它却俯视着人间。

　　毕还是一种捕捉禽兽的网，它就意味着捕获、收获。试想，这样的网即使等待，也不会永远是空的，必有禽兽落入网中，因为它就是为这样的时刻所预备。因而，所有的捕获物都在那里，只有看起来空的东西才会拥有最多的。如果一样东西已经被充填，它还能容纳别的东西么？还会有收获的可能么？

我的等待是因为我有着和我姓氏所暗含的空无，我的等待是这空无的等待，因之等待不是为了空无，而是因为空无而要有收获物的充填，这是空无的真正意义。空无就暗示着等待必有意义。当然，一个用来捕获的网看起来是缺乏的，它有着无数的空洞，但它会在一定的时候张开自己的网眼，它的意义才会显现。现在，我被封到了魏国之地，这是多么好啊，这张网现在渐渐已经张开了。我看到了这里的群山起伏和沟壑纵横，看到了秋风里的遍地斑斓，也看到山林里蜿蜒的小路和流淌的山溪，以及喷涌的泉。草滩上的野花在每一个日子都是不一样的，它们各自展现自己的美颜。大片的农田和即将新开的农田，都有人忙碌、料理。我，仍然在等待。

我观赏大自然的景观，欣赏我所拥有的一切。我的子孙将在这里繁衍生息，我仍然在等待中建功立业。我在林间散步，悠然面对满山野菊，有时我会停下脚步，弯下腰身，仔细察看一朵野花的样子。如果这朵野花不被我看见，它还存在么？它被我所见，就悠然地在那里了。它的被风摇动的样子，它的带着精美齿边的叶子，叶子上的脉络和花纹，是多么好啊。当然，我也遇见了林间的野兽，我还没有看清楚它们的样子，它们就已经逃之夭夭。一次，我曾和一只松鼠对视，我看到它的眼睛直直地看着我，它的眼睛太小了，但我已经看到了它的迷惑和恐惧。仅仅一会儿，它就匆匆爬上了树枝，躲藏在了喧哗的

古灵魂

树叶里。

林间的光线是暗淡的，但也有着极其明亮的部分。阳光从枝叶之间直射下来，使地上呈现出明亮的光斑，它在幽暗中显得极其耀眼，就像燃起了火焰。这火焰是如此炽烈，以至于就要把整个树林点着了。我站在这明亮的光斑里，我也燃烧起来了。我的衣裳是燃烧的，我的每一个脚印是燃烧的，我的面容也是燃烧的，我的眼睛一定是充满了光芒。

我对郭偃的说法是欣喜的，我的浑身都透出了火焰的光亮，我能感到自己的影子也明亮起来。他还对我说——我的封地和我的姓氏是匹配的。这样的匹配几乎就是天衣无缝的对接，是日月交辉的绝美。魏就是高大的意思，它和巍巍群山是匹配的。毕有着完成的意思，万是最大的盈满之数。而且，天子统辖兆户，诸侯拥有万户，这意味着我将成为诸侯，或者我的后代将成为诸侯。这种巧妙的暗示，已经决定了我和我的家族的未来。是啊，从此我就是魏毕万，我的名字加上了一个魏字，这是多么完美的匹配，这是多么完美的将来。

我相信卜者郭偃的解释。掌管卜筮的大夫有着神奇的预测能力，他们不是寻常的人，天生有着特殊力量。他们甚至是天神派遣到人间的使者，随时与天神说话，并悉知人是万物的根源以及它的未来命运。在他们的眼里，万物从来不是变化的，而是整体停放在那里。一切尚未发生的，实际上已经发生了。只是我们还被时间所困，不知道将来的出路，所以会陷入迷茫。可是，他们的眼里没有时间，时间不存在。他们卜筮的时候，已经接通了天庭，等待着天神告诉他们即将要发生的。或者，他们已经通过天神的眼睛看见了全部事实。

但是我并不羡慕他们。我需要更多不知道，更多的未知。不然，人生还有什么意义？我们的一切意义都在未知之中。我希望自己永远对未知保持着好奇，每当一件事情发生，我总会为之感到新奇，以不断惊叹命运的严密和天神安排的周全。比如说吧，我今天在林间散步，并不希望知道前面会出现什么，而是希望所出现的是我所不曾见的。只有这样，事情才对我有所触动，才会令我对将来产生期待。

现在时间已经不早了。溪边的日头正在用深红的颜料涂满了流水，这流水带着它的玄想和喃喃自语向着看不见尽头的深林里流去。它将流向哪里？我不知道。这正是溪水的魅力所在。我知道它会流向很远的地方，却不知道它的尽头，也不知道它在前面每一个地方的形状。它的水面上的波纹不断变化，我又怎会盼望它停止了的样子？一桩未知的事物才是鲜活的，才是活跃的，才是有魅力的。因为溪水的流动，它才具备了灵魂，就像每一个人一样，就像每一棵草一样，就像每一朵花一样。甚至，一块巨石也有着活力，它随时都可能移动，至少它有着移动的姿势，只是它太巨大了，太沉重了，只好待在一个地方。

卷一百七十八

卜偃

四周的山形地貌、天上的变幻的云影以及夜晚的群星，都有着天神的旨意。天神无处不在，它将自己所要说的话写在了所有的地方。即使一粒沙土中，也有着天神的旨意。天神并不是住在天上，而是住在一切地方。它甚至就在我们中间，它藏在我们的衣褶里，藏在我们的指纹间，藏在我们的笑容里，也藏在一个农夫的皱纹中。

那么，天神究竟在哪里？它在所有的事实里说明自己，自己却从来不显示自己的容貌。可是，它的容貌就在万物的容貌里。它所显示的一切，就是它自己。也就是说，我们都是天神的住房，它住在我们的躯壳里，我们却不知道——这是天神最大的奥秘。我很早就明白了这个道理，我知道，要想寻找天神，就要从万物的形象里寻找，就要从自己的灵魂里寻找。

我们的先祖伏羲开始画卦，就悟到了天神有着自己的语言。这些看起来极其简单的卦象，都是从万物的形象里提取的。你看吧，什么东西能够脱离阴和阳？它是万物的两面，每一面都包含着另一面，它们同时存在，合成了变化和奇妙。文王在羑里的囚禁生活里，彻底沉浸于天地之间，是自己和天神合为一体。他知悉了自己身躯里所住的神，从外面的万物形貌中洞察了天神的秘密，发现神的文字是如此简明，只要将这两极不断重组，就可以预先知道事物的走向。未来就在这神奇的走向里，未来的一切都可以在这样的走向里看见。

我掌管着晋国的卜筮之事，国君的每一件大事都要向我询问。我就用占卜的方式询问天神。每一次天神都给我精妙的回答。但我是节制的，我不能对世界上太多的事情做出预见，因为天神不会让我知道得太多。所以我不会滥用被天神赋予的特权。人世间的事情不要轻易过问，也不要什么都知道。当你遇到迷惘的时候，才需要问路，才需要天神的指引。如果你太贪婪，希望知道一切，你的寿数就会缩短，就不会获得天神的宽恕。对待知识和对待财富一样，不能贪得无厌，否则就会忘记了前面的深渊，就会跌落到看不见的地方。

现在晋国已经日益强大，晋献公亲率上军，太子申生亲率下军，扫除四邻，疆域越来越大了。如果从字形上看，晋国是必然要强大的，因为太阳都沉到了下面，这意味着晋国的光辉已经压倒了天上的太阳。这样的光芒，我们还没有看见，但是它已经为时不远了。晋献公在四面征伐中取得了盛果，并将魏国之地赏给了他的戎右毕万，又将耿国之地赏给了他的御戎赵夙。这都是肥美之地，他们都各得其所。

这两个人和他们的后代都将兴起，他们的名字早已说出了今后的繁盛之状。赵有快步疾行的意思，只要快步而行就可以走得很远，就会走到其他人的前面。这是一个奋进的字，人的双脚就像鸟的双翼，走得快就可以看见更多的东西，这些东西就会化入内心，这个人就变得心胸开阔，他的视野也比别人要大。这个夙字也是很好的。它的本意是一个人早起而为。一个天还没亮就起来做事的人，一定会比别人做得更多，他的树上的果子也多，所以他的事业就比别人繁盛，他的所得也更多。当然，如果一个人早早起来，就必然将见到天上的明月，也将见到旭日，日月的光辉都可以加之于他，就可以获得人间最光明的景象，并将这光明的精华汲取，化为自己的力量。所以，赵夙必然在耿国之地兴盛，他的后代也必然成为诸侯。

毕万被封赏到了魏国之地，魏是高大的意思，毕是完成的意思，万则是盈满之数，连贯起来就是能够完成最大的功业。这三个字的相加，将使得毕万获得巨大力量，获得最佳命运。天子曰兆民，诸侯曰万民，他的名字里包含了万民之意，他的后代也必然成为万民之主，这是天神的启示。不过，毕万的后代在什么时候成为诸侯，我就不知道了。我知道结果就可以了，不需要知道所有的事情。

我已经把这样的结果告诉他们了。眼前的事情需要卜筮就可以获得结论，因为很快就会得到应验。长远的事情不需要卜筮，因为它的结果将在以后很久才会发生，它的应验将超越人的寿限，一件活着的人不能看见的事情，提前知道又有什么意义？一只蝼蛄被告知它死后的严冬又有什么意义？我们需要知道我们所能见的，不需要获知超出自己命运的事物。

事实上，我所要做的，都和我自己无关。我所预料的，也不是属于我的事情。我不需要知道自己，我的职责就是告诉别人应该如何躲避不祥之兆，躲避命运中将要预见的不幸。这样，人们将依据我的预言，做出好的选择。在所有的关乎人的事情中，选择是最为关键的。

每一个人都不愿待在迷雾中，而是希望看见所有的路。可是这怎么可能？一个人即意味着局限，他只能看见前面不远的路，再远一点就会被树木、山石或者其它屏障遮挡。天神所创的全景，只有天神可以看见。

于是，我们要想知道更多的，就必须询问天神。如果做出好的抉择，就必须获得天神的恩准。一些事情就在那里，就像一块石头早已放了车道上，但驾车的人却不知道，就会在奔驰中颠覆。很多事情，即使是国君也不会全听我所说的，他不会依照天神的意旨行事，他就只有遇到命运里的石头了。因为这路上的石头就是他命运的一部分，他的好选择并未获得天神恩准，他的头脑里已被预先装满了愚蠢。

我从不为自己的事情卜筮，因为我是一个卜筮者，卜筮者为自己的卜筮是无效的。天神不允许你既面对别人也面对自己，否则就是对最高者的僭越。卜筮就是向天神问路，而且是为别人问路。一旦涉及自己，天神就沉默了。我的职责就是为别人举起火把照亮，为别人开通心路，去理解世界的变化，理解天神的意图，消除自己的疑惑。所有人世间的事情，一开一合即为变，往来不断则是通，每一个对立和转化，都在变化中进行，天神就是变化，也是不变。它以变化为不变，又以不变为变化。不变的世界是一个死去的世界，死去的事物还有什么意义？变化的世界是一个不定的世界，不定的世界就会随时崩坏，最后也会死去。所以天神同时选择了变与不变，它们在彼此联通和不断转化中获得永恒。我举起火把，试图照亮别人的路，自己却沉浸在无尽的黑暗里。

现在已经是冬天了，我裹紧自己的衣裳，在寒风里行走。我并不是要到哪里去，而是在荒野里漫游。树枝上的叶片早已掉落，只剩下了枯干的枝条，它们在风中摆动，茫然地守望四野，守望一个酷寒的、毫无希望的冬天。天空有时候是明净的，但这明镜般的蓝天仅仅是展示冷酷的激情。晋国的都城离我越来越远了，都城的城墙渐渐变得矮小，我的双眼直视前方，不愿回顾由自己的背影拖曳着的沉重后景。忽然，一群地上刨寻食物的鸟雀被惊起，它们的翅膀发出了扑啦啦的声响，使这寂寞的荒郊有了生命的声息。我意识到，我自己的脚步声，竟然很久没听到，是的，我察看整个世界，瞭望整个冬天，唯独忘记了自己。

好吧，让冬天的寒风穿过我的身体吧，我不存在，我所存在的仅仅是我的影子，我仅仅是深藏在自己影子里的一个灵魂。我的影子之外是光明，我却在自己的影子里收集黑暗。我是一个掌管卜筮的人，我仅仅有一个名字，我的姓氏是郭，我叫作郭偃。我的名字中的偃，有着草木倒伏的意思，实际上，这符合我的命运。我从一出生就已经倒伏了，我都看不见自己了，别人又怎会看见我？但是，我的倒伏是因为我的高大，我不能站在那里，不然就会遮挡一切。现在我不再遮挡一切，却能看见一切。

卷一百七十九

里克

　　晋献公雄图大略，连连攻克四围邻国，晋国的舆图越来越大了。现在，毕万已经被封往魏国之地，据说这是个好地方，既有山势蜿蜒，气势非凡，又有大河汹涌，奔流不息——山河相映，它们组成了艮卦和坎卦。看起来这两个卦象都有着不利的一面，但却有着等待和通畅的含义。艮卦中的山峦曲折起伏，意味着需要等待和观看，不能轻举妄动，需要一个人的克制，在静态中求得突破。坎卦则是水流奔涌的形象，水在山间流过，不论是有多高、多么险峻，总是阻挡不了水流的突进，它千回百折，最终要脱出重围，抵达平缓顺畅的地方。

　　从这两个卦象看，好像并不是什么顺畅亨通之卦，但它们的彼此相生，却暗示了绝好的将来。毕万的子孙必然在等待中繁盛，其中的山的形象也说明了四围的天然怀抱，能够保持生存的安然自在，不会有祸害和危险临头。据说，晋国执掌卜筮的郭偃也认为毕万的将来必会兴盛。当然他仅仅是从毕万的名字来推测，他的说法有着深邃的道理，与我所看见的卜筮之象完全一样。事情的趋势都有着它的迹象，它已经在各种事实里有所显现，每一种迹象都可以相互印证，都指向

古灵魂

同一个方向。

赵夙也得到了应有的赏赐，他获得了耿国之地。这也是一个好地方，它临河而居，大河到了这个地方就变得水流平缓，河面开阔，有众多河流交错，也同样山河环抱，水草肥美。这里曾是商王旧都，民众性格平和，田野无边，一片繁茂景象。赵夙的子孙也必定在这里兴盛，也会在这里结出好果子。

他们都得到了应有的，一切看起来无比顺畅。但晋国却有了忧患。我已经看见一片乌云从远处升起，正在缓慢地向都城的方向移动。这乌云是沉重的，携带着闪电和惊雷。地上的黑影随之而来，就要盖住晋国的都城了。我和我所服侍的晋国，就要沉入黑暗里了。

太子申生被封到了曲沃，看起来好像得到了最好的赏赐，实际上已经说明晋献公有了废黜太子的想法。曲沃加固了城墙，重修了宫殿，它是晋国重兴之地。太子得到了这么好的地方，又获得了卿位，怎么还可能再获得君位？他的处境已经十分危险了，他已经走到了悬崖边，随时可能跌落到深不见底的沟壑里。更重要的是，太子并不知道自己已经身处绝境，他的眼睛已经被黑布蒙上，眼前一片漆黑了。即使是在阳光里，也是在暗夜行路。

果然这一切很快得到了验证。现在晋献公要遣派太子申生征伐东山皋落氏了，这必定凶多吉少。皋落氏据以高山之峻，凶猛彪悍，多少征伐者抛尸沙场。我反复劝说国君不要让太子出征，我说，太子要随时准备接续香火，奉祀社稷宗庙，要朝夕守候侍奉国君，怎能让他出入危险之地？他理应跟随国君，国君在什么地方，他就要在什么地方，就像影子跟随身形一样。一个人如果失去了影子，他又怎能感到安心？他还需要照顾国君的饮食起居，所以太子也称作冢子。国君因事而出，太子就要守护国都，叫作监国。要是有大夫留守，就可以跟从国军出征，因而又称作抚军。这些都是先祖留下的古制，我们不应该违背。

我看见国君的脸色黯淡下来，他的面颊上显出了厌倦的表情。显然他不愿意继续听我说话。可是我必须规劝国君，即使他发怒，我也要说。这是我的职责所在。淡淡的阳光从宫殿的上方渗入，就像雨水一样来到了我的双脚前，我看到自己的前面一片光晕，我知道自己不论怎样说，面前的国君都不会听。但是我又怎能因别人的厌倦放弃了自己的职责？我的声音好像一下子被一种力量放大了，我所面对的并不是一个人，一个国君，一个代表着威权的统治者，而是一片空阔，甚至是一片用阳光覆盖的空无，那么我的声音立即就被这样的空无放大了，因为我所说的话将充填这无限的空无——我继续说——出谋划策本应由众多的谋臣来做，做出决策和发布号令要由国君和正卿来做，不应该是太子所为。如果太子擅自发布军令，就意味着僭越，违背了孝道。因而国君的嫡子只能坐于朝堂，不能够外出征战。我再一次规劝君王更改主张，另选以能征善战的将军出征。

但是我的话语并没有得到回响。我不是面对群山呐喊，而是对着一个国君说话。我所面对的是空阔中的沉默。这是多么大的沉默，它从一片暗淡的笼罩中渐渐向我靠拢，直到彻底吞噬了我。我一下子不存在了。我已经成为沉默的一部分。不知过了多长时间，一个轻微的声音羽毛一样飘了过来：你说得都不错，可是我有好几个儿子，该将哪个立为太子？这声音很冷，带着寒风和雪花，那么轻，却有着刺骨

古灵魂

的冷。

我已经知道那个藏在暗影里的脸的意思了。国君已经准备废黜太子了。虽然早已有所预料，但仍然感到意外。那么，是什么改变了国君的选择？在他的背后，一定还有另一种力量，将他推向另一个方向。这就是世界设定的连环计，一个人的背后藏着另一个人，另一个人的背后仍然藏着又一个人……

是的，一定有一个人希望太子申生死去，于是借助这一次征伐，借助东山皋落氏的血，将太子的生命淹没。在这还没有流出的血中，已经开始有着刀剑的闪烁，有着寒冷的杀气。如果太子申生死去，谁离太子的座位最近？就是那个距离最近的人，最希望座位上的人离开。可是，国君并不遵循祖制，他的权力已经可以为所欲为了。他的每一个儿子都可能成为太子，但唯一可以排除的，就是现在的太子申生。危险已经距离太子申生越来越近了，可是他还一无所知。

我现在就去找太子申生去，我要把蒙住他的双眼的东西拿掉，将他的眼睛里的沙子清洗掉，让他能够看见眼前的路。我从国君面前退下，在宫殿前的石阶上差点儿摔倒。我的心从来没有这样狂跳，这样的怦怦声从我的躯体里传出，我的双耳都听见了。天神一定也听见了。我内心的慌乱就像一片被踩踏了的花草，自己所能做的已经做了，不能主宰的只能听命于天神了。

我乘车向太子申生的住所而去，路途是遥远的——十分遥远。要是在平时，我会觉得这样的路平坦、开阔，一会儿就可以赶到曲沃。可是今天的路十分遥远，好像要去白云遮盖的地方。天已经很冷了，树上的叶子变得枯黄，可是另一片树林却一片彤红，就像燃起了山

— 261 —

火。是啊，秋天在暗暗燃烧，它要将一切都烧尽，它连灰烬都不想留下。树叶好像都是从顶端开始发红的，它似乎从上面慢慢烧到底部，一直到寒风将它彻底熄灭，那时夜晚就不会有一点儿亮光了。

我让驭车夫快一点，再快一点。沿途的景物并不是美好的，它们仅仅是一连串噩梦，奇特、冗长、怪异……令人费解。天光渐渐黯淡了，道路涂上了灰色，远处朦胧一片。在路的尽头，是一些模糊的影子。太子申生被封到了曲沃，以为这是国君的恩赐，却不知道这座大城是一座华美的坟墓。

古灵魂

卷一百八十

太子申生

　　我从城外的荒野里归来，天色已晚，城门仅仅为我而开。我到野地里漫步，是为了观赏美艳的秋景。我的内心充满了欣喜，因为我拥有这么美好的城，这么美好的时光。我坐在秋天的小河边，看着众多的野鸟在田野里捡拾农夫收割后遗落的谷粒。它们的眼睛那么好，竟然能够看清地上那么小的东西。它们是仔细的，有着足够的耐心。它们不知道就在不远处有一个人盯着，欣赏它们的每一个动作，每一个姿态。鸿雁已经飞走了，它们一路引颈高歌，向着南方飞去。它们究竟到了哪里？我不知道。但是我知道它们要到适合自己的地方去。它们在天上好像在告诉地上的人们，一个重要的时节到了，一个应该迁徙的时刻到了，不要总是留恋自己曾经生活的地方。

　　可是，我就在它们的翅翼之下仰望，我只是看见了排列齐整的飞翔。在高高的天上飞，还需要这么整齐地排成一行么？还需要组成一个人字么？不，它们这样做，一定有着必要的理由。可能的用意是，必须有一个鸿雁率领，其它都是跟从者。它们需要那个率领者做出安排，以便在长途飞行中获得乐趣和意义，不然，这么长的云路，这么

— 263 —

多高山大川，怎能获得飞越的力量？

我还欣赏四周的红叶，为什么这些树叶到了秋天就斑斓缤纷？它们都曾是绿色的，但在这个时候，一切改变了。每一棵树的颜色都不是相同的，它们都显示了各自的个性。一些树叶开始枯黄，而另一些树叶则发出了艳丽的红光，它们就像无数天上的星辰在闪耀。难道它们仅仅是对星辰的模仿，还是有着另外的深意？我不知道。这个世界上的谜团太多了，所有的事情都有着自己的谜团。就像人间的每一个人，他们究竟在想些什么？他们为什么总有一些不被理解的部分？他们的生活不仅仅是为了自己，也为他人的世界增设了谜团。

那么我是不是完全理解了自己？有时候，我对自己确信是理解的，但另一些时候，我就难以理解自己为什么要这样行事——但一切确实发生了，我已经参与了这样的事情。当然，更多的时候，我还有一些荒唐的想法，只是它们是在我的内心烟雾一样缭绕，直到它们突然散尽。

士蒍已经劝告过我了，认为我来到曲沃并不是什么好事，而是某个灾祸的开始。他让我尽快逃走，到另一个国家躲藏，以便等待将来的变化。可是我为什么必须违背自己，也违背父君之意？我是国君的嫡子，拥有继承顺序中的前列位置，却要放弃自己就要接手的诸侯之位？我对士蒍的话是怀疑的，他的腹中有着无数诡计。他是残暴的、残忍的，他曾对晋国的公子们说过多少漂亮话，似乎都有着推心置腹的真诚，可是最后他们都无知无觉，在梦中命丧黄泉。所以，对于一个阴谋者的言语应该保持谨慎和警觉。可是，他所说的，仍然在我的内心留下了挥之不去的阴霾。

我从大自然里寻求抉择的灵感，可是大自然并不给予我明确的回答。我只是看见了不平凡的秋景，它们在原本的地方展示自己的变化。长尾鸟拖着长长的尾巴，用五彩的羽毛混迹于斑斓的树叶之间，很快就有秋风用苍凉的长风，扫去四周的装饰，长尾鸟的本性就会显露。红头羽欢叫着，它的冒着火焰的头在树枝上摆动，可是树枝会在某一刻停下来，鸟儿的动作和欢叫声就格外醒目和响亮，它也会在静止中暴露了自己的身形。似乎所有的事情就要发生，等待结果指日可待。

　　那么我自己藏在哪里？我的四周也蒙蔽着各种树叶？外部的人们能否看见我的命运？我不知道。因为我就像那些鸟儿一样，并不知道自己的下一刻会发生什么。只有五彩缤纷的秋色是宜人的，它令我的双眼感到无比舒适，我的心灵也在其中相融，就像盐放到了水里一样，我和秋景是一体的，我已经是秋景的一部分了，或者说，难以分开秋景和我，我们互相包含、互为他者，也互相将对方摄为自己。

　　屋子里的灯已经点亮了，我从一个属于自己的秋天来到了夜晚。秋天是这样漂亮，令人眼花缭乱。但进入了夜晚时分，一切沉入了黑暗。世界上的所有色彩消失了，剩下了漆黑。只有灯火突破了黑夜，露出了一小片明亮，这明亮是嵌入到其中的，它微小、微弱，不安地摇动着，无边的黑随时可以擦掉它。无论是怎样的安排，我都接受。我觉得一切都是那么好，即使是黑夜，也有微弱的光亮陪伴。

　　四时是变化的、流行不断的。四时的变化和流行显现了世界给人预留了变通的可能，天地在永恒的变化里，人事也在永恒的变化里。其中每一个人都有自己的使命，并随着天地的变化而变化。天上的明月有自己的盈与缺。日出的时候大而圆，也不是光芒强烈，但到了日中的时候就烈日如炽，也就意味着向着西方倾斜了，直到日落西山，直到暗夜降临。损益和盈虚，都与时携行，我不知道自己究竟处于什么时候。是损还是益？是盈还是虚？我在哪里？我能够看见斑斓的秋色，能够看见万物的兴替，却为什么看不见自己？

现在，晋国已经日出东方，冉冉上升，我已经看见了它即将到来的盛况。我在其中扮演着谁？我是太子，也是即将登临的国君，我只是在日出之前的等待者。可是，士蔿告诉我一个让我不安的消息，这让我焦躁不安。我的父君是严厉的，但他对我一直保持着信任，他知道我是忠诚的。他怎会随意将我的太子名分废黜？我已经重新修缮了曲沃的城邑，并经常在城墙的垛口向四处瞭望，但我所见的仍是一片迷惘——我看见了那么多，但其中并没有自己的影子。

突然，大夫里克来了，一定是有什么紧急的事情，不然他不会在这个时候赶来会面。他要对我说些什么？他的眉头紧锁着，好像把秋夜的黑暗都锁在了两眉之间。他的眼睛里藏着焦躁的火，就要把双眼烧穿了。他的身上带着沿途的秋风，带着一股扫荡万物的寒意，我几乎就要猜到他要说的话了。

古灵魂

卷一百八十一

里克

我面对太子申生，看着他在灯火里的脸是透亮的，就像铜匠在炉火前一样。他一言不发，等待着我说话。我想着怎样把国君所说的告诉他，可是当我就要开口的时候，话语突然被自己的舌头挡住了。

我是沿着暮色来到太子的面前的。我是沿着秋色来到太子的面前的。我一路所看见的，已经全都在黑暗里了。可我又在这灯火里看见了。我看见寒风已经从树枝之间穿过，发出了轻微的摩擦声，它将树上的叶片一个个摘掉，放到了泥土里，让它们渐渐腐烂。我也看见落日在大山之间沉没了，山巅的迹线变得耀眼，其它地方却黯淡了。我不知道怎样开口，于是我们两人都在沉默里沉默。只有灯火在摇动，我们的影子却也是在墙壁上静止着。

这不是语言的沉默，而是我们的心在未发出的语言里停歇。太子申生的面相是憨厚的，这样的脸镶嵌着一双大眼，嘴唇厚厚的，嘴角微微上翘，即使是忧伤，也仿佛在微笑。他还年轻，可是眉头上面的额头已经有了皱纹，被无数的日子耕耘，种下了伤心的种子。我的内心感到了他的伤痛。可是，每一个事实都不是我们所想的那样，它们就像野草一样，布满了田垄，怎么都拔除不尽。现在想不到的事情又要发生了，他却不知道。

唉，时行则行，时止则止，无论是动还是静，都要以时宜安排。如果你要在冬天播种，就不会有任何收获。鸟儿遇到严冬，就必须扒开厚厚的雪层寻找食物。天下的万物都需要遵循天地的变化，一个人不能守着自己所想，需要顺应变化，不断调整自己，所有的事情莫不是这样。真要能够如此，就获得了光明的道，就会将亏损减少，而将收益倍增。

我终于开口了——面对这样一张忧伤的脸，你能从哪里开始呢？我说，国君命你在曲沃治理民众，还教导你如何统率军队，并放手让你去与邻国作战，对你是完全信任的。现在让你出征，就是给你建立功勋的机会，有什么理由废除太子呢？况且你作为一个嫡子，有着尽孝道的义务，听从父君的命令，就是孝道应有的含义。我看着太子申生的脸，慢慢转向了墙壁上的影子，好像那影子里有着来自上天的启示。

他紧紧盯着墙壁，半个脸部埋在了暗黑中，眼睛流星般地射出了空阔的光，就像瞽者的盲眼，展现的是一对空洞的眼眶。我想对他说的，并没有说出。说出的却是我不想说的。我把真实的话藏在了我的影子背后，而把一堆假话放在了前面。他现在不需要真话，他需要假话来抚慰。因为假话比真话有着更多的温暖。

也许，他已经看出了假话的背面才是真实。或者他看出了墙壁上的影子的虚幻——只要灯火熄灭，一切就消失了。或者他看出了那影子并不是完全虚幻的，因为它意味着被灯火所照耀的事物并不是虚幻的，我和他的对坐构成了影子的源泉。或者两者都是虚幻，我和他所

古灵魂

说的原是我不想说的，我们的对坐就是为了说话，而所说的一切，却比影子本身还要虚幻。或者说，他仅仅是盯着墙壁，并不曾看见什么，只是陷入了自己的想象，而想象是没有影子的。

所以我继续说，一个儿子尽孝，就不应该担忧自己的废立。废立都是父君的权力，儿子只有接受一切结果。只要修养自己的心性，而不是怀着幽怨，就不会有任何祸患。眼前你所要做的，就是修养心性的一个选择。晋国的边患不绝，皋落氏不断威胁边民的生活，边民不能正常耕耘和放牧，难道太子没有责任率兵扫清他们么？尽管他们是强大的，可你有足够的智慧对付敌手，你所率领的晋军更加强大，有什么需要担忧的呢？我的一席话语，似乎让太子申生的眉头舒展了，可是那额上的皱纹却显得更深了，尤其是在灯光中，就像石头上所雕刻的几道刻线，或者那里就是与生俱来的伤痕——这伤痕已经从内心转移到了肉体上，成为一个人表情的一部分。

我所说的，既不是我的话，也不是国君的话，而是太子愿意听的话。只有这样的话能够从舌头上冒出来。我所说的，已经包含了它的反面。就像镜子里看见的面容都是相反的，人们却认为那就是自己。我在这里只是提供了一个镜子，也许太子能从中照出自己所需的容颜。

好吧，剩余的事情就看他的命运了。很快他将率领大军出征，说什么都没有用处了。现在他应该积蓄自己的内心力量，放弃自己的疑虑，把勇气、力量和智慧放满自己的箭囊，丢弃不必要的负担。于是，我把他的重负卸下，放在我的身上。我要带着他的负担离开，返回苍茫的夜色里。在那里，没有秋天，没有春天，也没有光亮，只有一阵阵寒风，包含了明天的一切色彩、一切景物、一切感伤。

卷一百八十二

骊姬

秋天是让人伤心的季节，因为收获结束了，似乎所有的事情都结束了。我不愿意到别处去，只想静静地待在国君的身边，或者陪着他朝着外面的景物张望。外面究竟有什么呢？几棵树伫立在那里，已经十分厌倦了。它们仅仅随着四时变化，一会儿绿了，一会儿黄了，最后落尽了叶子，剩下了一些干枯的枝条。日子也像它们一样重复着，只有几种表情。变化是简单的，简单的就是丑陋的。

我的儿子奚齐已经越来越大了，我看着他一点点成长。我对他的爱越来越深了，也许所有母亲对自己孩子的爱都是这样。但我和别的母亲不一样，因为我还是国君的夫人，所以对孩子的爱有着更多的理由。晋献公已经开始衰老了，他的脸上充满了皱纹，他的须发已经白了，眼睛变得浑浊，他看我的时候，眼睛里的光是模糊的，远不像从前那样清晰和明澈。他拉着我的手，我感到就像伸过来一段树枝，干枯而有着褶皱，皮肤只有薄薄的一层，如冬天翻卷起来的树皮。

这意味着，他已经不能一直待在我的身边，就像宫墙那样用厚实的身躯保护我了。那么，我以后的生活会怎样？所有的事情都变得

古灵魂

不踏实、不确定了。我是一个女人，一个有着非凡美貌的女人，但这美貌也是转瞬即逝的，也不能永远保持。就像我在流水中看自己的容貌，倒映在水面上的，必定会随着流水而去。所有的人都会老去，都会失去一切。可是我怎样将未来攥在自己的手里？

我用自己的美貌和青春换取了国君的宠幸，也换取了一个国君的儿子——我们共同的果实，但最重要的是我的果实，或者说是唯一的、真正的果实。一个女人只能获得这样的果实了，她的所有的辛劳、心机、智慧、快乐和痛苦，都在这个果实上，就像树上的所有枝干、叶片都为了树上的果子。这可能是一个女人的人生的全部意义，也是她来到人世的使命。那么，以后的日子，国君之后的日子，就全在这个果实上了。所以，我必须在国君还活着的时候，做好所有的安排。

我已经看见了在国君身边的可怕，每一个人都可能遭到杀身之祸。巨大的权力，和围绕着巨大权力的一切，都有着不可预测的后果。原来的晋国公子们，一个个死去了，他们怎会知道自己会有如此悲惨的遭遇？他们是围绕在国君四周的，这就是他们必定死去的原因。我不仅要在这样凶险的环境中得以生存，还要让我的孩子免于灾祸。唯一的办法是，让我的孩子继承君位。

然而他的前面有着阻碍，有一堵墙立在那里，必须将它拆除才可通过。因为现存的祖制只有嫡子才能继承君位，所以太子申生就是那堵墙，就是必须拆除的墙。他立在那里，我和我的孩子就只能等待着被主宰的命运。所以，等待就等于自取灭亡，等待就意味着失去未来。或者说，我不能坐以待毙，唯一的办法就是发起攻击，将自己的命运放在自己的手心里。

　　我是一个女人，是一个单薄而柔弱的人，但处于凶兽的丛林，我必须有自己的牙齿，而且这牙齿还必须尖利，具有凶狠的棱角。不然我就只有在等待中死灭。如果我不是凶狠的，那么我就会成为凶狠者的猎物。国君在位的时候，他的牙齿就是我的牙齿，但他不可能一直活着，他会有死去的一天。现在看来，这一天似乎不是太远了。今天，我在他的身边，看见他的脸是灰暗的，他说话的时候没有气力，好像这声息不是从身体里发出，而是从半空里发出的，显然，他的一切就要中断了。

　　我将奚齐拉到了国君的身边，孩子的手是稚嫩的，有着光洁皮肤，有着天然的亲和，有着遥远的未来赋予的吸力。国君不断抬起苍老的脸，端详着孩子，用干枯的手，抚摸着孩子的脸。国君最喜欢这个孩子，这不仅因为孩子有着生来的可爱，还因为他喜欢我、爱我，也怜悯我，对我们的孩子也有着特别的情感。人啊，真是个怪物，青春年少的时候，似乎什么都不在乎，但随着一点点衰老，他对人世的留恋就会转化为对某一个人的留恋，孩子就成为整个世界的化身。他最终会将目光放在自己的孩子身上，孩子就是世界的全部。这时，一个浪荡、不受感情羁绊的父亲，就转化为一个慈爱的母亲——是的，他最终变成了母亲。

　　或者说，一个垂垂老矣的他，现在已经变为了我。他和我此时似乎成了一个人。我所想的，就是他所想的。我想要做的，就是他想要做的。我已经用我的美貌降伏了国君，我已经让他变成了我。我固执地盯着他的眼睛，从他的浑浊的瞳孔里看见了自己模糊的影子。是

古灵魂

的，我的灵魂已经住进了他的身躯，并将他的灵魂摄取到我的灵魂里，因为我的灵魂和我的美貌同样迷人。

可是我却从来没有能够降伏自己。我已经将自己囚禁在他人之中，我忍受着内心的绞痛，抛弃了自己的青春和激情，一点点击碎了自己的身形，就像击碎一件陶器——我实际上是脆弱的，我是易碎的，那么我就打碎自己，这样我就变得坚固了。所以，我可以降伏一个国君，却不能降伏自己。一样不能降伏的东西，就应该被击碎，所以我变成了破碎的自己，我已经不是从前的自己了。

这是为了痛苦的消逝，为了时间的消逝，却也是为了我的孩子代替我，使我重新黏合，回到从前的样子。我的孩子只有成为国君，我才能从摇动和不安中寻找到完整的自己。那么，我怎样找到实现自己的路途？这路途就在我的国君那里，即使他已经苍老，即使他仅仅剩下了呼吸，这路途也在他那里。

时机似乎来了，我想着，只有太子申生死去，我的儿子才有希望成为太子，只有成为太子，才可能成为国君。那就让太子申生死去吧。实际上，我的心仍然是柔弱的，我看见太子申生的时候，总是怀着怜悯之心，可是我没有别的选择。在丛林中，只有一条路通往自己。

现在，国君已经令他前去讨伐皋落氏，这个凶悍的部族……他只能去了，如果征伐失利，他就会在一片刀光里消逝。那样一切就变得顺畅，我的孩子奚齐的前面，再也没有屏障了。他将成为这个国家的君主，他将把我一起携带到高处。这样，我从前和国君在一起，以后则和另一国君在一起。我只要拥有国君，我就拥有整个晋国，也拥有自己的将来。好了，我还是回到眼前吧。我的国君似乎已经知道自己所剩的日子不多了，他的话语也是温和的，但他的心却愈加坚硬了。

我不知道以后的日子会怎样。但现在我已经开始播撒以后的种子了，我要像农夫那样看守好我的田地，守护好我的禾苗，拔除田里的杂草，并每天来观察每一棵禾苗的成长，还要观测天上的云，地上的风，要知道什么时候需要雨水，什么时候防止洪涝。我要随时关注风云变化，以便让我的生活安然有序。太子申生就要出征了，我的内心变得矛盾、复杂，由两种力量纠缠，就像两条蛇互相缠绕在一起，既兴奋又痛苦，既充满希望，又充满担忧，既热血沸腾，又感到压抑、窒息、煎熬。我既希望太子很快死去，又希望他不要这样死去，最好的结局是，他意识到自己的危险，主动逃离，逃离到很远很远的地方……

国君似乎看出了我的心思，他看着我，问我，你究竟在想什么？我回答说，我不知道。我的心的确不知道在想什么，或者说，我想了很多很多，却不知道所想的究竟是什么。总之，我变得混乱不堪，我变得迷离恍惚，我一点儿都不清晰，我已经看不清自己了，似乎一场暴雨遮挡了视线。国君又一次伸出了干枯的手，抚摸着我的脸，那只手仍然是有力的，它抹去了我的泪水。他说，我知道妇人的心是柔软的，但对于这个世界，我比你知道得更多，眼泪只会将自己的心湿透，却不能融化别人的盐。如果你要有一个想法，就要用剑来实现。

这是他的结论么？可能是。他的一生就是这样做的，他似乎该做的都做到了。他说，拿过我的剑来。我把他的宝剑从剑匣里取出，用我的衣袖擦了擦尘土，宝剑立即露出了寒光。它已经被血洗得雪亮，它没有一丝一毫的锈迹——它伴随着我的国君四处征伐，它的上面映照着无数骷髅和白骨，我一下子感到了惊惧：我的面容竟然在那些骷髅和白骨里……

卷一百八十三

史苏

　　又一个秋天来了，这是一个怎样的秋天啊，不断有秋风吹过，穿透了我的衣裳，我已经感到了彻骨的寒意。树上的叶片已经很少了，地上铺满了枯黄的叶子，就像一个尸骨累累的战场。它们曾在树枝上飘动，在风中喧哗，现在却跌落在地上。我已经感到即将到来的冬天，比往年的冬天更寒冷。

　　我从地上捡起一片落叶，仔细端详着。它有着多么精巧的设计，有着细细的纹脉，一条连着另一条，就像它所依存的大树的缩影，它已经浓缩了它的来历，它的出生、成长直至衰落过程中的一切。它有着美丽的齿边，而且每一片树叶都不一样。我也曾在夏天观察过树上的叶子，我所见的每一片叶子都不是完美的，要么有着小小的虫洞，要么有着残缺，要么就是扭曲变形，还有的早早就苍老枯黄了，就要从树枝上掉下来了。

　　每一片叶子，每一棵树的叶子，都有着自己的特点和性格，单是从它们的外形上看就很不一样。有的叶子是那么光滑，它的边缘连一点毛边都没有。有的具有漂亮的锯齿，它们好像就要用这些齿边锯断半空中无形的东西，它们要锯断什么？一切都是秘密。或者，它只是告诉我们，它就是这个样子。还有另一些树叶，有着长长的叶尖，让雨水从这叶尖上流下来，它要引导雨水，不要让雨水流向别处。当然，另一些树叶有着几个裂片，三个或五个尖端，宣示自己的与众不同。

它们多么像人间发生的事情，那么多，那么不同，那么复杂，却在同一棵树上享受繁荣，或者与众多的树木相互映照。每一棵树都是这样。每一片树叶都是这样。世界多么奇妙，多么富有深意啊。人们一出生就不是相同的，他的声音，他的容貌，以及他的身材，甚至他的个性和每一个动作，都要有所区别。人，并不追求一样，而是时时处处都强调自己的存在。可是世间又有多少人能够从树叶上看出自己呢？

每一个人活着，天神都为你准备了各种各样的镜子，可是我们很少注意到这些镜子，我们只是在工匠制造的镜子里看自己的容颜，这不过是最肤浅、最表面的自己，你的真实都深埋在镜子的背面，或者在其它的镜子里。你所看到的，并不是真实的自己，真实的自己在大树上，在野草里，在花朵中，在风雨飘摇的每一片树叶上，或者在地上爬行的蝼蛄的形象中，在活动于土壤里的虫子的形象里。

现在地上的虫子已经很少了，它们藏到了自己的藏身之所。小小的蚂蚁还有一些在忙着寻找食物，以便越过漫长的严冬。它们的嘴里咬着比身体还要大的东西，要把这些东西搬运到地下深深的巢穴——在那里，寒风吹不到，也有着比地上更多的温暖。我不知道它们的住房是什么样子，但因为要容纳那么多的蚂蚁，一定有着复杂的宫殿。

是的，它们也有着自己的宫殿，有着独特的奢华。所以，这个世界上有着无数世界，世界里套着世界，大的世界里还有小的世界，我们知道或者不知道的世界：它们可能是相似的，可能是不同的，但是，每一样设计都是精巧的，都有着各自的奥秘。这些奥秘，都属于天神的奥秘。每一样事情都只为我们显露一点点，有时，仅仅在必要的时刻，为我们显露整个巨石的一个棱角。更多的都掩埋在沙土的下面。他不让我们看见。我们所见的，只是他让我们看见的。

我现在已经老了，我能够从铜镜里清楚地看见自己稀疏的白发，我的胡须也白了，就像刚刚从风雪中归来。我的浑身都携带着昨夜的暴风雪，我的确是从风雪中归来的。时间是寒冷的，每一个季节的繁荣和衰落都是寒冷的，我踏着深深的雪，一步步走了过来，几乎就是一个梦中的漫游者。我精通易，据之推演国家大事，也推演天下的走势。因为我的眼睛能够洞穿迷雾，并看见其中隐藏了的事物。

以前，那是什么时候？我忘记了，也该已经很多年前了，晋献公要将女儿伯姬嫁与秦穆公。出嫁之前，晋献公问卜于我，我得到了归妹中的睽卦。这一卦象是不吉利的，因为有卦辞说，男子杀羊却看不见血，女人担筐也没有所得，西面的邻人责难又得不到补偿。所以归妹变为睽卦，有着无人相助的含义。杀羊看不见血，所杀的羊一定已经死去，这样的羊怎能食用？女人的筐中什么都没有，那么她的所劳又有什么意义？又怎会获得吉祥和安稳？

离卦变成了震卦，是雷与火的征象，以后不利于兵戎。车底和车轴相连处的伏兔会脱落，军旗也将被火烧掉，这是兵败的迹象。可是晋献公根本听不进我所说的，他违背了天意，就必定会在将来得到惩罚。这卦象应验的时候不会太远了。不过，我已经老了，不知道还能不能看见这卦象的应验。总之，我相信天神所指示的，必会变为真实，卦象所说的就是天神的旨意。晋献公的听从与不听从，都是天神的决定。一棵桃树上必定要结出桃子。

有一年冬天？还是秋天？我记得天已经冷了——不过所有的季节都是寒冷的。晋献公要攻打骊戎，让我演卦卜筮吉凶。我仔细推演，又对其中的卦象进行了深思，得到的是一个充满了矛盾的卦象：可以取胜但并不吉利。这是什么意思？晋献公不解卜卦的结果，我告诉他，从这个卦象上看，是牙齿夹持着一块骨头，牙齿互相咬着，意味着晋国和骊戎彼此相持，在纠缠中交替获胜。这一次的晋国制胜就为下次的骊戎得利留下了机会，所以说这次征伐可以取胜但并不吉利。何况，国家大事最忌讳在占卜的兆象中预见口，口的形象有着外面的边际，里面却只有牙齿的相互撕咬。这说明百姓会有不满和非议，会离弃而去，国家的基业就不会安稳。

可是晋献公没有听从我的劝告，也不会听从任何人的规劝，他说，所有的口都归于我来控制，我不接受的，又有谁敢于说话？我所说的，所有的人都必须听从，我所做的，所有人都必须认可，哪有什么事情让每一个人都能满意？夜晚的行路者希望明月高悬，而盗贼则希望一片漆黑，哪有什么事情都令人满意？

我只好回答，如果国家的百姓都可以离弃，那么所有好听的言语都会接受，要是一个人任性行事，又不能接受道理，祸患就会发生。但是我所说的一切，已经没有意义。国君的双耳从来不听和他的意愿相悖的忠言，他只是听从自己的妄想。一个只听得见自己的妄想的人，就听不见天神的旨意。

果然，他得胜而归，俘获了美女骊姬，还要将她立为夫人。晋献公设宴款待大臣们，命司正把美酒斟满。酒香飘满了宽阔的大殿，满朝大臣都沉浸在获胜的喜悦里，我却独自沉默。然后国君对我说，只许你饮酒不许你享受菜肴，这是对你的惩罚。你曾在我出征前占卜，说胜而不吉，可是你错了，我不仅讨伐骊戎得胜归来，还俘获了美女骊姬，还有什么比这更为吉利的。我将递过的酒一饮而尽，低头拜谢国君说，卦象上这么说的，我不敢对国君隐瞒。如果将真实的卦象解释为虚假，就失去了臣子的德行。要是我真的把真的说成假的，我将成为一个可耻的罪人，还怎么侍奉国君呢？

我的酒盏空了，我的话仍然随着酒气飘动。当司正又一次为我斟满酒盏，我的目光在低头之间射在了酒中，我看见酒中荡漾着明亮的光，还有我的模糊的面影。我的话语使酒中的面影微微振动——大的惩罚就要临头了，不只是没有下酒的菜肴。我没有菜肴仍然可以饮酒，可是国君没有了菜肴，饮酒就要伤及脾胃了。我知道，国君是喜欢吉兆的，但凶兆并不会因为你不喜欢就不出现。现在凶兆虽然没有显露，但有着足够的防备是不会带来坏处的。如果凶兆真的像卜筮的卦象所指示的，足够的防备就可以将其减少。我的卜卦不灵验，这是晋国的福分，我为什么害怕受罚呢？

我在自己说话的间隙，将又一杯酒一饮而尽。这杯酒是苦涩的，它的香气只是它的外表，而苦涩是在品尝的时候才会感到。这口酒使我强烈地咳嗽起来，引发了一阵嘲笑。很快地，快乐和喧嚣在大殿上掀起，国君的笑声和乐师的演奏混合在一起，美女们翩翩起舞，人们在自己营造的谎言里享受着美好的一切。国君和众多的大臣不断举起酒觞，迷离恍惚的幻影充满了每一个人的眼窝。这样的快乐，谁又能将其打断？飞鸟的翅膀在地上的射手拉开弓箭的时候，还在自由自在地、快乐地飞翔，它怎能知道一双眼睛已经瞄准了它？

那一天，我大醉而归。我都不知道，从国君的筵席上归来时，我竟然打破了平日持有的沉默，和其他大臣们不断说话。我想把自己想说的都说出来。但是，我的醉眼里有着晋国未来的图像，我似乎在那个时候看见了所有将要发生的事情。后来，有人告诉我，我摇摇晃晃地走路，却决绝地甩开别人的搀扶，仍然说着我自己要说的话——

世界上不仅有男人可以作为武士，还有一种更可怕的武士来自女人。晋国的男人用力量征服了骊戎，可是骊戎把女人遣派到了晋国。它用好像最柔软的东西在我们的身上放上了亡国的种子，你们见过种子的力量么？它看起来是十分弱小的，但它能顶破坚硬的土层，即使在石头的缝隙里也能成活，它的根不知不觉地扎到了深处，然后一棵大树就会挺拔而出。

大夫里克就问，这是怎么一回事？我们怎么办？你所说的真的是这样么？一连串的发问，似乎来自土地的深处，沉闷、空阔、悠长。我突然呕吐起来，我要把自己身体里的脏污之物全部吐出来，这样我就会轻松一些。那么好的美酒到了人的身体里，怎么就变成了肮脏的东西？我对里克说，你的追问很有意思，其实你的追问已经包含了答案。

我说，从前夏朝的时候，桀讨伐有施氏，有施氏就将美女妹喜进献给他，妹喜便被桀所宠爱，于是夏很快就被商汤在伊尹辅佐下攻灭了。伊尹这个厨师的儿子，深通烹饪之道，美味佳肴中如果混入了邪味，所烹饪的菜肴就会坏掉。后来商纣讨伐了有苏氏，有苏氏同样把美女妲己进献给纣，妲己同样受到了纣王的宠爱，于是商纣便有了和夏桀同样的结果，遭到胶鬲内应策反，与周武王牧野一战，强盛的商朝土崩瓦解。胶鬲后来贩卖鱼盐，他也早就知道，鱼盐中掺上了沙子，就不再能食用。我们比较熟悉的就是距离最近的周幽王了。他的故事妇孺皆知。周幽王讨伐褒国，褒国就将褒姒进献给周幽王，褒姒同样获得了周幽王的宠爱，于是褒姒生了伯服，就联合虢石父赶走了太子宜臼，改立伯服为太子。结果你已经知道了，申国和鄫国联合西戎一起讨伐周幽王，西周因此灭亡。唉，一个又一个相似的场景，这些场景一个连着一个，竟然无人对这样的场景予以戒备。

现在，相似的场景又出现了。我们的国君德行不高，同样被一个骊戎美女所迷惑，对这个女人的宠幸不亚于从前的君王，难道不是从前三朝末代君王的翻版么？何况，占卜的卦象有不吉之兆——上下牙齿夹持着骨头，有着上下彼此撕咬的寓意。我所卜问的是讨伐骊戎的胜负，获得的回答却是晋国的分崩离析。我所问的，并非我所要的，所回答的也是我们眼前看不到的。天神有时并不告诉我们立即所看见的，他把事实放在了我们的前头。

这就意味着，牙齿的相咬不能嚼碎骨头。我们已经不能在晋国安稳地居住了，国家将有四分五裂的危险了。晋国可能会在同一张口的牙齿夹持撕咬中败亡。也许，骊姬就是骨头，就是因为有了这个美女的得宠，才能让牙齿互相撕咬。可是国君已经不会回头了，他的背后已经藏着那个女人，他已经被一个女人所摆布，这不是骊戎将要获胜么？现在晋国的征伐取胜仅仅是眼前的取胜，但那被征服的反而就要征服那所征服的了。

大夫郭偃开始插话，他的声音十分低沉。他同样精通卜筮之道。他一直在静静听着，实际上他也一直在思考。我们边走边说，暗夜里的路通往我们所住的地方，已经到了路的岔口，但我们仍然不想分别。因为我们所面对的是一个重要的话题，必须将各自所想的说出来。冬天就要走到尽头了，寒风却越来越凌厉，双脚在这地上已经站不住了，可是内心的火是炽烈的，好像它的火焰冲破了身体，烘烤着四周的空气。突然又有寒冰探入灵魂里，我的浑身又冷得发抖，是的，我的浑身战栗着，就像树上仅存的瑟瑟发抖的叶片。我甚至已经渴望从高处飘落在地上，在我的脚印里腐烂。可是一会儿火焰又升了起来，它似乎又把我烘烤得发烫，甚至像炉火里钳出来的铜块，整个身体都是通红的、透亮的——我已经忘掉自己在哪里，究竟想说些什么。

寒风发出了嚎叫般的呼声，我不断听到地上有什么东西被卷起，又被抛下。在这个岔路口，我们停在那里，不知过了多久。远处是黑暗的，月亮已经隐没在云朵的背后，地上的光失去了，我们几乎看不见彼此的影子，却能听到旁边的话语。这话语在寒风中愈加寒冷了，通红的来自灵魂里的热，一点点在散尽。我看不见他的身体在发抖，只能听见他的声音是颤抖的，然而即使这颤抖的声音也很快被严冬的夜风所掩盖，只剩下了万物的颤抖。

是啊，过去很多年了，似乎一切还记忆犹新。我一直活在往昔的记忆里。这些年来，我不愿意继续关注现实中的事情了，因为这些不断发生的，已经是细枝末节，大的树干和关键的枝节，从埋下种子的那一刻，已经定了。听说晋献公已经有了废黜太子的想法，也就是说，他已经听信了骊姬的话，要把太子申生送上绝路，然后将骊姬所生的奚齐立为太子，并继承晋国的君位。

秋天来了，但我仍然沉浸在从前的冬天里。我在树林里穿行，倾听着往事的喧哗。我就像那年酒后一样，摇摇晃晃。我感到自己越来越老了，两腿变得沉重，双膝也缺乏力量了。我看着地上的落叶，想着人世间纷繁的事情，想着晋国的昨天和明天，感到十分绝望。我没有明天了，晋国也没有明天了。晋献公虽然也和我一样衰老，但他却仍然固执地将晋国引向末路。我已经看见这个一代雄主，没有什么德行的雄主，驾驭着一辆华车，向着悬崖狂奔。

卷一百八十四

卜偃

大夫里克已经规劝过国君了，但国君执意要命太子申生前往征讨皋落氏。皋落氏是凶悍的，他们在群山之间狩猎，与众兽搏击，有着惊人的本领。如果太子申生不服从国君的命令，就必须逃到遥远的地方，暂时避免祸端。这可能是最好的选择。国君已经老了，他的日子已经不多了，我听他说话，气息十分虚弱，脸色也变得苍白，额头晦暗，可以断言，他的日子已经不多了。

我在夜晚的灯下问卜，所见的卦象摇摆不定，它的变数太多，我已经难以明了它的真实含义。我的心也开始摇晃了，就像整个土地都在摇晃。我不断摆弄着蓍草，几次占卜，都难以做出确切的结论。多少年来，我占卜的结果都获得了验证，我相信，它是灵验的，但这一次却变得迷离恍惚，我第一次陷入了迷茫。可是隐约感到，太子申生的出征好像是吉利的，但是我并不能像以往一样确信这样的结果。

我很想去找史苏商量，但是在临行前又站住了。门前的树木飘着那么多的黄叶，我不能在一个秋天的枯叶下行路，它们阻挡了我。每一片叶子都有着重量，它就在我的眼前飘着，却用它神奇的力量挡住了我的去路。我在这样的秋天，站住了，发呆地看着门前的一切。

我记起了史苏曾经在晋献公讨伐骊戎的时候问卜，认为那次征伐并不是吉祥的，它的获胜中含有不祥的征兆。看来，史苏言中了，就像一次精妙的射箭，他开弓后射出的箭，竟然射中了超出视线的、看不见的靶心。国君已经萌生了废掉太子的想法，一个拥有大权的国君所想，不会有什么人能够让他回心转意。他所想的就要去做，多少年来，国君从来都是这样。

实际上，国君早已有这样的想法了，他要把奚齐立为太子，以便继承晋国大业。有一年冬天，国君要祭祀祖庙，但又说自己身染小恙不能前往，就委派骊姬所生的儿子奚齐主持祭祀。有人对太子申生说，不让太子前往祖庙主持祭祀，却让奚齐代替，你应该知道自己的位置已经不稳固了。太子申生回答，我曾听羊舌大夫说，一个人要以足够的恭敬侍奉国君，要以足够的孝顺服侍父亲，对于国君的命令要绝对服从，这就可以说是恭敬了，完全按照父亲的愿望去做事，就可以称为孝顺了。如果违抗君命就是不孝，擅自处事而不接受父亲的指令就是不孝，何况接受了父亲的赏赐还不认为是真爱，没有感恩之心，那就可以说不忠了……我不能废弃这些好的德行而仅仅考虑自己的得失，所以一切只能听从天意的安排了。

可是太子申生的善良并不会换取他人的怜悯，也不会换取国君的善待。现在，所有的人都看得清楚，这次出征皋落氏，实际上是为了借取皋落氏的箭，射穿太子申生的铠甲，为奚齐立为太子铲平前路。国君已经对自己的儿子动了杀念，他已经失去了仁义的天性了。

往事一点点显现，我从眼前的秋景里，看见了更早的时候——国君征伐骊戎获胜归来，俘获了骊姬，摆设奢侈的华筵和群臣一起欢庆。在筵席上，史苏受到了罚酒，国君不准他享用菜肴，只让他饮酒，原因是史苏在临战前占卜，认为征伐骊戎可以取胜但不吉利。可是国君说，我不仅取胜，还得到了美人，这样令人振奋的事情怎会说不吉利呢？那一次，史苏闷闷不乐，举觞痛饮，大醉而归。

在暗夜的归途中，我们说了很多话。他反复提起问卜的结果，说所得的卦象意味着牙齿间夹持着一块骨头，这样咬弄硬物，说明晋国就要亡国了，至少已经离亡国不远了。那个暗夜是寒冷的，我记得四周一片漆黑，我眼前的史苏完全沉没在黑暗里，我既看不见他的表情，也看不见他的身形。但是，他的声音是颤抖的，也许是因为寒冷的缘故，也许他还对未来充满了恐惧。

那是一个多么寒冷的冬夜啊，风在远处和近处呼啸，发出了野兽般的喊叫，我用衣领紧紧护住自己的脸颊，听着史苏说着自己的感想。他连连叹息，不断说，晋国已经离亡国不远了，我们已经失去了安稳，就像在这样的夜晚，鸟兽们都散尽了，各自寻找自己的巢穴吧。

我对他所说的仍然有所保留，我对这样的卦象有着另外的理解。我说——夏朝、商朝和西周三个末代君王的覆灭，可以获得合理的解释。统治者放纵自己的权力，肆意挥霍毫无忌惮，他们像任性的幼儿，内心想要什么就要得到什么，他们的行为毫无节制，想做什么就做什么，所以导致了灭亡，还得不到后世的同情和缅怀，只能作为恶劣的画像供后人嘲笑。

——这些前面的例证还不能说明晋国的前程。因为晋国是一个偏远侯国，土地还不够宽广，百姓也不众多，即使国君放纵迷乱、荒淫无度，也缺少那些君王的条件。而且，齐国、秦国等大国就在身边，它们都看着他的所作所为。如果国君随心所欲，毫无顾忌之心，就会触怒上天，那时国内的大臣和卿相都会和邻国一起，用新君取代旧君。还不至于到了亡国的地步。就是不断改立新君，也不可能超过五次。

——你所说的占卜结果，还有另外的寓意。因为口在星象上意味着三辰的法度和五行的传扬，是通往万物之道的门径。日月星三辰带来宇宙的光明，五行则构成了万物生成的基础。所以在口内引发的乱象，不过会涉及三五个国君，晋国的大趋势不会生变。那么牙齿夹持骨头，只会造成一些小的伤害，但还不至于亡国。虽然是内外交互撕咬，口不能承受这样的乱力，但这样的事情不会延续太久。我们的牙齿一旦遇到咬不动的东西，就会唾弃它，而不会一直紧紧地衔在口里。

——我们想想吧，商朝覆灭的原由，已经在钟鼎上铭刻了，那就是德行太小了，就不足以让民众归于一心，如果这样仍然自我迷醉，那就必然带来祸患和不幸。很少的享乐也要贪求，就会遭遇不能控制的乱局，人们就要失去必要的安宁。何况，骊姬挑动引发的内乱，只能使自己遭遇灭顶之灾，怎么会有众人顺着她推波助澜？

夜色愈加深重了，近处有树枝被折断的声音。我的话语获得了天神的回应？我愈加觉得自己所说的，正是即将要发生的。里克曾发出了一连串的追问，可是要回答他的问题，实在是太难了。因为未知的事情只有等到事情发生之后才可得到证实，先前的所有预测，都是对天意的猜想。事实上，这些天意已经包含在史苏问卜所得的卦象中，它需要足够的智慧去探寻其中的奥秘。现在，里克和他的追问一起，已经隐没在黑夜的深处，实际上我知道他就在我的身边，因为他的粗重的呼吸暴露了他。

——我听说过，要是利用动乱来聚敛财富并笼络人心，即使有绝妙的计谋也不可能长久。即便愚钝的人也最终可以看清这些人的手段和意图。民众离散了，就像沙土被风刮到了空中，就不会回到原地。失去了民众的国君就不可能坚守礼法，违背仁义之道就不可能享尽天年，缺乏德行就不可能一代代相继传位，就不会获得天命的佑护，那么他的寿限就穷尽了。

——我们就说骊姬吧。她不想安分守己而一意孤行，要在危险的悬崖边上寻找安乐，又缺乏多谋善断的智慧，挑起牙齿之间的相互撕咬，既祸害了别人，也失去了民众之心，既毁弃了晋国社稷，也毁弃了自己。她所做的既不合乎仁义之礼，也忽视了天意正道。倚仗自己的美貌来迷惑国君，试图以邪路获得贪欲的捷径，让国君的宠爱转变为弃绝民众的荒淫无度和随心所欲，必将失去民众的拥戴，招致国人的怨恨，也失去了应有的德行。这样，她就必然会失去天助，最后的结局已经十分清楚了，她将得到杀身之祸，她最终所抛弃的是她自己。这就像农夫抛弃了自己的田产，而饥饿的日子也就降临了。

我告诉史苏，你也不必太伤心了，一切听从天命吧。你对国君的告诫是无用的，还不如早做预备。此时，我们就要在道路的岔口分手了，乌云已经遮住了月亮和星光，我们在呜呜的狂风里已经待了很久。夜晚是漆黑的，我们都在漆黑里等待。里克说，我们散去吧，也许梦中会获得好的启示。

　　我不知道什么时间回到了家中，好像没有过多久，天边就发出了微亮。我感到自己十分困顿，睡神返回我的身上。我沉入了无边的更为漆黑的睡眠，自己渴望的梦却没有到来。就在我即将醒来的时候，我仍然听见外面一阵紧似一阵的狂风。冬天的白日并不比夜晚更温暖，我的身躯缩成一团，在自己的身上寻找着一点热气。

卷一百八十五

丕郑

该来的就要来了，事情并不是自己所愿的那样。即使你对一些事情早有预料，一旦它发生，你仍然感到惊愕。现在晋献公真的就要废黜太子了，只是还说不出口。但是他心里已有的，必定会说出来的，只是现在还在故意遮掩。但是这实际上已经是给别人看的，就是告诉所有的人——我要废黜太子了，我要另立奚齐为太子了，你们应该猜到了，还必须支持我这样做。

这样既不符合祖先的礼法，也不利于晋国的长治久安。可是一个君主非要做什么，谁也没有办法。因为权力可以逼退任何理由。史苏曾在朝堂上对我们说，你们要心有戒备，晋国的内乱已经有了祸根，它正在蔓延，最后要在我们的生活里开花。国君将骊姬立为夫人的时候，民众的不满就像釜中沸腾的水，可是国君仍然我行我素。从前的明君征讨是为了给百姓除害，让他们安居乐业，所以百姓就会拥戴，并不惜一死为其尽忠。现在，我们的国君征战四邻，却是为了让自己获得好处。他获得美女和财富，又与百姓有什么关系？这样的贪欲，必然被民众厌弃。事实上，民众的心已经远离了国君，他们已经开始站在远处观望了。

实际上这已经背离了天意。可是骊姬却又生了儿子，难道天意也是在不断反悔？不，显然天神已经对国君所做的一切厌恶了，他决意要用不易察觉的方式毁掉晋国了。史苏说，这是上天在加重晋国的祸害，其旨意是要让民众愈加憎恶国君的不义之行，以便用众力将他的座位掀翻。

史苏的表情是凝重的，他的面部几乎就像一块重石一样，压住了他的双肩，这让他的双肩一动不动，承载着山顶的石头。他几乎完全沉浸在一片暗影里，他已经将自己放在了恐惧的深渊，他似乎就要沉没了。尤其是他的话语加重了向下沉陷的速度。晋国的重臣们就在身边，他们一语不发，等待着国君上朝。这种等待是伤心的，我的眼泪就要掉下来了。

其实，史苏所说的，也是我们想说的。可是，我们所想的却不是晋献公所想的。只有他的想法才是真正的想法，我们的想法仅仅是盘旋于我们心中的一朵云，它与真正的来自国君的想法接触，就会烟消云散，露出原本的深的、空洞的蓝。我深知史苏的话毫无意义，但他不断地说，却在诉说里找到了诉说的理由。我偶然看见，史苏的眼睛就像流星一样炫目，里面显然充溢着泪光，但这样的光乃是在沉坠中。

我在其中看到了权力下面的一切的轻。在这样的下面，所有的事情不过是从地上扬起的尘土，它最终要落到地上，它的飞扬是由于微风或者大风，它的落下乃是它回归自己所起的地方。我们的命运仅仅是一种轻佻的托付，它托付于一个最不可靠的君主，并任由权力处

古灵魂

置。我们以为一切都是好的，以为我们所想的就是别人所想的，但所有发生的却与我们所想的不一样。我们所做的一切，就是为了获得一个不可驾驭的、可怕的、不断违背我们心意的强大力量，它属于国君，不属于我们，却与我们的生活和性命相连。

可是我们都是围绕国君生活，因而已经失去了自己。我们只是被国君权力笼罩着的，就像墙上的灯影，这些影子都来自一盏灯，它一旦熄灭，我们也就熄灭了。这是我们想要劝说国君的理由。可是，这又怎么可能呢？所以，史苏不断地说——我听说国君应该喜欢好的东西，不应该喜欢坏的东西，他应该对所有的坏事怀有憎恶之情。他应该在快乐时快乐，在国家安定时感到轻松，这样我们的一切才变得正常和安稳，晋国也就获得安宁了。那么，砍伐树木不是从根部开始，所砍伐的树木依然会重新萌生，堵塞河水不从源头开始，就会随时泛滥。

——制止晋国的祸乱要从根源的断绝开始，才可能避免。可是现在似乎一切都为时已晚。国君杀了骊姬的父亲却留下了骊姬，晋国的祸根就必定蔓延。骊姬有着妖媚之貌，也有着妖媚之心，她不会忘掉父亲被杀的耻辱，她的报复必定通过她的妖媚来实现。国君喜欢这个女人的外貌，却忽视了她的可怕的内心。他不断满足她的要求，对她有着无以复加的宠幸，就必定会满足她的更大要求，这要求是不断增长的，贪欲也在不断增长，最终晋国将埋葬在她的欲望中。

有一次，我和里克、荀息见面，谈起了史苏所说的话，也谈到了国君可能要废黜太子申生而改立奚齐为太子。里克说，史苏的预言就要变为现实了，好像所有的事情都在应验史苏所说的话。我们能够做什么呢？荀息说，我听说做大臣的，应该倾尽自己的所有为国君分忧解难，国君决定了的事情，我们就只有服从，决不能存有二心。我则告诉他——我也曾听说，侍奉国君的大臣，只能服从国君正确的决定，不能迁就他的错误。国君的每一个决定，都涉及国家的存亡和民众之心的向背。如果民众盲目跟从国君，就可能失去应有的仁德，这无异于将民众置于不义之境。这样的跟从，还会有什么希望？我们之所以需要国君，是因为国君可以确定上下的礼法，礼法的确定就可以使民众的生活变得丰裕，国家变得丰饶。一旦国君不顾礼法，不能做出表率，并随心所欲，一切按照自己的贪欲安排，就必然抛弃了他的民众。所以，我们一定要设法让国君放弃废黜太子申生的想法。

这时，一直沉默的里克说话了——他说，我没有什么才能，也不懂得仁义，但也绝不会屈从国君的错误。如果国君一意孤行，我们也没什么好办法，但我们可以保持沉默。沉默不是响应国君，而是保持我们内心里的正确想法。沉默不是对抗，而只是将我们自己放到深深的沉默里，以便让国君的坏想法变得孤单，让更多的人听得见这孤单，从而也听得见自己。可是，我的内心又回荡着另一种声音，如果一直保持沉默，它又与死寂有什么不同？

我是晋国的大夫，应该担负重任，可我的力量有时这样单薄，我已经力不从心了。晋国将走向哪里？我不知道了。史苏所说的也许太悲观了，可他的话语却使我感到了震动，就像乌云里的雷霆，从高高的天穹落到了地上，山林的梢头卷起了狂风。我和里克、荀息就这样分手了，我们都一言不发，各自看着远处的落日。夕阳紧紧压在了山头上，使得那山的轮廓变得矮小，而日头的浑圆却异常巨大。它的颜

古灵魂

色是血红的，以至于将山顶的线条染红了——这样的景色不会保持太久，因为夕阳的沉降非常迅疾，一会儿就会被山头挡住，天光就要黯淡了。我隐隐约约听见有野兽嚎叫的声音，它来自哪一个方向？

卷一百八十六

荀息

太阳就要落山了，整个世界一片通红，我和丕郑、里克站在郊外的树下，我们的影子和大树的影子一起拉得很长很长。我们没有那么高大，我们所依凭的大树也没有那么高大，但因为斜日的缘故，一切被放大了。影子属于自己，但所反映的却是斜日的恩宠。我们遥望着远处，已经没什么可说的了。该说的已经说完了，实际上只要几句话就可以说完，但我们依然站了这么久。

我和丕郑、里克在这里相见，是为了商讨晋国大计——国君要废黜现在的太子申生，改立奚齐为太子，晋国的未来堪忧。我们都不知道该怎么办。我对他们所说的，都不能赞同。他们觉得国君的做法违背了先祖的礼法，这样的任性所为，必然将离弃自己的民众，晋国必然会陷入一场祸乱，因为国君所做的就是这祸乱的根源。

但是我不能赞同他们的话。我有我的想法。一个做臣子的应该明白自己的职责，那就是一切为国君分忧，一切为国君做事。不论国君做出怎样的决定，我们就必须去做。不论这决定是否正确——何况，我们就能分辨出什么是正确的事情么？国君有权做出任何决定，他必

古灵魂

有自己的道理。我们所想的，不可能与国君完全一致，因为国君乃是站在高处，他所见的比我们要多，他所想的也一定比我们要多。我们的视线往往被许多屏障遮挡，而站在高山之顶的人所看见的，乃是我们所不能看见的。就像地上的走兽，怎能比高飞的鹰隼看到的更多？

国君是高飞的鹰隼，我们只是地上的走兽。我们还尚未看到的，国君已经发现了。所以，我们不必问为什么，只要做好自己该做的事情就足够了。事实上，我一直是这样做的。我作为大夫曾经跟随武公奔走征伐，目睹了几代国君的雄才大略和文治武功，坚信他们所做的事情必定是正确的。这个国，是国君的国，他岂能将自己的国亲手毁灭？一个人为什么要毁掉自己？我找不到他故意自毁的理由。

我听说，一个人侍奉君主，就要忠诚，忠诚就是从不违背君主的旨意。就拿我来说吧，我跟随武公的时候，他说什么我就做什么，他只要想到的，我就想尽一切办法做到。武公开疆拓土，征伐四邻，又完成了曲沃伐翼的大业。我原本被封的食邑在原邑，所以我就被称作原黯。武公灭掉荀国之后，就将荀国之地赐予了我，我就以荀为氏，改称荀息了。我接受了武公的封赐之恩，就必须终身报答。我已经不属于自己，我只属于晋国之君。当晋国国君的想法遇到别人怀疑的时候，我必须坚定地站在国君一边，否则，我又怎能面对世人？

我和里克、丕郑的想法是不一样的，他们的话或许也有道理，但我仍然坚守自己的准则。他们的忠诚归于晋国，而我的忠诚则归于国君。如果没有国君，晋国就不存在。晋国不是为别人存在，而是因国君而存在，国君是晋国得以成立的本源，也是我的本源——一个人堵住了水井里的泉，水井就枯竭了，他又要到哪里去寻找饮水的地方？

必须珍惜自己的水井，珍惜自己的饮水之源。

当然，国君有着自己的欲望。我难道没有自己的欲望？何况，国君享受巨大的权力，他的欲望和他的权力是相配的。他应该拥有自己该拥有的。他拥有，我们就应该帮助他拥有，他放弃，我们就也该帮助他放弃，除此之外，我们不应该再有别的选择。国君的选择就是我们的选择。

秋天是一个好季节，我看见四处都拥有秋天的一切，我非常欣赏这个给人带来温馨的好时候。太阳即将落山了，地上有着它的余温，我的身上仍然是温暖的。起风了，可是这风仍然是温和的，它不那么剧烈，不那么刺骨，但它的那种内含的力量，似乎已经在预示着另一个季节的到来。一会儿，风越来越大了，掀起了我的衣角。微微的寒意，给我们带来了一点儿警觉。每一个季节都有每一个季节的美，我们不要因为不喜欢另一个季节，就放弃了自己对现在景物的欣赏之情。

身旁的柿子树的叶子快要落光了，树枝上的果实更加耀眼了，它们那么饱满，那么红，那么灿烂。尤其是在夕阳西下的时候，落日和它们是那么匹配，仿佛它们都是缩小了的夕阳，在高高的枝头，让我们仔细欣赏。我顺手摘下其中的一个，放在嘴里品尝，它有点儿苦涩，但它的甜，却是令人难忘。是的，你不能总是面对甜，一切好的果实，会有苦涩的味道陪伴。

晋献公已经老了，这次见到他，发现他已经沐浴在夕阳之中了。他的脸上的皱纹，他的眼睛里摇曳不定的光，他的缓慢的手势和迟钝的脚步，都沐浴在夕阳之中了。但是，我看见国君的秋天是美好的，他的缓慢是美好的，他的迟钝也是美好的，因为在缓慢与迟钝的背后，仍然有着他青春时代的敏捷与矫健，有着他曾经所经历的一切，包括凶猛的激情、征伐的刀光剑影以及纵酒畅饮的狂欢，也包含了曾经拥有的力量和胆魄——可是，现在似乎好多好多的曾经，仍然在他的背影里。在他这个身躯里，究竟有多少沧桑、多少残酷、多少温柔？他的灵魂里，已经包含了所有的季节，每一个季节都值得欣赏，每一个季节都有无限的奥秘。

卷一百八十七

太子申生

冬天到来了，我就要奉命出征了。每一次出征都是选择在这个时候，冬天是与血伴随的季节，它的冰冻、坚硬与残酷的征战是相称的，它和毁灭的力量是匹配的，否则，温柔会将意志摧毁，长矛的尖端就不会保持锋利，勇气和力量也就被消解了。只有坚硬的冰层才能让我顺利地渡过冰河，才能使我的战车不陷入泥淖，密林里的叶片才不会遮挡视线，我才能站在战车上看得更远。

血腥的日子又要开始了。我来到旷野上巡视大军，军营里的军帐散落在狂风里，天空飞舞着沙子般的雪粒，它不断打在我的脸上。我已经不会感到疼痛了，因为我的脸就像石头一样，石头怎会感到疼痛？士卒们把自己的兵刃架在秋天收割干净的田野上，一堆堆篝火用火焰对抗着寒冷，火焰分开了一个个长舌，用寒风来喂食士卒们的勇气。他们穿着笨重的铠甲，一切准备就绪，只等着我的号令了。

夜晚来临了，风更大了。它从旷野上穿过，好像无数军队已经在冲杀，叫喊着，奔跑着，长矛的锋芒在闪烁。战车停在了远处的黑暗里，就像一个个草垛，储存着巨大的热力。它们那么黑，比暗夜更

古灵魂

黑，让我站在火光照彻的地方。天穹上的群星比以往更加明亮，它们好像列队在云端，和我的地上的大军一样点亮了风中的篝火，天上的篝火和地上的篝火彼此相映，或者，天上的冬天更加寒冷？或者，天上的神灵借助这样的火光看着我，看着我的即将出征的大军？

不论是观察天象，还是感受地上的人间，这都是一个布满了厮杀的凶险之境。我不懂得占卜之术，但我似乎看到了某种不祥之兆。在这寒风里，一些野兽的嚎叫和夜鸟的怪叫隐隐传来，从我的头顶上掠过。它们在警告我？或者告诉我一些我所不知的事情？我仔细倾听的时候，它们就消失了。它们偏偏在我不注意的时候发出，似乎故意不让我知道。可是我还是听见了。

在我出征之前，不断有人前来劝告，让我拒绝父君的命令，或者趁机逃到异国他乡。史苏告诉我，父君已生发废黜我太子身份的念头，可能会改立奚齐为太子。在更早的时候，就是在被分封到曲沃的时候，士蔿也曾劝我离开晋国。他的理由是，既然父君把我封到了曲沃，也就是我的宗族兴起之地，给了我足够的恩惠，也让我高居众臣之上，就不会让我继承君位了。既然我失去了继承的权利，那么我的性命也难以保全。那时，我觉得士蔿太多疑了。既然父君赐予我这么多恩惠，就是对我的信任和爱，我怎能为将来忧虑？

史苏是在一个漆黑的夜晚来告诉我的，他说，一切已经来不及了，国君的想法已定，没有什么人能改变事实了。我知道，父君是那种一旦心中所想，就必定要做到的人，可是我仍然不相信父君会抛弃我。我知道，我小的时候，他是爱我的，难道我长大了，他却突然对我滋生了怨恨？或者，我在什么地方做错了？仔细想来，我一直竭尽忠诚侍奉父君，并恪守自己的本分。我率兵讨伐邻国，使晋国疆域更广阔，四边更安定。父君深知我所建的功勋，才将曲沃赐予我。

这一切，我难道还要怀疑么？一个人的心里没有乌云，就不会有电闪雷鸣。我的天空是蔚蓝的、明净的，我的外表是忠厚的，我的每一个动作是谨慎的，每走一步都生怕有一点疏忽，父君怎会有别的想法？我相信，父君对我的爱和对奚齐的爱是一样的。如果父君真有另立奚齐的想法，我也不会有任何抱怨。因为，我们的血脉出自同一个源头。如果我需要抱怨，只能抱怨自己可能的过错。

史苏为什么要在夜晚来见我？我们应该有足够的时间来交谈。他说，事情已经十分紧急了，他刚刚见过父君，已经知道了改立太子的消息。他所说的，自有他的道理，他的思路是清晰的，就像布匹那样编织得十分条理，他几乎已经把我说服了。可是我仍然不愿意放弃现有的一切，对自己所拥有的充满了留恋。最重要的是，我仍然对他所说的心存怀疑。

史苏的浑身都充溢着真诚的激愤之情，他的言辞就像汹涌的波涛，漫过了高高的河岸，冲向了无数沟壑。他的身体仿佛是透明的，里面激烈奔腾的血液，似乎可以一眼看见。他的眼睛里冒着火焰，就像两堆篝火在暗中闪耀。我已经被他所炙烤，我的浑身就要被点燃了。只有摇曳不定的灯火在旁边照耀，反而这灯火倒是寒冷的，它的光，是一种放射着一根根细线的冷光，它穿透了我们身体里的热，并将其压抑了下来。我还记得那天晚上的每一个情景，史苏的脸上有着绷紧了的线条，这些线条是扭曲在一起的，并以这样的扭曲托着一双可怕的眼睛。那双眼睛似乎已经透过无边的黑暗，穿越了遥远的时

古灵魂

间，抵达了我所不知的远方。

那一个夜晚，我几乎整夜没有合眼，但似乎又睡着了，就在这似睡非睡中接受着一个又一个噩梦。一个个支离破碎的黑影向我飞来，一些没有身体的翅膀在空中盘旋。我好像被什么人追杀，于是拼命逃离，可是后面的追杀者一直紧紧追赶。我看不清后面的追杀者是谁，他好像只是一个黑影，他的脸上没有眼睛和鼻子，但他一直就在我的身后……我就在这似睡非睡、似醒非醒之间，我的浑身冒着冷汗，就像早晨的露水挂满了草叶。

那是一个怎样的夜晚，我怎么都熬不过来。我希望自己醒来，可是依然在睡梦中。或者我希望自己进入沉睡，可是依然飘浮在半空，被一阵阵烟雾托举着，回不到地面上。我和那些没有身体的翅膀伴随着，不断地飞，却在一阵紧似一阵的追杀里逃命，前面又是无边无际的黑暗。我看不见前面，也看不见后面，我连自己也看不见。但那些翅膀却那样清晰、那样可怕。当我清醒过来的时候，阳光已经照到了我的脸上，一片小小的光斑落在我张开的手掌上。它似乎要让我抓住它，可是我怎么能抓得住一个光斑呢？我反手并拢手指，试图像捕捉蝴蝶那样捉住它，但它已经跳到了我的手背上。我被这一小片光斑弄得心神不安。

以后一段时间，不断有人前来，告诉我各种各样的消息。但都指向一个事情——国君将废黜我的太子身份，奚齐将替代我成为太子。也就是说，以后的晋国国君的位置将属于奚齐了。好吧，那就由奚齐登上这个国君的位置吧，我不过是保持原先的生活，又有什么损失呢？这次出征皋落氏，人们又来劝我，说这是一个别人设置的圈套，我的前面是难以预料的凶险，设置圈套的人就是等待你落入这个陷阱。

大夫丕郑和里克也先后来告诉我，但他们的语言是婉转的、曲折的，绕过了真正的问题，却也巧妙地点明了主题。其实，他们更多地是在安慰我，在这安慰中也指出了可能出现的事情。我已经感受到了这么多的温暖，我的心似乎有了几分踏实感。好像我的脚不是踩在泥泞里，而是在石头路上行走。我已经听出来了，他们都对我表达了同情，也对父君的安排觉得不公。可是，世界上有哪一件事情是公正的？曲沃伐翼是公正的？我们代替了曲沃的国君是公正的？还是将晋国公族的公子们杀掉是公正的？我已经看出来了，只有权力是公正的，没有权力就没有公正。所有的公正仅仅存在于史书里，存在于人们的内心中。

何况我的父君既是我的父亲，也是一国之君。他有着绝对的权力。他想让谁来继承国君之位，就可以让谁来继承。我作为儿子和大臣都需要服从，我没有别的选择。公正是奢侈的，服从不是因为公正，而是因为我所能做的就是服从。所以，别人告诉我的，我已经知道，他们没有告诉我的，我也不需要追问。就像野外的一棵树一样，它站在那个地方，是因为它的种子落在了那个地方。不论是在山顶接受风雪的敲击，还是在洼地承受污水的浸泡，都只能在那个地方生根、开花，你是被选定的，一切没有选择。

这是怎样的冬天啊，我在军营的外面徘徊，孤独和寂寞、未来的渺茫以及胜负的悬念，在我的心里交织，和这迎面扑来的雪粒一起，在我的石头般的表情上融化。士卒们的歌声是悲伤的。他们所唱的，

古灵魂

是来自远古的黄帝？还是遥远的狩猎者？我不知道。或者是来自自己的灵魂？我不知道。但我从中听出了粗粝的激情，也听出了所有死者的、发自地下的悲鸣。

明天的将明未明之时，西方最亮的星将照着我的征程，我的脚步将和战马的步伐一起，迈向不知之处。我将在毁灭中重生，将重新创造另一个我、另一种声音以及我的另一个名称，我的矛头伸向敌人的时候，也刺向了自己。我也可能创造另一个模糊的世界，它包含着我，也包含着别人。我的双手实际上不属于我自己，我的手被另外的手牢牢捏住，而那双捏着我的手又被又一双手捏住……我的力量也不属于我，我的力量来自我的背后，以及背后的背后。

至于我的前面，并没有什么东西存在，即使有什么东西存在，我也不可能将其辨认，即使辨认出来，我既不能告诉别人，也不能告诉自己。那么，我既不在我的前面展现，也不在我的背后展现，能够从中看见我的，就是身旁跳跃的火焰。它既在身边，也在遥远的天穹。此时此刻，我的感受是奇特的、怪异的，我不知道自己身处何时何地，我只是感到一阵寒冷。我的浑身发抖，接着又是一阵暴热，额头上的汗，雨一样落在自己的手背上。

卷一百八十八

狐突

我们出发了，众星已经渐渐消失，只有一颗最亮的星保持着自己的光辉。它高高悬在西边，好像给我们指路。可是它所指的路究竟是一条怎样的路？我们在隐隐的灰色的路上走着，每一个士卒似乎还没有睡醒，他们的身影歪歪扭扭、摇摇晃晃，他们的步履没有什么声音，好像羽毛在风中飘忽。

我的内心忐忑不安，不知道此次征战是祸是福。更重要的是，我不仅是太子申生的御戎，还是狐姬的父亲。我的女儿已经是晋献公的夫人，我也因为女儿的得宠而在晋国成为大夫。我深知自己所得的位置来自女儿，但一个男人怎能仅仅凭藉女儿的美貌？我必须建功立业，才能使自己立身，让别人承认我的本领。我曾是犬戎的首领，有着高强的本领，但由于失败的屈辱，转而成为晋国的重臣。

我从小就有着一身勇力，有着发达的肌腱和野兽般的敏捷。在犬戎的丛林里，我曾和身躯巨大的凶兽搏斗，有一次，我突然与一头凶兽相遇，来不及拔出我的刀，也来不及拿出我箭囊中的箭，我的弓箭都在我的背上，我的刀就在我的腰间，可是一切都来不及。我已经看

古灵魂

见它的凶狠的眼睛，闪着发蓝的光，我直视着它。那是一头什么样的野兽？我叫不出它的名字，但我从它露出的尖利的牙齿上，已经看出了它的凶狠和可怕。

我从它的眼睛里看出了它的恐惧和懦弱，也看出了我自己的恐惧和懦弱，但我和它都具有没有完全消失的勇气和力量。一场较量必然要发生。我们互相打量着对方，估量着对手的弱点，等待着对手露出破绽，寻找着突然发起攻击的时机。它将自己的利爪收到了腹部，积蓄着力量和速度，它的浑身的毛似乎竖起来了，我看见它的身体鼓胀起来，体形变得更大了。

它的双眼几乎要突出来了，射出了耀眼的光，我知道它已经准备好了一切。就在我把手一点点移向腰间的刀柄的时候，它突然一跃而起。我感到一个巨大的黑影从空中压下来，我迅速弯下腰身，从这个黑影的背后转过身来，抓住了它的尾巴，纵身一跃骑在了它的背上。我死死扼住了它的脖子，让它转不过头来。我的身上爆发出前所未有的巨力，并用双腿夹紧了它的肚子，就像骑马一样。它愤怒地奔跑、跳跃着，试图将我摔下来，可是我却就像长在它身上一样，无论它怎样用力，怎样扭动身子，我仍然牢牢地骑在它的背上。

我曾驯服过多少烈马，从没有从马背上摔下来，可是我所骑的凶兽却不知道我有着高超的技艺。我突然用双拳猛击它的双眼。也许是巨大的疼痛让它不能忍受，于是它疯狂地向前奔突，它已经完全失去了攻击我的能力，它的锋利的牙齿已经顾不上回头撕咬了，它的理智已经像烟雾一样消散了，它只是嚎叫着，一路狂奔逃命。一棵棵树从我的眼前闪过，它们晃动着，好像不是长在地上，而是长着翅膀从我的两边飞过。我几乎也是在空中飞翔，耳边的风声发出尖厉的呼啸，我究竟是在梦中？还是在真实的世界上？

突然前面发出了沉闷的一响，我终于脱离了凶兽，在空中飞到了一棵树上，树枝从半空接住了我。我的头脑发蒙，眼前天旋地转，一会儿我才看清地上的兽撞在了一棵大树上，它好像已经死了。我迅速跳下来，用随身携带的利刃猛刺它的咽喉，血花飞溅，好像火焰的喷泉……

现在，我必须面对自己内心里藏着的凶兽了。它在我的心里奔突，它的牙齿在我的心里撕咬，我感到了极度的疼痛。我在行军的途中，看着面前的太子申生，他镇定自若，保持了平时那种严肃却憨厚的面容。我知道这次出征一定是骊姬指使的结果，她想借着敌人的手，杀掉太子，以便让自己的儿子奚齐成为太子。骊姬很有心机，她的娇媚的笑容里总是藏着一个个小诡计，但又用她的娇媚掩盖了内心的真相。可是，她越是这样，晋献公就越是宠爱她。一代君主也不会逃出她的小诡计。

我爱我的女儿，我希望她的每一个日子都是快乐的，也希望她能够实现自己的每一个想法。可是我也是热爱仁义之道的，希望世界洒满仁义和公道，让人们就像花草一样获得夜晚雨露的滋养。我的女儿狐姬的孩子重耳也渐渐长大成人了。这个孩子长得非常奇特，他的肋骨是相连的，他的眼睛有着两个瞳仁，他的双耳也特别大，就像两边都长了两只耳朵。据说，一个具有异相的人必有异能。

可是骊姬太可恶了，她如果大权在握，不知道会发生什么事情。我的女儿，我的外孙，必定会受害。不过，我现在不仅是为了自己，

古灵魂

也为了公义，为太子的遭遇感到愤懑。我从太子申生的形象里，看见了仁义之道。他明知道这是一个阴谋，还冒着危险去代父出征，他不是不知道将要发生的，而是将自己的生命置之度外，以尽到自己的忠孝本分。他也不是不知道国君已经准备废黜他的太子身份，以便另立奚齐。但他仍然并不将这些名利放在心上，他已经将自己被剥夺的，视作国君理所当然的权力。他既不抱怨，也不憎恨。

这个时候，爱和正义不再让人快乐，它竟然是痛苦的。太子用顺从所要实现的，却是我想用叛逆所实现。我们两个所想的正义，哪个是真的？太子所说的似乎也有道理，可它又违背了我的感受。

我竟然要同我心里的凶兽搏斗了，它的牙齿同样锋利无比，它随时会把我撕成碎片。是啊，我已经被撕成碎片了。我只是用这碎片拼贴起来的形象，继续行进在征伐的途中。我听着身边的所有东西都是与我相关的。车轮发出的声音，碾轧的声音，它正在将我压得粉碎。凛冽的寒风又将我抛向天空，我的灵魂似乎被天上的飞鸟叼着，我被夹在了长长的喙上，晦暗的云压住了我的头。

我感到窒息，难以呼吸。迎面的寒风打在了脸上，无数的尖针刺痛着，我的眼睛就要睁不开了。可是，我好像仍然活着，尽管是一些碎片黏合在一起的，可这些碎片仍然可以构成我的身体，我还能走路，还能驾驭我的车辆，只是我感到了那些前面的马匹践踏着我。它们的蹄声是踏着我的那种声音，节奏是如此明快，如此清晰，就像夜晚战士的悲歌。我不知道自己究竟在哪里，是在飞鸟的嘴里？还是在马蹄之下？还是在野兽的牙齿间？我拉紧了缰绳，让时间慢下来，让我想想我究竟在哪里？

不，我不能被内心的凶兽所攻击，我要像年轻时候那样，与所有的凶兽搏斗。我仍然是有力的，仍然有着年轻人的敏捷，我的身上仍然有着不寻常的勇气——况且，我正在和太子申生在一起，是太子的御戎，是一个征伐途中的战士，是一个即将面对凶残的敌人的武将。我的车轮将冲向乌云般的敌阵，这样的敌阵，不是在我的前面，也不是在我的后面，而是在我的身躯的里面。它也不在我的记忆里，也不在我所不知道的将来，而是在我的现在。我的一切，始于从前，却没有昨天。

太子问我，我们现在到了哪里？我说，我们到了我所不知的地方，我们在前面，一切都已经在身后了。他说，我们的身后是被抛弃了的，我们应该在前面。我和他看着前面，前面有什么？生还是死？现在所见的，是一个个士卒的身姿，是弯弯曲曲的道路，是干枯的树木和野草的残尸，是被我们的车轮碾过的无数脚印。风雪似乎停下来了，我仍然感到脸上火炭般的疼痛。

古灵魂

卷一百八十九

先友

　　寒冬是残酷的季节，它使得大地冻结，裂开了一个个口子。河水都结冰了，泥泞变成了硬地，它适合于征伐，适合于战争，适合于流血，并将热血凝固在所流淌的地方。它有着死亡的形象，所有的事物都和死亡相关，比如说，夏天的虫子不再呼唤了，天上的飞鸟变得稀少，生命躲在了看不见的地方，鱼在厚厚的冰层之下安眠，就像死去一样。树木掉光了叶子，只留下枯干的枝条，一切散发着死亡的气息。

　　我们跟随太子申生从晋都的郊外出发，已经走了很多天了。士卒们肩上荷着长长的兵器，每一个尖利的刃部都闪着寒光。战车的车轮发出了单调的声音，地面有着沉闷的回响，战马行进的步伐有着永恒不变的节奏，既不快也不慢。天上也是灰蒙蒙的，失去了往日的生气。我站在太子的右侧，在战车的颠簸中看着远处。远处有什么呢？一片灰色，除了灰，还是灰。这是一个灰的世界，所有的事物都笼罩在灰色里，这样的灰，让人感到绝望。

　　我是太子申生的戎右，一直跟随太子征战。此次征伐皋落氏，只是一次寻常的征伐，但我又知道，它含有不寻常的意义。虽然这一次太子是代国君出征，但我们的对手是皋落氏，他们的凶悍世人皆知。曾经有很多征伐者惨败而归，无数武士命丧黄泉。临行的时候，人们已经开始流传，国君受到骊姬的唆使，想要废黜太子，并改立骊姬所生的奚齐，就让太子申生出征皋落氏，以借敌人之手除掉他。这显然是一个恶毒的诡计，太子申生难道看不出来么？别人都知道的事情，他又怎会不知道呢？

我听说有一种鸟儿叫作贤妇，它长得小巧玲珑，在树丛中从不停息地跳来跳去，总是躲在人们看不见的地方，一旦有人接近它，就会立即飞走。这种鸟儿能用细小的草茎，把树叶缝制成自己的鸟巢，里面铺上细小的绒毛抚育自己的孩子。它们的鸟巢在高高的树上，又是树叶缝制的，所以人们通常看不见它的窝究竟在哪里。人们试图捕捉它的时候，它就会飞得很远，即使是箭术很好的人也射不到它，因为它总是跳着，当发出去的箭就要挨住它的时候，它已经躲开了。它也不贪图别人故意撒下的粮食，只是自己寻找树上的虫子，所以它们活得很好，总是可以享尽天年。

我没见过这样的鸟，可有一次看见过它的影子，因为我还没有看清它的时候，它已经飞到了树丛深处。人为什么不能像它一样呢？真正得道的人，都隐身于众人之中，谁都认为他是平常的，和自己一样，于是就像看不见自己一样，也看不见他。他不停改变自己的地方，也不贪图人世间的好处。可是我还没有看见过这样的人。太子申生却不能像这种鸟儿一样聪明，他待在自己的地方，从不挪动，也不会看见危险就逃走。甚至危险临近了，他竟然无动于衷。

古灵魂

我还听说有一种野兽叫作愚坐，它有着锋利的獠牙，却十分温顺。它的窝也总是设在显眼的地方，就在地上挖一个坑，将自己和家人都放在里面，自己去外面寻找食物。人们在它的窝前挖一个陷阱，它回来的时候就会掉进去，猎人一伸手就可以捉到它。因为它太愚钝了，所以现在差不多已经绝迹了。这种野兽从来不认为人们会捕捉它，它也从来不会看见危险的临近。所以它最终成为猎人篝火上炙烤的美餐。人们嘲笑它，它却不知道。它的愚蠢也该让我们惊醒。天神为了让我们看见自己，就让一些飞禽走兽为我们演示结果。

可是我们只是谈论它们，却不知道所谈论的就是我们自己。人们在铜镜里看自己，却不在别的形象里看自己。实际上，天神给我们准备了更清晰的镜子，可我们从中所见的，总认为是与自己无关的形象。可是我们究竟是谁？如果在镜子里所看见的不是自己，那么我们又在哪里？天神给我们准备的镜子里，我们是什么样子？我们在自己制造的铜镜里所看见的又是谁？

就说我身边的太子申生吧。我眼睛的余光已经足够看得清楚了，他的脸的侧影是模糊的，因为光线不够充足，天上的云层盖住了日光，整个天下都是灰蒙蒙的。我看见他笔直地站在战车上，可能正陷入了沉思。他在想些什么？我无法猜到，也许是即将面临的激战，也许是出征前的景象，也许是我难以猜测的内心的秘密。但是，可以看出，他平静的表情里不经意间流露出了痛苦。

我和御戎狐突是好友，我们经常谈论太子的境况。因为他是国君夫人狐姬的父亲，所以对这件事不愿意多谈什么。我知道他同样是痛恨骊姬的，也为国君的所作所为感到不满。他总是仁义为先，对于太子的处境表现出同情和不平。他是太子申生的御戎，我是戎右，我们在作战中彼此配合，可以生死相托，还有什么比这样的感情更深的呢？他驾驭战车的每一个小小的动作，我都知道他的意思，实际上，我们不需要更多的语言，只要一个眼神我们都会领会对方在说什么。

在征途中停歇，我们在夜晚设立营帐，并垒起了军灶，炊烟在夜空中上升，又被寒风吹散。我们又冷又饿，紧紧裹着身上的兽皮衣裳。沉重的铠甲卸下了，从北方袭来的冬夜，压住了我们的身形，我们蜷缩在一起，背靠着背，以便将身体尽可能少地暴露在寒冷里。尽管这样，我们依然感到瑟瑟发抖，因为风仍然穿透了身体，就像我们的身体像筛子一样漏风。一堆篝火在燃烧，火焰不断舔舐着四周的空气，散发一阵阵不稳定的热力，即使一面温暖着，另一面却仍然是寒冷的。一会儿我们就需要换个方向，依然背靠背坐在地上。

暗夜深沉而安详。满天的繁星在天上闪耀。我们好像坐在一株果实累累的大树下面，枝头却离我们很远很远，即使伸长手臂，也没有一个果实是可以够上的。那些果实不是给我们预备的，但它们又是给谁预备的？它们一直待在天上，有时被云朵遮住，有时又露了出来，仅仅展现无限的诱惑。人世间，谁又能逃脱这样的诱惑？我们生来就是为了这诱惑，所以这诱惑就主宰了我们。

太子申生就是在这诱惑中，他既获取又放弃，他既迷恋又挣脱。他获取了太子的身份，是由于他生来就拥有。他不得不放弃自己的太子身份，也是自己命运中注定的失去。他想不到自己生来就有的，并不是注定要有的。拥有可能是暂时的，最终的一切还需要别人来决定，自己不是自己的君主。他又不想放弃自己已有的，也必须用仁义

古灵魂

和忠孝来说明自己的理由。他也不知道自己所应得的，并不是必然应得的。一个人有哪一件事情是必须这样的？

　　我和狐突都知道，危险已经伴随着他，已经成为他命运的一部分。可是他仍然没有警觉藏在云中的闪电，没有发现自己已经处于危境之中。他有自己的梦，这梦中的景物和真实的景物并不一样。于是，我们就在这行军途中，我和狐突在这暗夜里沉默，彼此的内心却被同样的事情缠绕。太子已经回到了营帐里，那里面的温暖多于外面的。我们经受着寒夜的痛苦，让太子在疲累中尽快地沉入梦境中吧，在梦中没有寒冷，也没有血腥？或者，那些梦幻里的寒冷和血腥因为其虚幻而变得安宁？

　　我们毫无睡意。于是我对狐突讲起我所听说的关于鸟儿和野兽的故事。我讲着讲着，他忽然说道，贤妇那么聪明，是因为它一开始就没有束缚，它知道它所来的世间是危险的，它因危险而警觉，也因危险而自由。愚坐则不是这样，它从来不知道危险是什么，所以它的结果就是它命中的等待。我说，我们在等待什么呢？他苦笑了一声，说，我们能等待的就是睡梦，没有比睡梦更可靠的事情了。

卷一百九十

罕夷

我们就要接近皋落氏了，已经有人来报，敌人早有准备。这次出征，太子申生代国君率领上军，我则代太子率领下军。我们的军队是强大的，但敌人也凶悍无比。我不知道此次战役会怎样收场，有一点是肯定的，就是所面对的必然是一场激战。

我的大军和太子申生的上军分为两个方向。这里都是山地，必须徒兵作战。可是我们这么多的战车就要抛弃么？太子传来了命令，已经和皋落氏相约在山间的一片开阔地上列阵交锋。士兵们一夜未眠，他们警惕地巡视，以便防止敌人偷袭。果然，皋落氏的小股兵卒突袭我们的营帐，被我们击退。这样的骚扰，是皋落氏所擅长的，但我们有着防备，他们没有得逞。剩下的时间里，士卒们擦拭着自己的兵刃，让这些兵刃的寒光照亮即将到来的战场——尽管那战场还在山的另一边，我们还需要顺着山路翻越这座山，明天在煎熬中就要来临了。

梁余子养是我的御戎，先丹木是我的戎右，他们早已在军帐里打起了鼾声。我却坐在篝火旁等待着明天的血战。记得在出征前，军中

古灵魂

有着各种传言，都说太子申生此次讨伐皋落氏凶多吉少。许多人卜筮后认为结果不利，只有太子申生将所有的传言置之不理。看来，太子是决心与皋落氏决一死战了。

临行前的一切犹在眼前。我们在出征前，国君亲自为太子申生穿上了背面两色的军衣，并送给他一块金玦。狐突为太子驾驭戎车，先友在戎右站立，那是多么盛大的场景，千军万马在军誓声中出征。我所率领的下军则跟随其后，战车与士卒一眼望不到头。寒风从我们身上扫过，可是我们没有一点儿寒意，只感到热气蒸腾，浑身的血就要沸腾了。至于国君为什么要给太子穿上两色的军衣，还要佩戴上金玦，一定有着深意。许多人都在猜想，可是，不论什么样的猜想能怎么样呢？何况，国君要这么做，肯定是为了祝福，为了在疆场上获得胜利。

我生来就属于疆场，每一次出征都不敢奢求活着归来。国君的祝福一定可以起作用，我相信，太子佩戴上这样的宝物，又穿上这样的军服，必定胜券在握。在我看来，佩戴金玦就意味着将大破敌阵，让皋落氏破缺，让我们圆满。因为金玦的形象是圆满的缺失。穿着两色的军服意味着太子统率两军，双向夹击，完成会师，并得胜而归。现在，已经快要天亮了，但是天却似乎更其黑暗了。天上的群星渐渐稀少了，但有几颗星却更加明亮。

我感到自己有一点儿犯困了，连连打着哈欠。好吧，我要回到军营大帐里睡一会儿了。不论明天会怎样，我都要睡一会儿。现在，睡觉是最重要的事情。我不想和那么多人一样，总是想那么多问题，我要把所有的思考都抛弃掉。我是统率下军的将领，不管那些与征战无关的事情。别人想别人的，我只想在战场上搏杀。搏杀需要的是勇气、力量和智慧，需要的是敏捷和在一瞬间找到杀死对手的机会。在生与死的面前，一切思考都无关紧要。因为在你思考的时候，敌人的剑已经伸向你的咽喉。它不仅夺取你的生命，也将杀死你的思考。

卷一百九十一

狐突

　　我们已经行进到皋落氏的稷桑了，太子申生想要出战。太子难道不知道危险临近了么？我劝谏太子说，我听说，国君喜欢宠臣，大夫就危险了，国君喜欢女色，太子就危险了，太子危险了，国家就危险了。如果你顺从国君的旨意并让奚齐成为太子，可能会远离自己的危险，但却违背了民众之心，因为民众是不愿意四处征伐的。违背了民众之心，就不利于晋国。晋国崩溃了，你又怎能获得仁义之名呢？何况，此时出战，我们并没有十分把握，皋落氏必然要拼死抵抗，你的性命也非常危险。你在皋落氏的土地上作战，国君的身边却不断有各种谗言，你为什么还执意冒死出战呢？为什么不多加考虑呢？

　　太子说，我不能这样做。国君派我讨伐东山的皋落氏，不是因为喜欢我，而是通过这件事来试探我的忠诚。所以在出征的时候，要赐给我两色的军衣，还将珍贵的金玦佩戴到我的胸前，又在我面前不断嘱咐叮咛。我也听说，一个人说的话都是甜言蜜语，必定内里有着苦衷。谗言是从宫廷里开始的，说明国君已经对我疑心重重。就像木蠹不断啃吃树心，树木就不能逃脱，我又怎能逃脱呢？既然不能逃脱，就是命运的安排，就必须接受。而且，如果我不战而归，就意味着背叛，就要承受罪责，不如拼死一战，即使战死沙场，还有一个忠孝仁义的名声。一个人连名声都不要了，还怎么能继续活下去？

面对太子申生的决心，我不能再说什么了。他说话的语气是沉稳的，既没有惊慌，也没有犹豫，看来太子是决意以死报效国君了。一个决心一死的人，内心就不会有惊慌，表情就不会有犹豫，因为他不是以一个活着的人的身份说话的，而是以一个死者的身份说话，那么，一个死者又怎会惊慌和犹豫？

事实上，一个人并不是生活在现在，而是生活于将来。我们今天所做的一切，都是为将来预备。这就意味着今天的重要，是因为将来更重要。如果失去了将来，现在就不值得活下去。而将来是什么样子的？谁也不知道。我们为什么要为不知道的东西而活着？所以，我希望太子能够听从我的劝告，及早逃往别处。为一样不知道的事情而死，这样的死又有什么意义？

是的，在出征的时候，国君的确赐给了太子一块金玦，也的确亲自给太子穿上了两色的军衣，可这又说明什么呢？太子的戎右先友当时就对太子说，君主给你穿上两色的军衣，就是让你掌管上下两军的大权，给你统率军队的权力，意思是把国君一半的权力赐给了你。你只要兵权在手就可以远离灾祸，还有什么可怕的呢？太子听了先友的话，却陷入了沉默。这沉默中分明包含了疑惑。

我反驳说，我和你的理解完全不同。我长叹一声，把我的想法告诉太子——我们的一切都在时光里，这时光里含着事情成败的征兆，这些征兆也在所穿的衣服上显现，因为它是一个人身份的标志。身上

古灵魂

的配物也是这样，它是一个人内心的旗帜，就像一支军队必须有一杆富有勇气和力量的军旗，军旗倒下了，它所代表的军队就已经崩溃。所以，我们要在适当的时候发布适当的命令，它必须与我们所处的时间匹配，才可以获得所向披靡的效果。

——所以我们要穿颜色纯正的衣服，佩戴合乎礼度的配饰。现在的一切都是不利的，出征的时间是四季之末，一年的尽头意味着我们的尽头。国君赐给你杂色的军衣，就是让你远离君主的身边，告诉你，你已经心存杂念，国君对你已经充满了怀疑。把金玦佩戴到你的身上，可能是说出国君改立太子的决心未定，先让你远离，然后他可以将自己的想法付诸实施。

——这么说吧，时间选择了一年中的最后日子，说明国君不希望你作战顺利，更不希望你得胜归来。给你两色的衣服表示让你远离，不要干扰他改立太子的决断，这杂乱的颜色也暗喻了寡淡薄情，其中已经掺杂上不纯正的东西。严冬暗喻着收束和肃杀，黄金意味着冰冷，金玦则是离绝的比喻，你还有什么可想的呢？你所要依凭的都不给你，你所希望的都予以断绝，还有什么可想的呢？

下军的御戎梁余子养接着我的话，表情凝重地说，统率军队的人要在君主的祖庙里接受命令，在社坛前接受祭肉，要穿着礼法规定的服饰，而不能穿杂色的军衣。这些礼仪都没有实行，就说明国君的用意都在其中了。我不敢说其中一定有着险恶的用意，但也不是太子理解的善意。所以，如果出兵而死，还不如远走他乡。

下军的主帅罕夷持有相同的看法。他说，他们说得都有道理，我不是一个善于思考的人，但我也看出来了，杂色的军衣意味着不守常规，金玦不能恢复为没有缺口的圆环。这里面的道理已经十分清楚了。即使我们拼死一战，又怎能使得金玦恢复为圆环？就是恢复了又能怎样？君主的弃绝之心已经不可更改了。你想想吧，金玦之所以故意将圆环打破，就暗喻着诀别，军衣之所以有两色，就暗喻着撕裂，可是太子怎就不明白其中的道理呢？

下军统帅罕夷的御戎先丹木愤怒地说，这样的服饰，即使最疯狂的人也会拒绝。国君还假装深情地告诉太子，让他把皋落氏消灭干净就返回。我们的敌人真的能够消灭了么？即使敌人被彻底消灭，依然有人在晋国的宫廷里谗言不绝。太子应该违背国君的命令。所谓的命令不过是别人的一句话，却让我们冒死血战。何况，他所说的都是虚假的，我们却为虚假的话可能失去自己的生命，这难道是公平的么？

如果他们都按照我的设想而逃走，也许会是另一番样子。就像世间的道路纵横交错，为什么必须走这一条？野兽在林间的路经常变化，飞鸟在天上从没有固定不变的路，只有我们明明知道有着无数生路，却偏要向着死路前行。我们还不如飞禽走兽么？事实上正是这样。我们是胆怯的，从来没有勇气去开辟新路，却将这生的勇气用于征战中的杀戮。我劝太子逃走的时候，将士们纷纷响应，只有监军的羊舌大夫沉默不语。他显然另有想法。

他抬起头来，望着道路的尽头，好像他在我们都看不见的地方，看见了什么。他的眼睛不是对着我们，而是对着一片空阔和虚无。他说，你们说的都不可行，人世有着人世的礼法，天地有着天地的法度，法度可以追寻到它的根源，万物逃不脱道的支配。一个国家的君主是礼法的中心，违背君主的命令就是违背礼法，就是违背世间之道，就是违背天地之道，就是不孝和不忠诚。现在正是寒冬季节，天气和人心一样寒冷，但那些背离法度之事，让别人去做吧，我们都是仁义忠诚之士，怎能背叛我们内心的初衷呢？已经到了关键时刻，我们还是去拼死一搏吧。

羊舌大夫是大军的军尉，担负着监军重任。他始终是忠厚的，有着令人尊敬的德行。面对他的话语，我们心中叛逆的火焰熄灭了，剩下了一团小小的灰烬。天穹露出了蔚蓝，这是一个眩晕的日子，我的头脑里装满了失去了热力的炉灰，它渐渐冷却下来了。可是，我并不服气这些话，因为国君先违背了礼法，先失去了道，我们为什么不能选择叛逆？不过，太子和羊舌大夫的想法是一样的，我们对太子的忠诚，搬走了内心里充满了棱角的石头，一切跟从太子的抉择吧。

但是，现在已经到了临战的关头，有些话仍然需要提醒太子。前一天晚上，阴云密布，一片漆黑。但到了午夜时分，云层开始消散，明月渐渐露出了它的光亮。这是一弯残月，它就像凌空的金钺，怀抱于四周的云翳中。这是什么样的征兆？它要说出什么？我从军营巡查归来，太子告诉我们，明天就要出战。我毫不思索地说，不，不可以的。他说，为什么？我看着他惊讶的表情，觉得他仍然没有理解我的意思。我身上还披着冬夜的寒风，眉头间凝聚着沉重的担忧，内心里深藏着激战前的悲伤。

我对太子说——我以前已经说过，过去周朝的辛伯曾极力劝说周桓公，在宫内受宠的有两个王后，宫外则有受宠的两个执政卿，宠姬的儿子和嫡子又并立相对，另一个都城还与国都对偶而配，这都是国家动乱之根。如果消除了这些双双相对的因素，祸患才能解除。可是周桓公并不听从规劝，所以灾祸就会临头。现在晋国的祸乱已经埋下了深根，它总会发芽开花。那时候，一切就晚了。

——实际上，所发生的，你已经看到了，正在发生的，你还没有完全看到。人的视线不会很长，距离遥远的东西就会变得模糊，心里就会在相信和疑惑之间，就像天上的云不断在风中徘徊，什么时候会遮住太阳，一般人都难以预料。可你是晋国的太子，晋国的每一件事情，都关涉你的安危。保全自身也是孝道，一个人不能保全自己，还怎么保全孝道？身体来自父母，保全自己就是行孝，就像树上的枝条是为了保全它的果子，果子掉落了，空空的树枝还有什么意义？而且，不滥用战争的权力就是保全民众，保全民众就是保全国家，这是一个君子应行的仁义之道，也是对国君的忠诚之道。与其使自己受到危害，又使得自己不仁不义，还不如另择他途。

太子申生就看着我，不说一句话。我知道他的沉默意味着什么。因为心里有着无数的话却说不出来，这些话纠缠为一团，它们互相矛盾、互相对立、互不相让，语言变得无比苍白，它失去了效力。一样失去了效力的东西怎样摆放到眼前？即使就在那里，又有什么意义？他知道一切已成定数，说出来的一切都是无用的。寒风似乎小了一些，它慢慢地在地上行进，不愿意惊扰我们的谈话，也不愿意惊扰太子的沉默。这是多么大的沉默啊，皓月在高高的天上投射出无限的清辉，落在我们的身上，也照彻了沉默本身。

古灵魂

卷一百九十二

太子申生

从现在开始，我不再想别的事情了。明天就要投入战斗了，我早已把胜负和生死放在了一边，因为这些都不可预料。不可预料的东西就交给天神裁决吧。从现在开始，我已经死了，我已经将自己作为一个死去的人对待，我将没有思想、没有痛苦甚至没有疼痛，我连自己的肉体感受都一并抛弃。

这个夜晚真是太长了，它甚至比我的记忆还长，比我的短暂的一生还要长。我渴望自己很快度过这个夜晚，盼望这个夜晚迅速结束，盼望一场激战立即来到身边。当然，我也渴望真正的死。死不仅是一个人的终结，也是整个世界的终结。对于一个死者，世界是完全干净的，自己也是完全干净的。那么，一个没有死的世界又怎能值得留恋？可是死将斩断一切留恋。

我的双耳已经灌注了太多的声音，它已经被填满了。我的心也灌注了太多的芜杂之物，它也被充满了。只有我的心在跳动，我的血在流动。我看着月夜的清辉，看着无限的暗淡，旷野上不断闪现的各种影子，它们包围了我，可是我是镇定的，我就站在原地，可实际上那些包围我的，也是站在原地。我们只是对峙着，同时在这样的夜晚站着，谁也不干涉谁，在这对峙中我仍然感到自己还活着，发现自己的鼻孔里不断冒出雾气。是的，我虽然死了，但仍然活着。

这是多么奇妙的对峙，生与死的对峙，自己和自己的对峙。我的御戎狐突又在提醒我，他说，国君所喜好的，并不是他的众臣所喜好的，所以众臣都不会附和响应，他们也就不会继续跟从他了。国君喜欢骊姬，也喜欢她所生的儿子奚齐，也就不会再喜欢太子，他的心思我们都知道了，你也知道了，晋国的社稷已经危险了。

我回答说，既然我们都知道了，说它还有什么意思？明天就要出战了，和皋落氏作战是危险的，我们只能拼死搏杀了。这些事情面对生与死都变得微不足道了。让我们谈谈别的有意思的事情吧。但是，狐突并不理会我的话。他的心跳比我更快，我好像听到了他急促的心跳，也听到了他隐没在黑暗里的呼吸。

他仍然说，我们还是撤退吧，与其与外族作战使晋国更加危险，还不如放弃争战，主动远离危险。交战的得胜并不是仅仅凭藉勇力，还要依赖智慧。交战不是仅仅有一种，撤离是另一种交战。我们所面对的并不是眼前的敌人，还有晋国内部的敌手，远离就可以避开两者，既避开了接战的危险，也避开了背后的危险，因为保存了自己，就有了更多的得胜机会。机会不一定就在面前，它在时间的深处等待。

我告诉他，我如果不战而退，我的罪就更加深重了，我的心无法承受这样的重量。如果我战死，我就获得了解脱，我身上的罪就消失了，因为我的肉身的消亡，一切加之于我身上的，都卸下了。我将没有铠甲，没有两色的军衣，没有佩戴的金玦，也没有了我所谋求的一切。我的名声也许会好一些，但它也与我无关了，因为我的灵魂不会再沾染世间的污浊了。

这有什么不好呢？事实上，我现在已经没有别的选择了。我已经来到了前沿，就像来到了悬崖边，要么跳下去，要么退到另一个悬崖上，然后掉下去。与其掉下去，不如自己闭着眼跳下去。这是一个勇敢的选择，也许这样的选择可以让我活下去。可是，无论能否活下去，这已经不是最重要的事情了。我所关心的是，我的死是否能够让人知道，我究竟为什么而死？人和天地一样，也有自己的四季，每一个季节都有不同的景象，只是我所看见的，是所有的景物一掠而过。我还没有看清它们的时候，我已经隐没在了它们的深处。

我听说有一种叫作人面的花。它开放的时候，花瓣上就会出现一个漂亮的人面，眼睛、鼻子、双耳和嘴巴，人所有的它都拥有。据说，这样的人面看起来一直在微笑，甚至还有人听到过它发出的笑声。可是这样的人面，只有很短的时间开放，也只有在最黑暗的夜晚才展现自己的面容。有人在夜间长时间等待，但只有很少的人看见它的真容。这么短暂的开放，却能呈现最美好的容颜，这是多么令人羡慕啊。它是否已经知道，花的开放不在于时间的长久或者短暂，关键是它是否美好，是否有着绝世之美。如果一生的短暂能够换来瞬间的绝美开放，还将有什么奢求？

也许是天神用这样的花来说明人的意义的。他可能在回答我们内心的疑惑，我们究竟为什么要来到世间？怎样才是最好的选择？这里有着深邃的旨意。他在花瓣上展现人面，就是告诉我们，它就是我们的面容，就是我们的真形，就是我们的灵魂。它不让我们在寻常的时间里看见它，只是为了说明它的珍贵。它只在暗夜开放，就是为了不让更多的人看见它的样子。它在黑暗里开放，又在黑暗里凋谢，它的生活完全沉浸于黑暗。那么，我们的真实生活，不就是隐没在黑暗里么？谁又能看见真实的生活？甚至，你都不可能看见真实的自己。

这样说来，生的目的就是为了死。就像我弓上的箭，一旦发射出去，就是为了飞向我所瞄准的靶子。飞向靶子比所有的过程都重要。现在，我已经到了战场上，我的箭已经发射出去了，它从我的强弓上离开了，它已经奔向它所要去的地方了。我将从一个黑暗的地方飞向更深的黑暗了，在那里，我将开放，我也将凋谢。也许有人会在暗夜守候，举着火把，偶然会看见我。

古灵魂

卷一百九十三

先丹木

　　我们竟然获胜了。这是我没有想到的。我问过我的主帅罕夷，他只是摇头，觉得这是没有把握的拼死一战。我也问太子申生，太子不回答我的问题，他只是说，你看见远处山头上的云朵了么？它并不是一直悬在那个山头上，它停留，就是为了让我们的目光更多停留在那个山头上。

　　他在说什么？我没有听得懂，但是那朵云的确停留在那里很久了，它似乎等待着什么。我又问御戎梁余子养，他却似乎根本没有听见我的问话。我知道，我们不可能取胜，因为皋落氏太勇猛了，他们每一个人似乎都身怀绝技，有着绝世武功。他们也不知道死是什么，甚至觉得死比生更美好。

　　可是我们竟然取胜了。太子申生和众多将领、士卒都抱定了赴死的决心，上军和下军双流合抱，从两个方向冲入了敌阵，如入无人之境。我看见到处枪戟闪烁，矛头在尘土中飞扬，士卒身上的铠甲发出了闪光，战车在敌阵中画出了一道道曲线，血沾染了车轮，敌人的尸体和我们士卒的尸体混合在一起，激烈的战鼓震动了四周的山丘，一

—— 329 ——

阵阵回声将喊杀声放大到天地之间，好像爆发的一阵阵惊雷。

敌人终于溃散而逃。我远远地看见太子站在战车上，他挥舞的鼓槌停留在空中，他佩戴的金珏发出耀眼的光芒。他一动不动地站着，好像一块凝固了的大冰块，形态峥嵘，散发着寒冷的力。这样的冷，出自死的磨炼，出自飞箭的停滞，出自炉火里取出的铜的突然淬火——它有着令人震颤的绝响。我看见他穿着的杂色战衣在风中飘扬，两种颜色的衣服，被寒风不断吹起衣角，和身边的战旗一样，被残酷的血染红了。

我曾为太子感到不平，感到愤怒。我曾劝他拒绝穿这样的衣裳，纯正的战衣应该具有纯正的色彩，可国君却故意将两色的战衣授予他，这是多么不祥的兆头，可太子仍然接受了这含于衣服里的诅咒。现在看来，太子也许是对的，因为疆场厮杀本就是不祥，以不祥来对付不祥，以先兆来克服先兆，它们就在彼此的相克中实现了转换。现在，我们拼死一战，终于用超出生命的勇力博得全胜。

国君曾在出征时虚假地嘱咐太子，让他将皋落氏消灭干净就返回。这分明就是不让太子归来，让他死于作战。难道皋落氏能被全部消灭么？我们是为了消除边患，杜绝皋落氏的袭扰，而不是为了杀戮众生。即使按照国君的指令将皋落氏斩草除根，可是晋国宫廷里谗言不绝，太子依然随时有性命之虞。太子没有听从我们众多将领的劝谏，没有违背国君的命令，顺从了所有可能的厄运，却获得了意外的逆转。

当然，这一切有赖于太子的决心和意志，有赖于天神对太子的怜悯，才给了我们超常的勇气和力量，给了我们绝境里的光亮。我们可以奏凯而归了。可是回去之后又将怎样？也许是另一个绝境，不知道会不会给我们第二次光亮？也许太子的内心里就住着一盏灯，光亮不是来自外部，而是从他的身体里发出来的。是的，我看见太子站在战车上，他的身上的确有着一层光，就像他穿着光亮编织的衣裳。可是，那光好像是寒冷的，好像是从透明的冰里透出来的光。

这是一种预感，一种更加不祥的预感。这冷的光照射的不是面前的土地，它一直照向归去的路。我想起了夏天的事情。一个雨后的下午，我来到了郊外，大口大口呼吸着新鲜的空气，这空气是湿润的，带着细腻光滑的湿气，夹杂着草木的芬芳。多么好的下午，远处的山峦前升起了彩虹，一座巨大的七彩拱门，飘在空中，它要迎接什么神灵？天气渐渐放晴了，雨雾差不多散尽了，雨水不仅洗净了土地，连同土地上的树叶、各种野草，还有开放的各种花朵，它们干净、纯净，几乎像刚刚打磨的各种玉佩一样，一个宝石般的世界令人心醉。

在一个小小的水洼前，我停住了脚步。一只小小飞虫吸引住了我的目光。我从没见过这么漂亮的飞虫，它飞翔的姿势优雅自然，有着高超的飞行技艺，它一会儿悬在空中一动不动，一会儿俯冲下来接触一下草叶，继续进行自娱自乐的表演。可以看到它的透明的翅膀在不停扇动，又一次几乎贴近了我的脸，我甚至感到它掀起的微风。它的身上穿着一件有着花瓣一样耀眼的衣裳，它一定是一个美女的化身。那么轻盈，那么漂亮，那么富有优越感的迷人的炫技。

我一眼不眨地观赏着它的每一个动作。它似乎在空中休闲和散步，却不留下一个脚印。突然，从上面的树叶上掉落一滴积蓄的水滴，正好落在了它的小小翅膀上。突如其来的袭击，让它猝不及防。

这只漂亮的飞虫，竟然承受不了一个小小的水滴。它被击落到地上的水洼里。我看到它一直挣扎，用两个小翅膀扑腾着，可翅膀似乎被粘在了水面上，它的颤动不断激起小波纹，身体一点点向岸边滑动，它的力气就要用尽。我想伸手将它打捞出来，可还是忍住了，我想看见它自己拯救自己的结果。

更可怕的是，树上飞来一只鸟儿，它的眼睛里已经有了水面上飞虫挣扎的影子。也许因为我在水边的原因，它没有飞下来，但它经做好了准备，寻找合适的时机。小飞虫一点点在水里挪动，在几乎就要沉入水底的时候，触到了水岸。它需要将自己的翅膀晾干之后，才能起飞。它躺在潮湿的岸边，等待着，等待着……它认为自己已经逃脱了厄运。突然，树上的那只鸟飞了下来，长长的喙，将它夹了起来，飞向了空中。它的动作同样敏捷、快速，我几乎没看清鸟儿是怎样扑下来，又怎样飞去的。它同样有着高超的技艺。

每一个生命都有自己的独特技能，并用它来觅食。但它们都不知道自己也是别人的食物。现在，我们就要返回晋国了，太子将会遭遇什么样的结果？也许他就是那只漂亮的飞虫，曾被一个水滴击落，还没有来得及晾干翅膀。树上的飞鸟会不会突然落下？我似乎看见一支长长的鸟喙已经伸向了他——一道长长的黑影，从晋国的都城中心，一直蔓延到了太子的战车前。

古灵魂

卷一百九十四

骊 姬

冬天太冷了，尤其是今年的冬天，比往年还要冷。外面寒风像发了疯一样，拍打着屋顶的瓦片，似乎要将这些瓦片掀翻。我能听得见寒风的呼啸，这些声音犹如远处野兽的狂嗥。我的双手伸向火盆，蓝色的炭火放出微微的光焰，我的浑身感到了它的热。我需要这样的热，需要这火焰从内心里发出，需要我的浑身都拥有寒冬的热。我是怕冷的，每当到了冬天，我就不愿意到外面走动。我害怕狂风击打我的脸，它有着玫瑰上的刺，我不愿意碰触这样的刺。

这样的日子怎样度过？我有时裹着厚厚的皮衣在四周看一看，我的脸也要蒙住，只露出一双眼。我天生不属于冬天，我也不喜欢冬天。这是多么荒凉，没有草木开花，没有繁荣的色彩，更多的是灰蒙蒙的一片，苍茫、空阔、单调，它让我的心情晦暗，让我的双眼晦暗。我是漂亮的，不愿意将一个美好的身躯包裹起来，它遮盖了我所拥有的，也遮盖了我浑身散发的诱惑。

天神为什么要设计一个冬天？我已经感到了一个季节的折磨，心里也充满煎熬。这样的时节，让太子申生前往征战，说实话，我并没有多少快意。我仅仅是想让他战死，既成全他自己的美德，也为我的孩子奚齐让开一条路。我的想法十分简单，但别人总觉得我是一个心机复杂的女人。如果我的孩子不能成为国君，我的命运就可能是悲惨的。实际上，如果太子还活着，我就必然在将来死去。当然，我并不畏惧死，只是我不知道会怎样死去。

选择战死沙场，是太子申生最好的结局。我在这冬天的日子里，一直等待来自东山皋落氏战场的消息，这种等待是痛苦的。我的心一直高高悬浮在半空，我的手在火焰上，我的心也在火焰上，这寒冷中有着温暖，温暖里又有着疼痛。冬天太漫长了，在昨天深夜，竟然飘起了大雪。它一点儿声息都没有，只是从天穹的灰蒙蒙的地方，将这白色的雪花无穷无尽地降落下来。

早晨来到了，又一天开始了，整个世界一片白茫茫。我看见的一切都是白茫茫的，无论是远处的山还是近处的土地，都被白色覆盖了。我刚刚走出去，就被一阵风卷着地上的雪花推了回来，这难道是一个不吉之兆？不，不会的。这世界的白，意味着眼前的一切已经被扫除干净，所有的地上的道路都被遮蔽，也就是说，所有的地方都可以行路了。

现在我才意识到，善行是脆弱的，甚至保留在心中也是奢侈的，就像精美的陶器，极易掉落在地上。我的内心一直被两种相反的激情折磨，既想不伤害任何人，又想助我的奚齐成为以后的晋国国君。可是这两者冰火不容。你是杀死自己还是杀死别人？这是一个不能回避的问题。人世间的残酷我已经看见了，它的面容从来不会同情任何人，只有自己同情自己，自己拯救自己。于是，我的灵魂开始从毒蛇

古灵魂

分叉的舌尖上开始，汲取不属于我的毒液。现在，我的身体里已经蓄积了足够的毒，它仅仅是为了保护自己弱小的心。

可是，优施来了，告诉我一个坏消息。他说，太子申生竟然在讨伐东山皋落氏过程里毫发无损，还大获全胜，不久就要回来了。国君给他穿上两色的战衣，又给他佩上金玦，他还是回来了。金玦含有诀别的意思，两色军衣又意味着两色相对，难以获胜，可是他依然回来了。这就是说，人间的咒语已经不起作用了，严冬的寒冷也没有让他死去，我所用的力量还不能把他推向深渊，天神在寒风中拉住了他的手。

优施是一个卑微低贱的九流角色，他有一张年轻漂亮的脸，可他仅仅是为了在宫廷里进行滑稽可笑的表演，以取悦国君和我。我发现，他似乎已经爱上了我，只要是我所做的，他总是能够理解并设法帮助我。我同样需要这个人，他的忠诚常常令我感动。可我是国君的夫人，有着高贵的身份，又怎能屈尊去爱一个低贱者？

从另一个方向看，优施是一个有趣的、富有活力的人，他的身上散发着青春的气息，这样的气息十分迷人，常常让我迷醉。我喜欢清纯的青春，喜欢一个人富有活力和趣味，也喜欢会说话的人。优施就是这样的人。何况他也迷恋我的美貌，迷恋我的充满了迷惑的灵魂。两个迷人的肉体，异性的肉体，从来都是相互吸引的，极易产生惊心动魄的爱情。但他的卑微身份，就像我鞋子上的土，只是我走路的时候粘在上面的，但我舍不得洗掉它，它含有玫瑰的香气。

因为优施可以接触到各种各样的人，我经常能从他那里获得各种消息，有些是有趣的消息，有些是有用的消息，我喜欢听他绘声绘色地讲述各种故事。当然我也喜欢国君的足智多谋，他想要做的事情必要做到。还有他的巨大的权力，可以主宰整个晋国，因为他，我的影子也充满了光芒。可现在，一个冬天的下午，阳光使得一切变得温暖了一些，优施却带来了坏消息。

他告诉我，国君也心情郁闷，但又不能多说什么。毕竟太子全胜而归，对于晋国来说是一件好事情。不过事情并没有完结，我们需要等待更好的时机。有什么办法呢？据说，太子的身边将领已经对国君和我有所不满，他们的言论已经传到我的耳边。看来，这件事只有从另一个方向谋划了。我现在就到国君那里，他总是有着高明的设想，他的火盆里，有我需要的炭火。

唉，我是一个什么样的女人呢？竟然秘密地爱上了恶。爱上了肉体，以及肉体里所包含的耻辱，以及灵魂里所包含的恶。你越是希望远离恶的时候，你就越是接近恶。你越是憎恨恶的，它越是让你迷恋。其实，我已经与恶捆绑到了一起，已经失去了选择别的事物的理由。我的爱那么多，可是哪种爱都不能替代我对自己孩子的爱。所以，我必须用一种爱毁灭另外的爱，用一种善毁灭其它的善，这不就是恶么？那么，最后的事实是，只有恶不能毁灭恶，恶就成为人世最后的遗留物。

我只能承认恶的意义了，它对我是有意义的，甚至对所有人都是有意义的，可是人们并不承认它，也不能接受它。我所要的恶，需要人们的接受，可是人们非常决绝地拒绝它，似乎不给它任何宽容和理解。他们想要用他们的恶，来毁灭我的恶，那么，他们的恶是不是比我的恶更好？他们只不过用公义的名义行更大的恶。我仅仅是因为

古灵魂

爱而行恶，他们却为了行恶而行恶。我仅仅是因为憎恨恶的原因而秘密地爱上了恶，他们却从内心里喜欢恶，他们并不会对自己的恶有所憎恶。

我已经对自己的恶习以为常了，既不会特别憎恶，也不会喜欢，我只是觉得自己应该做一件自己的事情，为自己的恶做一件事情。如果别人受到了伤害，那是他随时可能伤害我和我的孩子。我已经被我自己的恶席卷了，就像这严冬的狂风，席卷了一切枯枝败叶。它是无辜的、无罪的，它的冷酷只是来自一个寒冬。

卷一百九十五

优施

多少个季节过去了，开花的季节和落花的季节，荒凉的季节和寒冷的季节，我在晋国的宫廷里看着花开花落，看着时间往复，不知道人的生命是不是也是这样？我是不是也有四个季节？我现在处于什么时候？我不敢奢望更多的东西，因为我是卑微的，在这个地方，我是最卑微的。从我的身边走过的人，都要比我高大，我无时无刻不在仰视。这个世界是高大的，我旁边的宫殿是高大的，身边的树木是高大的，一朵朵白云飘荡在高高的地方，我的手触摸不到。

所有的人都需要快乐，我就为他们提供快乐。我给他们讲述有趣的故事，说一些滑稽可笑的话，使他们笑得前仰后合。我使尽了所有的技巧，用完了所有的语言，也将自己想象的所有可以引人发笑的虚构，换取别人的笑，也换取自己的生活。我的浑身都用别人的笑来包裹，我每时每刻都在想着如何讨好别人，如何让别人快乐，可我却从来没有得到自己的快乐。

我用自己的聪明才智为别人营造了虚幻的快乐，但我知道这是虚幻的。一直到现在我都不知道真正的快乐是什么，提供快乐的人都

古灵魂

不知道的，那些不断发出狂笑的人又怎能知道？一个个高官显贵，包括掌管一国大权的国君，都张大嘴巴，眼角抽搐着，脸上的肉扭曲着，抖动着，爆发出一阵阵怪异的笑声。他们在笑声里毫无顾忌，失去了所有的尊严。不在于他们笑的样子是怎样丑陋，而在于他们的愚蠢，因为他们都不知道为什么而笑。他们自己从来不知道自己可笑的样子。

我穿梭于高大的人们之间，每一次仰望都让我变得更低。可是我要在最低的地方，在仰望中俯视。我感到自己既在低处生活又在高处飞翔。因为我已经被别人的笑声所抽空，我也把自己身体里的一切奉献给了笑，我的身体变得如此空洞，只剩下了一个空空的躯壳。我是轻的，比树叶还轻，比尘土还轻，比空气还轻，所以我就能飞起来，到很高很高的地方，和云彩一起飘动。我触摸不到高处的云彩，但又可以和云彩在一起，我是被云彩所赋予的形象。

我并不是贫乏的，内心里有着饱满的云。这云是澄明的，它不是白云，也不是乌云，它的里面含满了光亮。我的实在的身形似乎不存在了，它已经被一种非物质的力量所吮吸、所吞噬。可是我又感到自己是贫乏的，我迷恋自己的内心，却又想逃离它。因为我的贫乏而想逃离，又因我的饱满而留恋。这让我十分痛苦。好像我的身上存在着两种相反的力，它们互相撕扯，互相搏击，我的一切被这样的力量所剥离，一层又一层，我一点点被剥离干净了，甚至不会剩下一个桃核。

自从接触骊姬以来，我又回到了某种饱满的状态。我似乎又一次被充满。我开始用各种俏皮的语言迷惑她，不断向她暗示我对她的爱。她总是含蓄地微笑，似乎接受了我的示好。她的微笑是迷人的，里面似乎有着无穷无尽的内容，可又没有什么力量能穿透它。她的每一个动作都是优雅的，就像每时每刻都用舞姿来回应世界。不然为什么国君会那样宠爱她？

可是她显然不仅仅是为了一个人来到这里的，一个美好的东西，应该获得很多人的迷恋。如果每一个人都有着相同的人性，就必然会对同一样美好的事物产生爱——何况，骊姬是一个美好的女人。面对她，必然会有几种不同的态度，要么疯狂地爱她，要么疯狂地恨她，要么疯狂地嫉妒她。这几种看起来冰炭不容的态度，都来自同一个源泉，那就是疯狂的爱。因为她是国君的夫人，有些人对她的爱不敢说出，有些人背后说一些仇恨她的话，却是因为得不到她。女人们嫉妒她的美貌，就会附和那些仇视她的人，并试图加重这种敌视。我常常留意那些人们注视她的眼神，他们的眼睛里充满了贪婪，说出的话却否定了自己的本意。

我也经常违背自己，这样的违背仅仅是为了生活本身。或者说，违背自己就是我的职业，我所讨好的，我所讲述的，以及我所做的，就是虚假的和虚构的，在这假面的背后才深藏着我自己，它正好和我的表面相反。因而我是一条反向的路，朝着某一个方向行走，却为了从相反的方向回到自己的归宿。我是矛盾的，我给别人以笑，自己却在内心流泪。

所以一旦面对真实的自己，就变得更加真实，抛去了面具就只有赤裸的真实了。这样，我就爱上了骊姬，尽管她已经属于别人，属于一个强大的国君，可我总是怀疑，她就真的属于别人么？她的真实又在哪里？我知道，她可能不属于我，但她已经属于我的灵魂了。她已经是我的灵魂的一部分了。甚至已经是我的全部了。无论是她的美貌，还是她的每一个动作、每一个微笑以及每一个想法，都已经住在了我的心里。这样说，她已经属于我了。

我已经被她充满了，就像天上的满月，我因而有了皓洁的光辉。我的光只是为了跟随她，为了她获得一个和她的灵魂相伴的影子。或者说，我仅仅是为了照耀自己，以便成为她的影子。我甚至相信，她也是同样爱我的，但她出于身份的考虑，似乎一直用含蓄的微笑遮掩自己。

我深信，她所做的一切都需要我的理解，以及我的帮助。我愿意无私地帮助她，完成她的心愿，将她的儿子奚齐推到太子的位置上，将来成为晋国的新国君。她的美貌配得上国君的夫人，也配得上新国君的母亲。她应该得到自己所应得到的一切。可是，现在，她的美貌和受宠却成为获得一切的障碍，她从一开始就已经有罪了，美貌就是罪的记号。人们对她的爱转化为对她的憎恨，这是多么可笑的事情。这让我知道，我所提供的所有笑料，都来自那些自以为尊贵的人，他们从来不知道自己是可笑的，这就尤其可笑。

面对这样的美人，柔弱的、无助的美人，我所能做的就是安慰她。我用各种笑话让她快乐，可她不可能快乐，她的快乐仅仅是为了掩饰更深的痛苦。其实，我也是可笑的，只不过我知道自己的可笑，这是我的聪明之处。我的可笑是混合了泪水的，也是包含着爱的。曾经在我一个人的时候，我的泪滴到了我的舌尖上，它是这么咸，比盐还要咸，极度的咸里含着极度的苦。

我已经没有自己了，我的一切都归于骊姬了。我不辨认世间的公义，也不辨认善与恶，也不辨认对和错，我自己已经和自己争吵得太久了，对自己内心的焦虑不安和重重疑虑，已经感到了厌倦。我只能够辨认出一个人，她无论走到哪里，无论对与错，无论善与恶，我不去辨别了，我只能辨认出她的面孔，她的心灵，她的一切。我愿意将自己的眼泪和她的眼泪流在一起，就像两条发源于两处的河，最终汇合在一起，每一个波浪都和另一个波浪重叠，它们分不清谁属于自己。

古灵魂

卷一百九十六

晋献公

又一个夏天来了。一场大雨过后，似乎天气更热了。地上的水分蒸腾而起，让人浑身闷热。骊姬不断在我的耳边说起改立太子的事情，我已经不想听了。我只是告诉她，我会用自己的办法解决。你见过蜘蛛怎样捕捉飞虫的么？它先结好一张大网，然后坐在一个地方等待。现在，蛛网已经有了，你就在那里慢慢等待吧。骊姬说，我不知道蛛网在哪里。我说，它在无形之处，一张无形的网怎会在有形的地方？如果你看见了，别人也就看见了，谁都能避开一张能够看见的网。只有用无形的蛛网，才能捕获有形的猎物。

我曾经设计的一张网已经被太子申生躲过了。我令他前去讨伐凶悍的东山皋落氏，他竟然得胜而归。我只能大宴群臣，论功行赏。他的命运里可以躲过一劫，或者他试图用他的忠勇和仁孝来打动我，让我放弃改立太子的决心。可是，我不需要他的仁孝，他的仁孝却可以打动晋国的其他臣僚，也极易俘获民心。这就更可怕了。或者，他试图用他的行动从另一个方向证明我的残暴，陷我于不仁不义。这将使我的权威降低，动摇我的决定，也动摇晋国的稳固基座。

这样的事情是不能被允许的，我想做的事情就一定要做到，如果一切和我的愿望相反，那么别人将怎样看待我？我还是一个国君么？我的心里不能有阴影，也不能有坎坷，我必须实现心中所想的，必须推平一切路上的阻碍。看来，我必须编织另一张网了，把奚齐立为太子，就必须将我所不喜欢的石头搬掉。在我还没有想好办法之前，先要做别的事情了。

事实上，我也不是人们想象得那么残酷无情。我已经把我想说的话告诉申生了，只是他生性愚钝，没有领会而已。在出征前，我亲自给他佩戴金玦，就是告诉他，我们也该诀别了。又给他穿上两色的战衣，暗示他此次出征，就像这身上所穿的衣服，两色分离。作为我的儿子，我对他总是有着骨肉之情。我之所以这样，是希望他远离我，逃离到远处，不要让我再见到他。可是他听不懂我的语言，没有领悟的慧心。我又对他说，一定要把东山皋落氏消灭干净再归来。难道他不知道这是不可能的么？怎会让一个部族全部被消灭？

现在他还是回来了，给我带来了无限烦恼。我不得不除掉他了，这也是骊姬所愿。不然我就没有充分的理由改立奚齐为太子。我不喜欢别人改变我的想法，也不喜欢别人阻挡我做事。所以，太子申生已经用他的忠勇、仁孝，激怒了我，就像在平静的水面上投下了石头，激起了无数波纹。我听到了自己内心里的毒蛇发出的嘶嘶声，我的毒性从黑暗里涌起。但我却不知道自己应该怎样做。因为我没有理由杀掉自己的儿子，又不愿放弃改立太子的想法。

夏天真是太热了。我简直不能忍受这样的热。无论是在宫殿里，还是在树荫下，我的浑身都流着汗水。我已经老了，既经不起寒冷，

古灵魂

也经不起炎热。这几年来，我已经感到自己越来越虚弱了。时间不会一直等待我，多少年所想的，必须尽快实现，不能无休止地等待下去了。我必须在最后的日子里，实现自己的愿望。我现在最想做的，就是将虢国灭掉。

我对群臣说，我有一个愿望一直没有机会实现，现在时机到了。从前我的先君庄伯、武公平息晋国的动乱时，虢国经常帮助翼都的晋君讨伐曲沃，还把晋国逃走的公子藏匿庇护。我们今天不去灭掉虢国，既不能消除我的愤恨，也会给后代留下隐患。现在晋国已经强大了，应该做这件事情了。

多少年来，虢国虽然在远处，但它一直使我的心隐隐作痛。它是我体外的伤口，它在我的心里冒烟，它在灰烬里燃烧，让我感到焦灼难熬。一个个日子投放到了它的火炭上，却没有火焰，只有黑色的烟雾。它使我看不见更多的日子，看不见春天的雨水和夏日的花开。现在，已经没有更多的时间用来等待。

我将堕入时间的深渊，要从这个看不见底的深渊里打捞失去的东西。我不仅是自己一个人，还连着从前的所有时间，连着晋国的先君，连着他们的愿望以及他们的疼痛。我是带着他们的命运而来的，我还要把这命运带到更远的地方。我是一个旅行者，需要在道路的尽头转弯，让我的先君们随着我，看见我的道路，看见这道路上布满了的石头，也要让他们看见我用力搬走石头的样子。现在这些石头一点点不见了，道路就露出了他们不曾见过的光芒。

卷一百九十七

荀息

　　晋献公就要讨伐虢国了。但盛夏并不是用兵的好时候。万物正在生长，田野里的庄稼正在成长，而且这炎热与冷酷的征战也不相配。万事万物都要配有相应的时间，不然就不会有好的结果。一棵果树必须在春天开花，秋天才可以结出满树果子；一粒种子也必须在春天播撒，才能在秋天获得丰收。月亮要在天黑之后才升起，这样它的光辉才有意义，如果它出现在太阳的身旁，就会被掠取光泽，我们就看不见它。

　　我知道国君对这件事已经酝酿很久了。从曲沃和晋都对峙开始，虢国就一直与曲沃为敌。从那个时候开始，虢国就成为晋国的伤口了。无论是曲沃庄伯，还是曲沃武公，一直到晋献公，他们虽然在其它地方征伐，但矛头却一直指向虢国。可是虢国似乎忘记了曾经所做的一切，它似乎对所有发生的毫无察觉。

　　一条变色龙藏在一片树叶下面，一直在等待合适的时间，窥伺着面前的虫子。那个虫子身形较大，又距离太远了。现在，变色龙一点点接近自己的猎物，虫子却并不知道。它就要伸出自己长长的舌头了，这样充满黏性的舌头，箭一样快速的舌头，一直藏匿在深深的牙齿间。它从来没有忘记眼前的虫子，从没有忘记从前的敌手。属于生命的将回到生命，属于情感的要回到情感，属于仇恨的也要回到仇恨。实际上，一切事情都已经提前发生了，只是对于每一个见过事情本身的，以为还要在发生的时候才会发生。

在某种意义上，所有的事情都发生于从前。因为从前，虢国注定成为晋国的猎物。也因为从前，变色龙的舌头早已对准了快乐的虫子，它的舌头退缩在喉咙里的时候，已经拥有了自己的猎物。在它箭一样射出去红色长舌的时候，一切早已发生于从前。只有虫子会认为现在才发生。虢国依然沉浸于自己的梦中，它还不知道发生了什么。因为一个毁灭它的结局仍然在晋献公的胸中盘旋。

我已经看见了这个结局。我只是这个结局的参与者。国君对群臣说出自己准备攻击虢国的时候，一个小小的诡计从我的智慧中冒了出来，我告诉国君，要做到这一点，我有一条计策。国君将他锐利的目光投向我，他的目光里充满了期待，可以断定，他的目光里还有着儿童般的好奇。我说，你需要把自己产于屈地的骏马和出自垂棘的玉拿出来，让我把它们献给虞国的国君。

他说，这是我的宝贝，我怎能随便赠予别人？屈地的骏马出自遥远的地方，它高大英俊，有着细长的腿和矫健的身形，它奔跑起来比风还快，我甚至看不见它的四蹄在什么地方，就像长了翅膀贴着地面飞翔一样。它的鬃毛飞扬飘逸，面部有着从额头伸向鼻子的白斑，迎面而来的时候，它的面部有着传说中的瑞兽的表情，它似乎是微笑的，驯顺而骄傲，洒脱、自然而倔强，在人世间很少有什么东西能把这几样品格融合在一起。所以，在我的眼里，它几乎是神的化身。我怎能将这样的稀世珍宝献与别人？我自从得到它，就每天都要看见它，我要抚摸它的光滑、发着亮光的皮毛，为它亲自梳理长长的鬃毛，就像接触到丝绸一样。它是那样和我亲近，可以看出，它是那么喜欢我，每当我的身影出现在远处，它就会发出快乐的长鸣，它的双眼就会投出喜悦的发光的视线，它一下子就会照亮我，让我格外欣喜。多少年来，它已经成为我的一部分。我怎能将这样的骏马轻易给了别人？那不是夺取我的生命么？

还有垂棘所产的玉璧，它象征着圆满，万事的圆满，它是吉祥之物。它是我所见的多少玉物里最好的、最珍贵的。它的圆形、它的光洁，以及它的透明，让人联想到天地之间的澄明，它本身就是天地的精华，有着令人迷醉的品性。你仔细观赏，似乎能够看见世界的万象。里面好像藏有飘荡的云，有着充满了迷雾的山峦河流，有着无数的树木和开放的花朵，一切都在隐隐约约之中，它好像存在，又好像不存在。尤其是到了夜晚，明月升起之后，你将之置于夜光之中，它自身就会放射出光芒。它和天上的圆月彼此对应，又将月光采集到自己的玉体之内，仿佛被浓缩了的一轮月亮，它可以放在你的手上——遥远的事物竟然可以拿到手里，这是多么奇妙的感受啊。可是，这样的宝物就要献给别人么？

我看见了国君迷惘的眼神，看见他内心要说的话。可是他说出来的却只有一句——这是我的宝物啊。我只好把我的想法说给他——我们要攻打虢国，就必须穿越虞国，可是我们怎样才能做到这一点？唯一的办法就是向虞国借路，但虞国的国君不会轻易答应。所以我们必

古灵魂

须有充分的理由，还要用足够的重礼来打动他。你就必须拿出你的宝物献给他。正因为你如此珍惜自己的宝物，他也会为此迷恋，你所不珍爱的别人怎会珍爱？你只有拿出自己珍爱的，才足以让别人迷惑，将其引入自己的陷阱。这是有经验的好猎人经常所做的。

国君说，你说得不错，可是我将因此失去自己的宝物，我所珍爱的再也没有了。我告诉国君——你所爱的还在那里，它并没有消失，只是暂时存放在虞国而已。这样的宝物放在你这里和放在别人那里会有什么区别？你只要什么时候想拿回来，就可以从他那里取回。事实上，它一直属于你，只是让虞国的国君以为自己获得了宝物，他所获得的仅仅是宝物的幻象。他将进入这个幻象，并被神奇的幻象所吞噬。人往往是自己的毁灭者，因为自己是产生幻象的原因。

国君说，可是虞国有宫之奇这样的智者，他怎会轻易被蒙蔽？这样的小诡计，岂不是被他一眼看穿？我回答说——智者有智者的弱点，正是他的弱点成就了他的智慧。或者说，他的智慧就是他的弱点。你拥有一样东西，就会失去另一样。一个人不可能占有全部。我所知道的宫之奇，为人懦弱而不敢坚决进谏，他也从不敢说出自己真正所想的。他总是观察别人的表情，只要别人不高兴了，他就会将没有说出的话放回到肚子里。何况，他从小就和虞国的国君在一起，国君对他亲昵，他又在国君面前慎之又慎。你要知道，一个人一般不会听从与自己亲近的人的话，因为太亲近了，他就不会理解亲近的人所说的，也不会在意其话语中的深意。

国君若有所思，似乎听懂了我的话。他好像在反驳我——我和你是亲近的，可我接受你的话，现在你可以拿我的宝物去借路了。国君说完了，就微微闭上了眼睛，他好像沉入了无限的遐思，他在想什么？我不想去猜测了。我知道，国君也不愿意让别人猜透他的心思，他要让自己待在一片乌云里，因为乌云里会发出让人震惊的闪电。所以，一个具有权威的人总是要躲在乌云的背后。

这是一个炎热的夏天，无论是各种飞虫，还是天上的飞鸟，它们都喜欢这个季节。树上挂满了叶片，微风吹来的时候，那些叶片立即摇动起来，发出了沙沙沙的欢呼。郊外的旷野上开满了鲜花，蝴蝶在上面停留或者优雅地盘旋。它们的翅膀上画满了五彩图案，好像是一些神的文字。世间的一切都急于表达，万事万物的语言都不一样，都从各自的方向说话。我欣赏这个季节，因为我可以在每一个时刻倾听各种话语。我就像一个国君一样，在朝堂上听着群臣的谏言，却独自沉默。这些被季节的热情鼓动起来的语言，来自一个个形态各异的事物，其中有着神的思考，也负载着我的孤独的灵魂。我的话说给国君，它们的话说给我。

卷一百九十八

宫之奇

　　晋国的卿相荀息风尘仆仆赶来了，还带着晋国的珍宝，显然这不是一个好消息。我很了解这个人，他从曲沃时代就跟随庄伯和武公，足智多谋，心思缜密，不是一个好对付的人。他把晋献公的屈马和垂璧都带来了，要献给我的国君。他们所要的一定比这两样宝贝重要得多。我的虞国要遭难了。这一天，炎热的盛夏吹来了一阵寒风，好像给我们以清凉之感，但其中却含着尖刺般的凌厉。它穿透了整个夏天，把虞国吹到了寒冬里。

　　荀息对我的国君说，你还记得吧，冀国失去了道，曾经从颠軨入侵虞国，将虞国的郹邑团团围住，并攻打三面城门。那时候，我们讨伐冀国使其受到损失，就是为了君王啊。现在虢国也是这样，它们前来攻击晋国的南部边陲，你怎能坐视不管？晋国民众都传颂君王的仁义，想必你一定会为此主持公道。虞公不解地问道，虢国袭扰经过的事情我已经听说了，可是我又能为你们做些什么？

　　荀息说，我们国君想前去讨伐无道的虢国，可是中间还隔着你的虞国。不知道能否向你借用一条路？虞公把自己的脸埋在手掌里，陷入了深思。我在旁边劝阻国君，说，让晋国的大军从虞国通过，要是突然对我们发起攻击，我们怎么办？就在这时，荀息不失时机地说，我们的国君让我给你带来一点小小的礼物，但愿你能够接受。他捧着垂棘之璧，又让人牵来屈地之马。垂棘之璧一下子将虞公的双眼照亮，他迫不及待地接过了玉璧，爱不释手地反复欣赏。他说，我早已听说这个宝物，可从没有见到过，今天终于见到了真的宝贝。

他细细地看着垂棘之璧，并将它用手举起，对着外面射入的光线，玉璧在微光里发出了微光，在影子里出现了影子，无数的山水意象在其中涌动，让虞公的脸上现出了前所未有的惊喜。然后一边摩挲着玉璧，一边离开了自己的宝座，走向门口的屈地骏马。国君就像一团黑影从我的眼前飘过，他的脚步那么轻，那么轻，却那么快。我看见他过去打量着骏马，抚摸着马的皮毛，又用手抚摸马的鬃毛。马的皮毛发出了亮光，就像披着一圈光晕。

国君恋恋不舍地退回到了自己座位上，然后问荀息，这玉璧和屈马真的要给我？我不是在梦中吧？他不相信眼前的事实，甚至不相信自己的眼睛。他以为自己所见的，是一个个幻影。当听到荀息肯定的回答后，他沉默了。整个大殿陷入了寂静，死一般的寂静。只有马匹打了一个响鼻，仿佛将国君从梦中惊醒。他大声说，既然献公这样慷慨，我还说什么呢？好吧，就借给你们一条通路，我亲自率领虞国军队和你们一起进攻虢国，让无道的人得到应有的惩罚。

我急忙阻止国君——我国和虢国交往很好，多少年来一直彼此依存，就像嘴唇和牙齿的关系一样，如果嘴唇没有了，牙齿就会寒冷。如果虢国灭亡了，我们还能存在多久？但是我的国君并不这样想，他

古灵魂

说，我不能因为和一个弱者相处，就得罪一个强国。在国与国之间取舍，就要计算利弊得失。现在虢国已经得罪了晋国，所以晋国就要前去讨伐。如果我们此时站在虢国一边，晋国攻打的不是虢国，而是我们虞国了。以现在虢国的实力，不足以使我灭亡，但晋国就在我们的身边，随时有攻击虞国的危险。我们顺应晋国的要求，就可以抚慰强邻，虞国就会获得安稳。

我从小就和虞公在一起，我知道他的贪婪和愚昧。他已经不会听取别人的话了。他被晋献公赠送的垂棘之璧和屈地之马迷醉了，可不知道这将成为亡国的先兆。你就不多想一想，这两样宝物是晋献公的心头之肉，他怎舍得献给你呢？他之所以能够给你，就必定要从你的手里夺回。你的贪婪只是出于本性，而晋献公的贪婪却在于施展诡计，慷慨的背后有着更大的贪婪。

这些话我却没有说出，否则，虞公就会勃然大怒。一个君主的暴怒就会带来臣子的毁灭，我不能将自己置于危险的境地。因为我要说出的，正是虞公不愿意承认的。他的虚荣和他的贪婪一样，都必须用盾牌遮住，他没有能力承受利箭，也不会忍受真实的疼痛。我和这样昏庸的国君在一起，还有什么出路呢？

我见过捕鸟人的技能，他先将一把米放在那里，然后支起一个网，鸟儿眼睛里只看见地上的米粒，却看不见上面的网，当它飞进去的时候，上面的网就会落下来，罩住飞鸟。可是我也看见聪明的鸟，它们在天上盘旋，看到地上可疑的网罗，就不会去啄取米粒了。它的警觉和观察，看穿了捕鸟人的诡计，从而保全了自己的性命。捕鸟人还有另一种更为阴险的诡计，他用一种小小的夹子放置在地上，同样用米粒来诱惑飞鸟，当鸟儿落到地上并啄取食物的时候，它的喙就会被夹住，它就再也挣不脱了。我的国君，贪婪而愚蠢，他就看不见捕鸟人的机关么？

太愚蠢了，真是太愚蠢了，可是他的愚蠢是无法医治的。他的双耳已经被自己的愚蠢堵塞，他的眼睛已经被两样宝物蒙住，他既是聋子也是瞎子，又不肯拉住我递给他的手，我还有什么办法从悬崖边将他挽救？他不知道，圆形的玉璧有着中间的空，骏马的奔腾会在速度里将人带入深渊，他所贪恋的不过是一个虚幻的梦，但是这美梦的背后连着另一个噩梦。

卷一百九十九

荀息

事情办得十分顺利，一切依计而行。我将晋献公的垂棘之璧和屈地良马送给了虞公，他根本看不见这些宝物背后的深渊。这个人贪婪而愚蠢，所有的行为不出所料。我看见虞公贪婪的眼神时，已经知道事情办成了。他不仅答应借给晋国攻伐虢国的通道，还要求率军配合攻打虢国。

我从未见过一个国君竟是这样一个傻子。宫之奇在旁不停进谏，可是对一个傻子说话有什么用呢？由于光线暗淡，我看不清宫之奇的表情，他的激烈的话语，都没有被接受。虞公摆了摆手，他已经对宫之奇不停地进谏感到厌恶了。我承认，宫之奇已经看出了我的计谋，他所说的都是对的，但他的国君在不断摆手，不让他继续说下去了。一个人一般不会把自己身边的人视为智者，因为太熟悉了，所以既不愿意认可他的智慧，也不愿意听他的话。这一切都不出所料。

虞国有着这样的国君，即使有非常聪明的人辅佐，也不能避免毁灭的命运。我想，宫之奇已经看出了这一点，他已经不再言语。他的沉默就是他的看法。一个傻子只想听他希望听到的话，因为他只愿意与傻话为伴。他已经认为所有的聪明人都是傻子，而自己是最聪明的，所以他有着固执的坚守。

我甚至怀疑自己是一个没有道德的人，我竟然用傻话来诱骗一个傻子。我开始同情虞公。尽管他坐在国君的宝座上，我依然同情他。我说，宫之奇说得也许有道理，那我就把两样宝物拿回去吧，就说你不愿意接受我的君主的赠礼。虞公说，不，不，献公的厚礼哪有不接受的道理？我们都是同宗，晋国受到了欺辱，虞国一定会伸出援手，多少年来我很想为晋国做一点事情，只是缺少这样的机会。

就这样，我带着回赠的礼物回到了晋国。当我们的大军浩浩荡荡开往虞国的时候，虞国的军队已经开始攻打虢国的下阳。我和里克领军很快就与虞国的军队会合，虢国驻扎在下阳的军队在几次交锋之后，就放弃了抵抗，溃散而去。下阳城为虢国的陪都，虢君的宗庙社稷都设在这里，攻占了下阳应该会给虢国以重创，他的江山就失去了一半。如果没有大河阻挡，我们将一举击破虢国。不过，晋国已经势不可当，虢国的灭亡已经指日可待。这样的胜利来得太容易了，一切不出所料。

虢国下阳城里的战利品都给了虞国，虞公非常高兴。他完全不知道，这是在享用自己的祭肉。他的灵魂已经在自己的祭肉里。在收军返回的路上，我们又一次经过虞国，虞公亲自相送。他的脸上布满了得意的笑容，他看见了眼前的收获，却没有看见这收获里所含的悲凉。夏天很快就会过去，秋天的狂风会扫除地上的繁荣，落叶和枯草也将被石头和尘土覆盖。晋军的长矛和长戟在半空闪耀，阳光的灿烂使得这样的胜利更为悲凉。

古灵魂

归途中，我和大夫里克走下戎车，开始谈论其它事情。里克说，我站在大河边已经看见对岸的虢国了，它已经在晋国的怀抱里了。我说，要将它抱起来，还需要积蓄力气，不过它已经属于晋国了。当初虢国曾不断与晋国为敌，先君庄伯、武公屡屡受挫，那时虢国倚仗自己国力强大，怎知种下了一枚恶果。仇恨不会随着时间消失，却会随着时间而成长，就像混杂在谷种里的草籽，农夫播种的时候不知道，到了夏天的时候才能辨认出来并将其除掉，可是没有除掉的就会夺取禾苗的养分，秋收的时候就会歉收，那时一切已经晚了。

是啊，里克说——晋国是不是也是这样？从前国君要将骊姬立为夫人，曾让占卜者占卜，先用龟甲占卜而不吉，又用蓍草占断却吉祥，但是国君采用了蓍草的占卜结果，因为这符合他内心的想法。占卜者告诉他，蓍草之数短而龟象却长，龟卜更为可靠一些，国君不如采用龟卜的结果。爻辞里说，宠爱会让人心生不良之念，并会偷走你的公羊，香草和臭草放置在一起，臭味就不会在十年之内消散。可是国君只听从符合自己想法的占卜，这样的占卜有什么用处呢？现在，骊姬生了奚齐，太子申生的位置就危险了。晋国也种下了内乱的种子，但已经不可能除掉了。

我说，这都是天命，天命是不可违背的。就像虞国和虢国一样，不是晋国要灭掉它们，而是这毁灭来自天意。不然为什么要让虞国有这样一个国君？即使他有宫之奇和百里奚这样的贤臣也无济于事。一个果子如果外表溃烂，将溃烂的部分去掉仍然可以食用，但果子里有了虫子，它就会从中间腐烂，果子就必须扔掉了。可是为什么有的果子是好果子，而另一些是烂果子？它一定是天意的安排。

道路是漫长的，我们听到的是士卒的脚步和战车车轮的声音，它们都在同一个地面上落下不同的声响。两旁的树木郁郁葱葱，在微风中飘荡着，好像天上的云落到了头顶上。不过它们是浓绿的，它们的形象一朵朵连了起来，形成了一个令人忧伤的世界。我们知道这是通往晋国的路，归家的路，可是真正的晋国又在哪里？它可能不在我们通往的地方，它也不在晋献公的心里，它在一个个飘动的影子里，在连绵不绝的远处的山脊线上。

卷二百

宫之奇

　　我热爱我的国君，因而我也痛恨我的国君。我热爱他，是因为我们一起成长，他对我有着深深的感情，也十分信任我，愿意将好的东西与我分享。我也痛恨他，是因为他的愚钝、他的贪婪以及他的短视。他常常善恶不分、好坏不辨，他的眼睛所看见的，只是眼前的东西，他的双耳所听的，也是他所喜欢听的。

　　我向虞国的国君举荐了百里奚，我深知他的才能，只是他一直像一块稀世美玉被包裹在石头里。这个人是了不起的，他曾到各处游学求官，结果被困于齐国，在铚邑乞讨流浪，齐国的蹇叔收留了他。他想侍奉齐国的国君，蹇叔劝阻了他，他得以躲过了齐国的内乱。后来投奔了周王，为周王子颓养牛，因为他的聪明和智慧，饲养的牛既健壮又漂亮，深得周王子颓喜爱，要赐予他禄位。但蹇叔又一次劝阻他，因而他又逃过了一劫，没有因侍奉周王子颓而被叛乱者所杀。我看到了百里奚的智慧，于是把他引入了虞国，但我的国君并不喜欢他，也没有将他委以重任。这样的国君，既不会任用贤才，也不会治理国家，只知道满足自己的贪欲，虞国还有什么希望呢？

这一次，晋国只用一块玉璧和一匹良马就收买了他，他竟然借给了晋国攻打虢国的通路，还帮助晋国获取了虢国的陪都下阳，真是糊涂至极啊。他竟然不明白，别人送给他宝物，是因为他是虞国的国君，而他所依凭的便是他所拥有的虞国，虞国不存在了，宝物又有什么意义？或者说，他所得的宝物也将随着虞国的灭亡而被夺去，他现在所占有的宝物，仅仅是宝物的幻影，而自己的虞国才是真正的藏宝地。可是他又怎能明白这样的道理呢？

现在危险越来越近了，虢国的下阳已经被攻占了，劫夺的财物都送给了虞国，虞公竟然为意外所得感到兴奋异常。他就没有嗅出其含有的血腥么？这样的血腥不仅来自虢国，也来自将来的自己。虢国最后的屏障就是一条大河了，可是这又怎能成为屏障？晋国已经看见了南岸，它所看见的就要获得，晋国有着比虞公更大的贪欲。虞公只要晋国的宝物，但晋献公不仅要消灭虢国，还要夺取虞国的土地，夺走虢公和虞公的一切。可是虞公仍然沉浸于获得宝物的欣喜之中，他仍然在睡梦里寻找安宁。就像一只在树枝上栖息的小鸟，沉浸于自己刚刚获取食物的兴奋里，却看不见伪装为树枝的毒蛇嘴里已经吐出了猩红的蛇信。

几个春秋过去了，一切看起来没有什么变化。但我知道，这样的平静并不是正常的。虞公还经常嘲讽我——你不是说虞国危险了么？你所说的危险在哪里？现在我的虞国已经越来越强了，你所说的话每一次都和事实相反。我回答说，在阳光下，树的影子是慢慢转动伸缩的，日子是一天天过去的，表面看起来，事情都没有变化，但是日影的长短已经反映了从早晨到夜晚的变化。每一天看起来都差不多，但每一个人都在一点点变老，只有他从镜子里发现自己的皱纹的时候，才意识到那么多日子已经失去了。虞国的危险不在于这危险的临近，而在于国君没有将危险当作危险，看起来每一天都是安稳的，一旦危险来临，才会知道所有的安稳都是生活的幻觉。

我再一次提醒国君，晋国之所以在几年内没有行动，是因为它需要休整和积蓄力量，就像毒蛇发起攻击前，需要将自己的身子缩回来，以便用更快的速度接近目标。或者，一支箭要发射出去，先要用足力气拉开弓，但这都需要时间。晋国就是那条毒蛇，它在缩回身体准备攻击，就是那个准备发射利箭的人，它在悄悄拉开强弓。它瞄准的是虢国，但会带落虞国树上的果子。

我的话像白云一样飘过，国君摆了摆手，将它打落在地上。凶兆一点点来了，它的阴影就要盖住虞国了。很快，晋献公又一次派遣荀息来虞国借路，荀息对虞公说，晋国准备再次攻伐虢国。我进谏说，这是晋国的故伎重演，国君不能再次上当了。虢国是虞国的屏障，是我们所要依存的，虢国被除掉，我们也不可能单独存在。你应该早已看见晋国的野心了，虞国怎能再次助长它？一次借路已经十分危险，怎能第二次借路？我听说，人的嘴唇失去了，牙齿就会感到寒冷，他们所说的正是虞国和虢国相互依存的关系，你一定要防备将来的不测之险啊。

虞公微笑着说，你所说的言过其实了，这怎么可能？晋国是我们的同宗，怎会忍心谋害虞国？我们可是血脉相连的。我回答说，从前的事情并没有结束，我们的一切都能追溯本源。太伯和虞仲都是太王的儿子，太伯拒绝服从父命，就失去了继承王位的权利。虢仲和虢叔都是王季的儿子，曾是周文王的股肱之臣，为周王室立下了显赫功勋，这些功绩的记载还完整保存在书籍里。虞仲是虞国的先祖，虢仲和虢叔是虢国的先祖，是王季的儿子，而王季是太伯和虞仲的弟弟，追根溯源谈论过去，虢国和虞国有着同一个源头，可你怎会认为晋国与虞国更加亲近？

——你应该已经看出来了，尽管也属于同宗，但晋国必要灭掉虢国，他还能对虞国有什么爱惜和怜悯？如果认为人性中的爱以血脉亲缘为重，那么晋国的这种爱还会比曲沃桓叔和曲沃庄伯的后人更亲近么？他们的后人有什么罪过？可是晋献公将他们赶尽杀绝，无辜的血可以漂浮起石头。他们唯一的罪就是让晋献公感到不安，觉得被杀者有着篡夺君位的可能，被杀者仅仅是为谋杀者的一个不安的猜测而死。这说明什么？只要晋献公有所猜测，即使至亲者也无法保全自己，何况另一个国家可能对他有所威胁呢？他所仇恨的，必将这仇恨保存到心里，必定会施以猛烈的报复。他所猜测的，也必将这猜测保存在心里，并必定伺机消灭所猜测的，以消除自己内心的猜测。你不要听他怎样说，他所做的比他所说的更真实。

虞公似有所悟，他皱起了眉头，双眉中间凝成了一个凸起，好像这样的凸起里埋藏了风暴般的往事。他说，我要用丰盛干净的祭品来祭祀我的祖先和神灵，这样他们必定会护佑我，也护佑我的虞国。我当即回应——我曾听说，神明从来不随便亲近某一个人，也不会专门宠爱某一个国，他只护佑德行高尚的人。他所在意的不是表面丰盛的祭祀，而是人内心的虔诚。《周书》上说，上天对地上的人并没有亲疏远近，只有德行能获得佑助。还说，五谷用来祭祀不能算作芳香四溢，美德的芳香才沁人心脾。人们所用的祭品没有多少差别，但具有美德的人设置的祭品才会得到神明的青睐和恩赏。他们所说的都是同一个道理。

——因为一个君主失去了德行，民众就不能和睦相处，就违背了神明的旨意，他所敬献的祭品，也不会得到神明的享用。神明因不喜欢这个人而不喜欢他的祭品，这祭品无论多么洁净和丰盛，也毫无用处。神明品尝的乃是出自人的内心的美德，而不是失道者的虚情假意。那么，我们可以设想，晋国夺得了虞国，又用他的美德向神明奉献祭品，神明难道会不接受么？

虞公似乎听进去了，但好像在想着其它事情，因为他的眼睛看着天空，他的瞳孔是空洞的，天上的白云也没有映入他的眼中。这样的空洞只有瞎子才会有。他接着喃喃自语，这不可能，不可能，我们都是同宗啊。他又好像对我说，你说的都是过去的事情，过去的事情都已经过去了……我明白了，他仍然要答应晋国的借路要求，这一次就不会再有什么幸运了，神明也将远离虞国。因为，晋国经过几年的蓄积力量，将一举攻克虢国，虞国的嘴唇就会失去，牙齿也就会掉落了。

唉，虞国就要灭亡了，它不会再在年终举行腊祭了，晋国将不用再对虢国和虞国用兵了，也不用再对其施行诡计了。一次诡计得逞已经足够了，但虞国的国君第二次仍然愿意配合谋杀者的诡计，简直愚蠢到了极点。这不是因为晋国有多么高明，而是被谋杀者具有难以理解的愚蠢。一个被谋杀者竟然一次次与谋杀者合作，竟然将自己的剑递到对方的手中，还把自己的头颅伸到滴血的剑下，他的头掉落的时候都不知道为什么会这样。这样，谋杀者也会丢弃自己的罪恶感，因为这样的杀戮已经演化为谋杀者与被谋杀者的共同欢宴。

现在，虞国国君已经与谋杀者坐在一起，分享自己的肉。他割下自己的肉，却不知道疼痛，他和谋杀者一起炙烤自己的肉，却以为在吃别人的肉。想到这一切，我的眼泪夺眶而出，我的视线模糊了，整个世界模糊了。我的眼前飘起了一个个幻影，它们可能是玉璧的影子，也可能是产于屈地的骏马的影子，也许是虞公的影子和晋献公的影子，也许是微笑中带有奸诈的荀息的影子。也许这些影子只是所有影子的汇合，它们都是模糊的，都是模糊的……可是你平时看见的一切就是清晰的么？

回家的路上，我看到树叶的边缘已经发黄了，这是秋天的征兆。虽然现在的天气还很热，但树叶的边缘已经发黄了。所有的事情都是慢慢开始，却很快就会结束的。时间已近黄昏了，太阳已经沉入了西面的山廓，地上的光线黯淡了，但远处山顶上的几朵云却显得异常耀眼。我顺手摘下一片树叶，仔细察看，它有着三个叶尖，曲折的叶脉爬在上面，看起来就是微小的树形，它已经含有了一棵大树的所有内容。它的边缘部分已经发黄，并卷曲起来。它的上面不仅仅是属于它自己的图案，它还写满了一棵树所经历的一切和即将经历的一切。秋日的狂风已经从这卷曲的边缘吹拂了，它的卷曲已经意味着一条河流涌起的巨浪，它过去的繁荣就要被颠覆了。我将这片树叶抛弃于路边，看着它停留在几块碎石之间。

古灵魂

卷二百零一

百里奚

我来到虞国已经几年了，虽然虞国国君赐予我荣禄，可并不重用我。我差不多没有多少事要做。好在虞国拥有贤臣宫之奇，但国君似乎并不在意他所说的话。现在我已经困在了虞国，既不能逃走，也不能施展我的才能和抱负。我经常想起我的各种遭遇，既经历过种种挫折，也遇到过了解我的人。总的来说，我的真正的日子还没有到来。我仍然需要等待。

我曾四处游学，想成为一个经世致用的治国良才，以便辅佐一个有德行的君王，施展自己的抱负。为了天下的前景，我几乎受尽了各种苦楚，在齐国受困的时候，曾乞讨为生，在大雪纷飞的时候依然穿着单衣，蜷缩在野兽的树洞里过夜。外面的寒风呼啸着，我饥肠辘辘地从暮色降临煎熬到天明。我也曾靠在别人的墙根，借以遮挡严冬的狂风。那是一些怎样的日子啊，一天又一天，每一天都那么长，每一天都似乎经历了漫长的一生。一个人不可能永远沿着平顺的路行走，也不可能永远在曲折坎坷中遭受折磨，我的转折从遇到一个人开始。

我一路飘零，在铚邑乞讨的时候，一个人来到了我的面前。这个人器宇不凡，眉清目秀，双目射出利剑般的光芒。他将我引入他居住的茅庐。他的房舍外观简朴，但室内却干净整洁，处处透露出优雅的气息。很显然这是一个隐居乡间的非凡之士，这里没有名利之争，也没有宠辱之夺，他的超然物外的泰然镇定，让我顿时觉出自己身上的浮躁之气。他坐在我的对面，我看到屋外射入的光线将他的周身披上一层光晕，就像一尊神像端坐在庙宇里。

那是十分快乐的一段时光，他与我在乡间的土路上散步，观赏山野的自然风光。我们席地而坐，身边飞舞的蝴蝶和蜜蜂，偶尔会从我的脸颊掠过。我们谈论着古今诗书和天下大势，也谈论生活本身。这种与世无争的生活充满了吸引力，如果我在这里和他一起度过一生，那将是多么美好啊。

就这样，我知道了另一种日子，单纯而闲逸，丰富而深邃。这个收留我的人就是蹇叔。他在农忙时和农夫一起耕播、除草和收获，和所有人体验生活的快乐和艰辛，也给自己预留了别人没有的生活。我曾经和他一起去登山，从高处俯视人间的景色，看见小小的村庄里升起的炊烟，真实的、广阔的生活景观让更大的野性的山水所包含。我们平时所见的仅仅是天下很小的一部分。我们还一起去山溪里捕捉游鱼，他捕鱼的时候不用任何工具，只用自己的双手。蹇叔的手，敏捷而快速。我只看见他的手伸出来，就像一道闪电，一条大鱼已经被捉住了，他将之牢牢地握在手里。

一次我们到山野里捕鹿。他不是像一个武士那样，背着箭囊和弓，而是拿了一把铲子。他在一个草木茂盛的地方挖了一个方形的坑，用一些树枝和野草覆盖在上面，然后拉着我爬上一棵古树的树权，坐在那里高谈阔论。我听着他的种种高超的见解，如痴如醉，全然忘记了捕鹿的事情。他的话语就像山涧的溪流，婉转而清越，让人沉浸其中并心生喜悦。我们听到了不远处一声沉闷的微响。他说，我们已经捕获到一头鹿，今天可以烤肉了。

一切都在有意无意之间，这是一种怎样的超脱和优雅，令人觉得人的智慧不是刻意为之，而是在自然而然中产生，它是一个人的心性和志趣的锤炼物。有时他也在林间高歌，歌声使得整个山林振动，好像携带着自然中的狂风。他的披发长歌、卓然而立的形象，让我看见了一个飘动的、洒脱的山间神灵。

齐国的公子杀死了齐襄公并自立为国君，就立即悬榜招纳天下的贤士。我听说这个消息的时候，很想去应召投奔。此时蹇叔劝阻我说，齐襄公的儿子仍然逃亡在外，并有着强大的感召力，他的存在就是齐国君主的危险。因为君主的名位不正，他的座位最终会因民怨而动摇。我听从了蹇叔的忠告，内心的冲动渐渐平息了，时间却验证了蹇叔的预料——后来齐国国君出游的时候被人暗算袭杀。如果没有蹇叔的规劝，我将遭遇一场无妄之灾。

我又听说周釐王之弟颓喜欢斗牛，给他养牛的人都得到了丰厚的报酬，我的内心又像灯火一样摇曳，就准备前往都城洛邑，以通过养牛来接近周王室，从而实现自己辅佐天子、治理天下的理想。我将自己的想法和蹇叔说了，他对我说，一个人投奔哪里是很重要的，你要先问自己三个问题：你所跟从的是什么人？他以前怎样做的？他以后要做什么？投错了主人，你要轻易离去，就意味着不忠，与他患难与共，就意味着不智。你不要将自己置身于进退维谷的境地，也不要在随意的选择中失去自己的操守和德行。

塞叔语重心长的告诫，并没有使我警醒，我只是急于将自己寄放于一个被赏识的情境，以便依凭别人的权力实现自己。我急于让有权威的人认识我并重用我，也急于获得世俗的禄位，所以没有将塞叔的话放在心上。显然我的智慧还不足，远远不如塞叔那样具有深邃的洞察力。当他看见一粒种子的时候，已经看见了它长大之后将成为什么样子。我离开了塞叔，来到了天子的都城，似乎一切都是顺利的，王子颓不知怎么了解到我的才能，决定重用我。就在这时候，塞叔也来到了王都洛邑，我们两人一起面见王子颓。颓对我们十分热情，他和我们谈论自己的设想，也谈到了他求贤若渴的心情，我感到了一个拥有权势的人对我的期望。

回到住处之后，塞叔陷入了沉思。我问他，我感到王子颓还是不错的，至少他志向远大，对我也有宠爱之意。但塞叔长久不言。我们在无比寂静的气氛中待了很久，街市上的人声嘈杂使这样的寂静变得更加沉闷。他叹了口气，语调迟缓地说，王子颓的确有着远大的志向，但却缺乏与之相匹配的德行和才能，这远大的志向也就变得空洞和虚渺。我注意到他所任用的人多为虚伪卑贱之士，他更愿意接受这些人的假意讨好和拙劣奉承，这样他就不可能接受真正的智慧。依我所见，这个人不是你所想的值得投靠的，不如早点离去，另择好的前途。

塞叔说得很有道理，他识人察事的真知灼见令我敬佩。我只是觉得自己怀着满腹诗书却不能经世致用，就像一个农夫种了满地的谷子却没有收获的机会。我的内心十分痛苦，塞叔说，一块美玉须要佩戴在识玉者的身上才有意义，而且这识玉者的品质还需与美玉相配，否则这样的美玉即使被埋在尘土里，也比在愚人的胸前闪耀还要好。所以，你不必因此伤心，而应该庆幸自己躲过了可怕的一劫。我知道蹇叔在安慰我，我的眼泪忍不住流了下来。

我不知道这是伤心的泪水，还是感动的泪水，它像雨水一样遮住了我的视线。后来的事实证明了蹇叔的话，他所预料的也是将要发生的。王子颓联合五个大夫将周惠王驱逐，并自立为天子，可好景不长很快就被虢国和郑国讨伐，短暂的天子生涯在剑与火中灰飞烟灭。如果我跟随王子颓并受重用，结果一定是死于非命。蹇叔用他的远见和智慧拯救了我。

这一次我回到了家乡虞国。我已经离家多年，因而思乡心切。蹇叔看出了我的心思，就和我一起来到了虞国，找到了他的朋友宫之奇。蹇叔向宫之奇举荐了我，并盛赞我的美德和贤能，宫之奇又将我引荐给了虞国的国君。蹇叔又对我说，虞公贪图小利、视线短小，也不是能够成就事业的主公，你还是另择主人吧。我告诉他，我已经厌倦了流浪和贫困，这一次我就留下了。虽然虞公缺乏远见，也贪图小利，但我跟着宫之奇这样的贤才，也许能够改变虞国。蹇叔就说，一只受伤的飞鸟落在就要断裂的树枝上，就会有不可预料的灾祸。可是我也理解你的处境，希望你能够见机行事，虞国如果临近危险，你要跟从宫之奇的脚印行路。

现在晋国又要讨伐虢国了，并向虞国借路，虞公已经答应了晋国的请求，我该怎么办？在朝堂上宫之奇的进谏没有得到虞公的采纳，虞国已经十分危险了。我曾问计于宫之奇，他用很低的声音说，虞国已经没有希望了。夏天就要结束了，兴盛的草木将要枯萎，我眼前的一切将要改变。可是我依然在迷茫中存有希望，即使到了秋天或者严冬，存在于地底下的种子仍要在春天复活。可是那春天还要等待多久？如果蹇叔在我的身边就好了，他也许会告诉我怎么做。

卷二百零二

骊 姬

国君一心要除灭虢国，我不能理解一个国君为什么不能过安稳的日子，总是东征西讨，在刀剑中度过生命中最精彩的部分。他们把几乎所有的激情和精力用于杀戮，他们天生地嗜血，要么要别人流血，要么自己流血，所谓君王的事业就是让血流得更多，人们就不能多做些别的事情么？

我似乎从中看出了什么，虽然我还不太清楚我究竟在想什么。有一点是肯定的，那就是人们都在彼此算计，不是你将我杀掉，就是我将你杀掉，也许这个世界上最后只会剩下一个人，而一个人能够活下来么？

可是我所面对的就是这样一个世界，我也是随时被杀的那一个，我的儿子也是随时被杀的那一个。但我是一个女人，一个柔弱的女人，没有力量拿起剑来保护自己。以前我靠我的夫君，他有足够的力量，也有精妙的剑术。可是他一天天衰老，我的日子还很长很长，我的儿子的日子更长。我不能将自己的日子寄存在日子里，我要将这些即将失去的每一个日子攥紧在自己的手掌里。

我要让他们在互相厮杀中除掉我想除了的对手，我没有力量，但我可以借助别人的手拿起剑来。我几次提醒国君，告诫他太子申生早已有谋反之心，但国君一笑置之。显然他不会相信我所说的话。他有时会说，我知道你的想法，不就是想让奚齐继承我的君位么？废黜和改立太子的时机还没有成熟，你应该多一点耐心。奚齐是你所生的，也是我所生的，更是我喜爱的，我的想法和你的想法是一样的，你还有什么担忧的么？万事万物都要按照天时更换它的节律，果树必须等到春天才会开花，谷子也要等到秋天才收获，你也要学会等待。

我怎能在危险的境地中一直等待？我要先让那些晋国的重臣分化瓦解，使他们向我的身边靠拢。我和优施商议分析，觉得大夫里克具有很大实力，他一旦疏离太子申生，转而支持我，许多事情将迎刃而解。优施凭着自己的好口才，前往游说大夫里克——他说，为什么飞鸟都在繁茂的林间聚集？因为林间有它们所需的食物。为什么蜂蝶要围绕花朵？因为花蕊里有它们所需的蜜。人们围绕国君而安排自己的生活，因为这生活只有国君能给予。你是多么聪明的人，早已经明白这个道理了，骊姬贵为夫人，她的儿子就一定会成为国君，其中的利害不需要我来提醒。

里克躲在家里，很多日子没有出门。他一定在闭门深思，谨慎地思考自己的将来。于是他开始沉默，而且远离那些围绕着太子申生的人们。渐渐的，太子申生周围的人越来越少了，这是一个好兆头。秋天来了，这是狩猎的好季节，国君也开始一年一度的山野出猎，他和众多臣僚以及随从带着满囊的利箭和调试好的强弓，还有敏捷的猎犬出发了，他们消失在茫茫山林里。

古灵魂

机会终于来了，我假借国君之名，告诉太子申生，国君夜梦他的生母齐姜，让太子申生立即去祭祀他的母亲，再把祭祀后的祭品献给国君。我所说的并不是没有踪影，国君也曾和我说过梦见齐姜，这不是很好的理由么？一个梦，就会让另一个人进入梦中，我也将在梦中获得我想要的。

秋天的日子都是好日子，一连多少天，天空是那么蓝，显得天穹更高了，世界更加辽阔，远处的一切也更其遥远。我提心吊胆地在这秋天里，一次次到外面观看秋景，秋风把树上的黄叶席卷而下，我的视野一片迷茫。在寂静的夜晚，我让人观看星象，天上的星光灿烂，它们摆开了神奇的阵列，让人既恐惧又迷恋，擅长占星的人从中看到了一个个吉兆，我的心也从地上向星际舒展，并在秋风中飘动着，不断上升、上升、上升……星空渐渐接近我了，我被无数星光照彻了。

里克

太子申生真是太愚钝了，危险一点点临近却不知道，还以为生活还在继续着，他应该察觉事情已经在变化，有毒的种子已经萌发，自己脚下的土壤已经布满了石头，叶子已经干枯，秋天就要来了。我早已从微风里感到了寒意，并且听到了越来越稀少的虫鸣——死亡的气息越来越浓了。

骊姬的诡计已经一点点得逞，与太子申生往来密切的人越来越少了。他们知道国君内心的想法了，好像改立太子的脚步更快了，很多人都听到了急促的脚步声，但又都沉默不语。只有骊姬和围绕她的人们暗中活动。国君所想的是另外的事情——要对虢国发起致命一击。

相传优施和骊姬关系暧昧，我不太相信这样的说法。但优施是骊姬的近臣，是她的忠实追随者。他来到我这里，并送来整桌酒席，就是为了说服我放弃支持太子申生，可是我怎能随意改变自己的想法？我们在席间饮酒作乐，优施不断将话题引向太子申生和奚齐，我只是微笑着，装做什么都不知道。他见我对他所说一切无动于衷，就只好一点点将事情挑明。我们喝到半醉的时候，优施开始翩翩起舞，并对我的夫人说，夫人请我吃一顿酒席，我将教给这位大夫怎样快乐地为国君做事。说罢就一阵大笑。他的笑声充满了魅惑，他的声音浑厚而具有感染力，这看似随意的话语，就像从强弓上发出的箭，击中了我的心。

我能说什么呢？我只是不断饮酒，在一阵阵眩晕中发出微笑。我知道我的微笑是装出来的，我的嘴角只是僵硬地上翘，脸部的表情一定是尴尬的、不协调的，可是我又能说什么呢？没有什么比脸上的表情更好的语言了，它既可以被理解，又有着令人不解的迷惑，它似乎什么都说了，但又什么都没有说。它是语言中的语言，是对内心真实的提炼，也是对内心真实的掩盖。

接着，优施边舞边歌——一个人有着闲逸的快乐却不能与君同乐，他的智慧远不及天上的乌鸦。人们都聚集于水草丰美的花园，那个人却徘徊于荒野。乌鸦都知道栖息于繁茂的大树，那个人却独自停留在枯枝上。他的歌声那么响亮，以至于我的整个房间都感到了震颤，屋外的风声也被盖住了。他的舞姿那么优美，每一个姿势都让人浮想联翩，我几乎完全沉浸于他的歌舞之中。我在这样的气氛中就要放弃自己了，可是我自己又在哪里呢？我看着自己的影子，可是那影子很快就消失了。我又仔细看着酒爵中的酒，可是它很快就剩下了一张模糊的脸，这就是我自己么？

我举起酒爵，一饮而尽，笑着问，什么是水草丰美的地方？什么又是枯朽的枝条？我不知道这两者的区别。优施边舞边答，乌鸦在哪里集聚，那里就水草丰茂，因为它们总是选择最好的地方。枯朽的树枝是可怕的，它随时会折断，站在上面的就会跌落。我这样说吧，母亲是国君的夫人，儿子将要成为将来的国君，这不是水草丰美么？另一个则相反，母亲已经离开人世，儿子又被困于别人的坏话和怀疑中，难道不是随时就要折断的枯枝么？

优施走了，我命人撤去酒席。屋子里还散发着美酒的余香，我大口地呼吸，回想着优施说过的每一句话以及其中的含义，内心升起了一阵阵恐惧。我知道侍奉国君是可怕的，随时可能有杀身之祸。优施的歌声里已经包含了严厉的警告，就像夜半突然传来尖厉的笑声，令人毛骨悚然。仆人端上晚饭，可我一点都吃不下去，好像腹中被什么东西填满了，于是和衣而睡，试图从梦中寻找安慰。可是，我怎样才能进入梦境？越是想着入梦，越是变得清醒了，辗转反侧，饮酒之后的眩晕感消散殆尽，我将怎样度过这漫漫长夜？

索性披衣而起，来到户外散步。夜空是明净的，星斗在天空布满了神秘的文字，这些文字在不断闪耀，我却看不懂它们的意义。今夜仅仅有一弯残月，它的光亮很小，地面上的暗淡和天空的明亮形成了反差。我抬头仰望，看见天穹那么高、那么高，而且好像因为我看它的原由，升得越来越高了。夜空有着更大的敏感与警觉，它一直试图远离我们。可是，我越看越感到恐惧——我所在的地方以及我自己，是何等渺小，天所覆盖的世界是多么大。我自己变得越来越小，我甚至忘记了自己要做的事情，也忘掉了自己所在的地方，当然我也并不存在了，我已经随同我的灵魂一起飞升到高远的、不可见的地方了。

月亮为什么要有圆和缺？现在这个时候为什么会只留下一点光亮？我的心里还有多少星斗？我已经不能拥有足够的光亮来照亮自己了。树叶发出沙沙的响动，它们昼夜不宁，为什么会骚动？我的将来

古灵魂

会怎样？我能不能把控自己的运数？我所面对的高高在上的天穹并不回答我的疑惑，它用一个谜团来说明另一个谜团。我让人又一次将优施召来，微风让我失去了以前的镇定。这样的不安，我在战场上不曾有过，在血与火的激战中不曾有过，在往日的生活中不曾有过。

优施很快就来了，他睡眼惺忪，显然还沉浸在梦中。他的长发蓬乱，显然没有那种往日的严整和洁净。他还没有挣脱美梦的束缚，又在风中飘了过来。不过他的脚步是轻盈的，清秀的面孔在星光中更加漂亮诱人，头发的凌乱增添了叛逆者的魅力，青春的美貌中露出了某种疯狂，但也在夜半的急召中显出了几丝惊恐。我从他的瞳孔里看出其中冒出的一点点火星。他不解地问道，你召我来必定有什么要事，是什么事情等不到天明？

我想了想，问道，你之前所说的是随意的玩笑，还是听到了什么？优施说，我所说的都是真实的，国君已经答应骊姬杀掉太子申生，然后改立奚齐。你难道看不出来么？我说，让我顺从国君杀掉太子，我不忍心这样做。太子生性忠厚仁孝，我怎能去杀掉这样的人？可是我继续与太子像往常一样密切交往，就会得罪国君，也违背国君的心意，我又怎敢恣意妄为？我采取中立态度，不偏不倚，也很难做到，我就只能保持沉默了。我的沉默实际上已经保持了中立，对一切发生的我都默许。这样我是不是可以免遭灾祸？

优施说，我理解你的难处，但也为你能做出明智的选择而高兴。乌鸦不站在枯枝上，也不选择站在草木丰茂的地方，至少可以避免枯枝的折断而掉落。然而如果能够选择在草木丰茂的大树上筑巢，就能够更加安逸舒适。你站在了情义和利益的中间，既不失去情义也不失去利益，也是具有德行的做法。好了，我所知的已经告诉你，你所知的也深藏在心，现在你可以安然睡觉了。

优施又一次走了，他从星空下迈着轻盈的步履，就像一片落叶随风消失在茫茫夜色里。我的屋子里变得十分空洞，似乎什么也没有了，只有优施的话还在久久回响。好像他所说的，并不是对我说，而是对着一片山谷所说。这样的回响一直在山壑之间传递，最后只剩下了一片嗡嗡声，就像苍蝇的声音、蚊虫的声音，或者夏夜的一些其它飞虫，从我的双耳一次次掠过。可是我只听见这样的声音，却看不见任何形象，也看不见它们飞过的双翅。

夜更深了，它的深沉压住了我的所有思绪。无数条绳索捆绑住了我，我已经挣不脱了，我只有用沉默应对夜晚更大的沉默。这是不对等的，我处于沉默的底部，我被压在了石头下面，用窒息的身体等待。越冬的虫子在蛰伏，寒风因压在身上的石头而得以遮挡，我只能用自己的温暖来获得温暖。这是孤独的温暖。它因不能逃脱而存在，它来自我自己，却为我提供我所需的。连残月也落到了厚云里，地上更加黑暗了。风声过了一会儿，就会更大，然后渐渐听不见了。它是不是在我的屋顶旋转，在我四周徘徊？或者，它就是我的脚步？我听见一阵野狗的狂叫，它们发现什么了？

卷二百零四

丕郑

　　我刚刚从睡梦中醒来，里克就来了。这个早晨非常舒适，既不冷也不热，清风徐徐吹来，不知什么时候乌云从北面一点点飘来，也许要下雨了。很显然，已经有半个天空黑了下来，还能看出其中隐隐的闪电。当然我还不能判断这乌云将飘向哪里。总之，我看见了里克。他的眼睛充满了血丝，似乎一夜未睡。他的表情带着几分惊慌，见到我就说，史苏预言的事情就要发生了。

　　我问道，你怎么这样说呢？晋国现在不是风平浪静么？里克说，是啊，很多事情都是在风平浪静中发生的。昨夜优施带着酒席来和我饮酒，和我说了很多话，开始他用比喻暗示许多事情将要发生，最后他终于直接说出，国君决心已定，要将奚齐立为太子，只是寻找一个合适的时机。里克的声音很低，带着几分沙哑，似乎怕别人听见，实际上我们的周围并没有他人。天上的乌云似乎更近了，我们的脸都暗下来了。我从敞开的屋门看见外面熟悉的景色，屋前的树上掉下几片枯萎树叶，在风中缓慢地旋转，飘落在地上。

　　按照占卜者的说法，眼前的所有事物形象都暗含了某种结局。树叶的形象是耐人寻味的，它带着自己的图案，一定有着来自大树的暗语。我看着屋外，对里克说，就要下雨了，你看乌云已经靠近了，你听见雷声了么？我的目光从相对明亮的地方转向里克，竟然一下看不清他的面孔，他只有一个模糊的黑影。我向黑影问道，你又对优施说了些什么？他想了一会儿说，我告诉他，我将会保持中立，或者保持沉默。

我说，太可惜了，你没有多想就回答，就等于对他们的谋划予以默许。你已经说了，就不可能收回了。当时你要能装着不相信这样的事情会发生，他和骊姬就可能因疑惑而拿不定主意，也许还会改变设想。果真如此，太子申生的位置就会获得加固，也能伺机分化瓦解他们的党羽。你的回答太懦弱了，使我们失去延迟他们计划的机会。你答应保持中立，就意味着强化了他们的信心，以后的事情就不易阻止了，他们就会肆无忌惮，阴谋的车轮就会越转越快了。

里克说——我说过的话已无可挽回，天上掉下的雨滴怎会在空中停留？发出的箭怎能回到弓上？何况骊姬的心思已十分明显，她所想的就要去做，国君也是这样，你又怎么去挫败他们的诡计？我一早赶来见你，就是想和你商量，究竟怎样做才最好？我说——我又能有什么好主意？我们都是侍奉国君的重臣，国君所想的就应该是我们所想。国君一旦做出了决定，就是对事情本身的裁决。我又能做什么呢？你已经说了保持中立的话，我就更不可能做什么了。

里克似乎不甘心这样的结果，但也显得无可奈何。我的眼睛渐渐适应了屋内昏暗的光线，里克的面部线条变得清晰起来。他的表情是僵硬的、尴尬的，也是沮丧的。他的眼皮下垂，目光好像在地面上寻找什么。他既像是对我说，也像是对自己说——我们不可能做出弑君的事情，也许通过非常的手段拯救太子申生，能够显示自己的正直，但如果夸大这种正直就会产生另一种不正直，难道弑君是正直的么？而且国君和我们是君臣关系，而和太子之间则是父子关系。我们怀着自己的偏见去裁断别人的父子关系，我不敢这样做。

他抬起头来，将目光对准我——但是让我完全顺从国君，帮助国君废黜太子，从而为自己谋取私利，或者利用诡计与奚齐合谋，将背弃内心的仁义，我又怎能做到？我唯一的选择就是隐退，用沉默来抗拒。明天我将称病休息，不去上朝了。除此之外，我已经做不了更多的事情了。

我听见他长叹一声，远处的雷声隐约传来，和他的叹息一样沉闷。我们相对而坐，很快就陷入了沉默。这是两个人的沉默。伴随着越来越近于雷声的寂静，在这样的寂静里，早晨渐渐流逝，时光从这寂静中向前奔涌，谁能阻挡时光的流逝呢？乌云已经遮盖了屋外的一切，一切一切，等待下一刻被天上的闪电照亮。包括地上的落叶，也包括我们在寂静中的无奈等待。